Zwart water

Corine Hartman

Zwart water

Karakter Uitgevers B.V.

© 2010 Corine Hartman
© 2010 Karakter Uitgevers B.V., Uithoorn
Opmaak binnenwerk: ZetSpiegel, Best
Omslagontwerp: Wil Immink
Artwork omslag: Douglas Kirkland/Corbis

ISBN 978 90 6112 657 7
NUR 305

Tweede druk, februari 2011

Celebra il Villanel con balli e canti
Del felice raccolto il bel piacere
E del liquor di Bacco accesi tanti
Finiscono col sonno il lor godere.

Fà ch'ogn'uno tralasci e balli e canti
L' aria che temperata dà piacere,
E la stagion ch'invita tanti e tanti
D'un dolcissimo sonno al bel godere.

I cacciator alla nov'alba a caccia
Con corni, schioppi, e cani esconno fuore
Fugge la belva, e seguono la traccia.

Già sbigottita, e lassa al gran rumore
De' schioppi e cani ferita minaccia
Languida di fuggir, ma oppressa muore.

Vivaldi, herfstsonnet

I

zaterdag 31 oktober

Zonder enig besef van ruimte en tijd, met alleen de sterke overlevingsdrang om haar longen met zuurstof te vullen, komt Christine proestend boven water. Na een eerste intuïtieve reactie van opluchting en lachen, wordt ze zich bewust van de chloorlucht en realiseert ze zich dat het donker is om haar heen. Donker, maar niet zoals de nacht kan zijn; het is alsof de duisternis dichter op haar huid zit, en opluchting maakt plaats voor onrust. In een fractie van een seconde dringt een aantal dingen tot haar door. Ze moet watertrappelen om haar hoofd boven het koude water te houden, zodat ze kan ademhalen. Haar rechterpols lijkt in brand te staan en zit ergens aan vast, waardoor ze belemmerd wordt in haar bewegingsvrijheid. En haar voeten vinden geen houvast, ze stuiten tegen een glibberige zijkant. De grijze, mistige wereld om haar heen verwart haar, maar als ze went aan het duister kan ze niet anders dan onder ogen zien dat ze zich in een vreemde, ongewenste en uiterst penibele situatie bevindt. In haar eigen zwembad. Vlak boven haar hoofd is het dek waarmee het water elk jaar vanaf oktober wordt afgeschermd. Het is dicht, en zij zit eronder, als een rat in de val.

Hoe is ze hier in godsnaam terechtgekomen? Als ze stopt met watertrappelen moet haar rechterpols haar gewicht boven water houden, wat gepaard gaat met een snijdende, vlammende pijn die ze slechts enkele seconden kan verdragen. Pas dan voelt ze de pijn in haar linkerdijbeen. Ze zoekt houvast met haar linkerhand, maar de vingers glijden weg over de gladde rand. Watertrappelend schuift ze haar wollen jurk omhoog en terwijl haar hand met haar benen meebeweegt, betast ze de pijnlijke plek. Ze voelt de kapotte panty, en dan de inkeping, zo breed dat haar vingertoppen ertussen passen. Het voelt alsof ze rauw vlees aanraakt, vlees dat niet bij haar kan horen. Verdooft de kou de pijn? Dan moet ze daar blij om zijn, maar dan dringt de pijn alsnog in alle hevigheid tot haar hersens door en even is ze bang dat ze het bewustzijn zal verliezen. Ze ademt diep in en uit, tot de pijn draaglijker wordt.

Een mes – dat waarmee hij heeft gestoken, natuurlijk! – ligt op de rand van het zwembad. Het rode handvat is de enige opvallende kleur in al het loodgrijs. Het oogt als een sterk mes; een vleesmes, speciaal voor dijbenen. Een laatste restje koele nuchterheid, of misschien is het misplaatste schaamte, weerhoudt haar ervan om te schreeuwen. Die schaamte belet haar ook haar enkellange jurk uit te doen, hoewel de stof haar lichaam zwaar maakt en naar beneden lijkt te willen trekken.

Haar spieren verkrampen. Hoelang houdt ze dit vol? Wanneer zal iemand haar missen, dat is misschien de meest kwellende vraag. Het is vrijdagnacht, tenminste, als ze niet te lang buiten westen is geweest, moet het dat zijn. Voor het eerst, na alle woede, verdriet en gevoelens van wraak, betreurt ze haar scheiding. Met Matthieu erbij was dit nooit gebeurd, had de dader geen kans gekregen in haar huis binnen te dringen. Binnendringen? Is dat wel zo? Maandag komt de hulp pas weer, om het weekendstof op te zuigen. Maandag is lichtjaren ver weg. Ze rilt.

Met haar linkerhand krabt ze onder het dek, langs de rand. Ze krijgt haar vingers er een stukje onder, maar het geeft niet mee en haar grip is onvoldoende om zich eraan vast te klampen. Haar benen openen en sluiten zich gehoorzaam. Nog wel. Ze wordt zich er langzaam van bewust hoe kansloos haar situatie is. Iemand heeft ervoor gezorgd dat ze buiten westen raakte, heeft haar het water in geduwd en haar pols vastgebonden. Openen en sluiten. Herinnert ze zich een geur, een hand die iets onder haar neus drukte? Het lukt haar niet erover na te denken. Ze moet haar hand los zien te krijgen. Natuurlijk, dat is de oplossing. Dan kan ze naar het ondiepe deel van het bad zwemmen. Aan die kant kan ze staan, meer kracht zetten en zich misschien tussen het dek en de rand wurmen. Ze zegent alvast haar magere lijf.

IJzerdraad. Een dikke variant, dat wel. Het is vernuftig gedaan: het draad is enkele malen strak om haar pols gebonden en beide uiteinden verdwijnen meters verderop uit haar gezichtsveld. Geen begin, geen einde. Hoe kan ze zichzelf dan bevrijden? Het mes? Dat lijkt niet vergeten, daarvoor ligt het er te netjes. Zorgvuldig recht, en precies boven haar hand. Ze pakt het en probeert er niet aan te denken dat ze het kan laten vallen. Tevergeefs probeert ze een gat in het dek te snijden. Het materiaal is te dik, te stevig, of ze kan onvoldoende kracht zetten. Ze legt het mes terug op de rand van het bad. Een onbruikbaar stuk keukengerei. Een wrange grap. Wie, wie in godsnaam wil haar op deze manier te grazen nemen? Een patiënt van wie ze de klachten niet serieus genoeg heeft genomen? Ze rilt als ze denkt aan de mogelijkheid van een insluiper, en aan wat die met haar gedaan kan hebben toen ze buiten kennis was, voordat ze hier... Nee. Daar zou ze iets van gemerkt hebben.

Denk liever na over een manier om uit het zwembad te ontsnappen.

Ze bekijkt haar rechterpols, waar het ijzerdraad zo strak omheen zit gedraaid. Is het soms... hij zal toch niet... dat ze haar eigen pols moet... de plotselinge gedachte eraan maakt haar misselijk. Ze is dokter, geen chirurg! En dan nog. Een amputatie gebeurt in het ziekenhuis onder algehele of in ieder geval plaatselijke narcose, waarna de patiënt dagenlang met alle liefde en zorg wordt omringd voordat het morfinegebruik wordt afgebouwd. Paniek borrelt op vanuit haar buik; een naargeestig, onheilspellend gevoel dat haar de adem beneemt.

'Help!' Met al haar kracht schreeuwt ze, maar haar stem kaatst iel en nietszeggend tegen het onwillige kunststof dek terug. Tegen beter weten in probeert ze opnieuw met haar vingers onder de rand te komen. Tevergeefs. Niet in paniek raken. Ademhalen. Rustig ademhalen. Dit overkomt haar niet. Niet haar, met haar goede, enigszins luxe maar verder toch weinig opzienbarende leven. Ze is nooit overvallen, niet gestalkt, zelfs nog nooit bedreigd. Openen en sluiten. Er zal toch zo wel iemand komen om haar te redden? Dat moet. Een van haar kinderen moet zich hebben bedacht en komt toch thuis, in plaats van het hele weekend op die eenzame studentenkamer te blijven. Luisteren moet ze, rustig blijven, en dan, als ze iets hoort, gillen. Als geoefende zwemmer houdt ze dit lang vol. In deze kou? Ze is toch zo zelfbewust en onafhankelijk? Dit is haar kans om dat optimaal te laten zien! Misschien is het een test om te kijken in hoeverre ze bestand is tegen dit soort levensbedreigende situaties en hebben ze haar pols per ongeluk te strak vastgemaakt. Het is een lugubere grap, die kent ze nog uit haar eigen studententijd. Als ze maar laat merken dat ze niet bang is, dan komt alles in orde. Het is juist goed dat ze moet watertrappelen, dat laat het bloed door haar aderen stromen. Openen en sluiten, openen en sluiten.

Ze moet haar hand vrijmaken. In ieder geval moet ze iets proberen. Ze ademt een keer rustig in en uit, pakt het mes en snijdt. Ze snijdt in het draad, hoewel ze daarbij ook haar pols verwondt. Tot bloedens toe houdt ze vol en constateert dat het ijzerdraad geen verandering van kleur noch van dikte heeft ondergaan. Ze legt het mes terug op de rand van het zwembad en beseft dat er warme tranen over haar wangen lopen. Haar spieren beginnen stijver aan te voelen, ondanks de continue beweging. En haar linkerbeen begint zo veel pijn te doen dat ze die niet meer kan negeren.

'Help! Ik ben in het zwembad! Help me dan toch.' De woorden eindigen in een vertwijfelde snik.

Ze herinnert zich ineens de gasten. Ze gaf een feestje vanwege haar verjaardag, waar zijn alle gasten gebleven? Openen en sluiten. Watertrappelend probeert ze voor de zoveelste keer met haar handen houvast te vinden onder het dek. Haar vingers doen zeer, de vingertoppen vooral. Een stekende, vlammende pijn. Haar krachten nemen af. Ze hoeven haar niets te vertellen over de invloed van temperatuur en bloedverlies op het menselijk lichaam.

Het zal Matthieu toch niet zijn, die haar...? Matthieu? Nee, hij zou niet in staat zijn tot zo'n lage daad. Hij zou haar in een vlaag van woede misschien dood kunnen slaan, of wurgen, maar dit zou hij niet verzinnen. Toch? Tot haar schrik weigeren haar benen ineens dienst. Hoezeer ze ook haar best doet, ze krijgt er geen beweging meer in. Haar linkerhand zoekt opnieuw wanhopig houvast, terwijl ze probeert het rillen van haar lichaam onder controle te krijgen. Ze moet iets doen, en wel nu. Afwachten betekent haar dood.

Voor het eerst klinkt het woord 'dood' niet meer zo abstract. Ze schreeuwt. Vloekt. Huilt. Ze laat haar hoofd onder water verdwijnen en voelt hoe het draad in haar pols snijdt. Op het moment dat ze denkt dat haar longen uit haar lijf knappen, komt haar strijdbaarheid terug. Snakkend naar zuurstof komt ze weer boven water. Het lukt haar echter niet om haar koude spieren in beweging te krijgen.

Ze pakt het mes opnieuw. Als ze haar duim, met de muis van haar hand erbij, afsnijdt, dan zal haar hand erdoorheen passen. Dat moet. Een feit, een afspraak. Nog een feit: als ze wil blijven leven, moet ze nu actie ondernemen. Niet nader benoemen, niet over nadenken. Ze spreidt haar vingers en laat haar rechterhand tegen de rand van het zwembad rusten. Dan duwt ze het mes stevig tussen haar wijsvinger en duim, constateert dat de amputatie op deze manier een kans van slagen moet hebben, haalt diep adem en snijdt, terwijl ze zich probeert voor te stellen dat het niet haar eigen hand is waarin ze kerft, maar een stuk kipfilet. Bij de eerste daadkrachtige, forse beweging van haar linkerhand gilt ze. Haar hoofd lijkt te exploderen. Dit is een onmogelijke missie. Het wordt zwart voor haar ogen, maar als haar hoofd een moment onder water zakt, is ze ineens weer bij de les. De smaak van chloor in haar mond en de aanblik van haar gewonde hand doen haar kokhalzen. Een flinke snee. Het water om haar heen kleurt rood. Hoe krijgt ze dat in vredesnaam in het voorjaar weer helder schoon? Ze lacht, een hysterische, wanhopige lach die niet van haar kan zijn. Ze kan het niet, het is godsonmogelijk. Het is ook nog maar de vraag of ze niet binnen de kortste keren zou doodbloeden, nog voor ze kans zou zien om zich te bevrijden.

Jawel, ze moet, ze heeft geen keuze. Haar immense inspanning mag nu niet voor niets zijn geweest. Ze wil meemaken dat de dader wordt gestraft, ze wil vooraan in de rechtszaal zitten als het genadeloze oordeel wordt geveld en hij voor jaren achter slot en grendel verdwijnt. Dan wil ze lachen. De vingers van haar linkerhand zijn bijna te verkleumd om het mes nog vast te kunnen grijpen en met een uiterste inspanning lukt het haar het handvat in haar vuist te klemmen. Hoppatee. Eén flinke uithaal, mevrouw, dan wint u gegarandeerd de hoofdprijs, begrijpt u wel? Het is gewoon een kwestie van doorzetten, een effectieve handeling uitvoeren, en dan bent u door naar de finale. Eén beweging. Eén felle, doelgerichte uithaal, waar ze alle kracht in moet gooien die ze overheeft. Door een waas van troebel chloorwater – of zijn het haar tranen? – kijkt ze naar haar linkerhand. Beweeg! Doe het! Nu!

Hete tranen. Ze ziet niets meer, alleen felle, witte lichtflitsen in haar hoofd. Het enige wat ze kan, is gillen van de pijn, een allesoverheersende pijn. In haar beleving schreeuwt ze uren, tot haar keel nog slechts schrale, wanhopige geluiden voortbrengt. Het enige resultaat is een diepere snee. Diep, maar bij lange na niet voldoende. Een kansloze missie. Een zielige, nutteloze snee.

Help me dan toch.

Een ogenblik voelt ze iets warms tussen haar benen. Dan huilt ze stilletjes in zichzelf. Uit zelfmedelijden, misschien, of gewoon omdat ze zich nog nooit zo verdomd eenzaam heeft gevoeld. Ze kan het niet. Ze is te zwak en degene die dit op zijn geweten heeft, wist dat. Zit nu misschien stiekem ergens te lachen, zich te verkneukelen omdat ze zal sterven. Ze realiseert zich dat ze het mes niet meer vastheeft, en het ligt ook niet op de badrand.

Sterven. Nu ze het woord in haar mond heeft geproefd, smaakt het niet eens zo bitter als ze had verwacht. Ze heeft altijd gedacht dat ze als een grijs omaatje het hele bejaardentehuis van de zinloze pillen zou afhelpen, eindelijk tijd zou vinden om te bridgen en aan yoga te gaan doen... maar ach... wat heeft ze zich druk gemaakt... Matthieu... ze ziet hem, wegrennend, terwijl hij ontsteld achteromkijkt.

Waar is de pijn? De pijn heeft ze zich ingebeeld, want ze heeft geen idee wat het woord betekent. Ze heeft rolschaatsen onder, sssj, sssj, ze mag alleen op de stoep, de weg is strikt verboden terrein. Maar het asfalt is zo lekker glad. Haar hoofd is licht, en vanbinnen rozig, de duisternis om haar heen lijkt ineens niet meer zo angstaanjagend, nee, eerder intiem, en vertrouwd, als bij kaarslicht. Ze zal nieuwe lampjes kopen voor in de kerstboom, gezellig neuzen tussen de kerstversieringen in de winkel... Vroeger kon ze vijftig meter onder water zwemmen. Toen droomde ze vaak dat ze onder water kon ademhalen en ze bracht lange, zonnige zomermiddagen op de bodem van het zwembad door. Zoeken naar schatten, die andere zwemmers hadden verloren... goudkleurige haarclips, een armbandje...

Het rillen wordt minder, de pijn verdwijnt, en zelfs de aanblik van haar gewonde rechterhand bezorgt haar geen verontrustend gevoel, integendeel, eerder een gevoel van warmte en inspiratie. De kleuren in het water vormen een schouwspel van beweging in groen, rood en blauw, het doet haar denken aan het noorderlicht. Het is allesbehalve een voorteken van onheil en bloedvergieten, nee, dit heeft heel duidelijk iets heiligs. Alles is voorbestemd. Haar hele werkzame leven heeft ze geprobeerd het noodlot van patiënten te beïnvloeden en zelfs te keren, terwijl het onontkoombare zoveel mooier is...

2

zaterdag 7 november

Het duurt even voor ik de stilte kan plaatsen, voor ik mezelf kan plaatsen. De onzekerheid over waar ik ben, is echter zo vertrouwd dat ik me geen zorgen maak over de verwarring. Een zoveelste hotel, een hazenslaapje tijdens een repetitie; ik weet niet beter of na het wakker worden moet ik een ogenblik ruiken, luisteren of nadenken voor ik weet waar ik ben.

Zelfs het voor de meeste mensen onwrikbare 'thuis' zorgt soms voor verwarring. Voor mij betekent thuis namelijk met een zalmsandwich op de passagiersstoel in de file onderweg naar het Koninklijk Concertgebouw in Amsterdam, terwijl ik me erger aan de traagheid om me heen. Maar voor de man die naast me lichtjes snurkt, betekent thuis iets heel anders. Davides thuis klinkt romantischer dan stamppot boerenkool en haringhappen; zijn thuis heet Venetië, de stad van de honderd eilanden, van de Biënnale en natuurlijk van de elegante, gestroomlijnde gondels. De stad echter ook waar ik in deze herfsttijd continu mijn rubberlaarzen moet meesjouwen om te voorkomen dat kostbaar schoeisel doorweekt, vies en misvormd raakt en vervolgens bij het grofvuil kan.

De vertwijfeling maakt plaats voor zekerheid. Buiten ontbreekt elke vorm van autoverkeer, dus ben ik in Venetië. De stilte vervult me nog steeds met verwondering, ook al word ik hier al sinds een jaar of tien bij tijd en wijle wakker. Een lichte teleurstelling bekruipt me, maar dan dringt het tot me door dat ik niet alleen maar ben meegereisd met Davide, maar dat ik hier ben voor enkele concerten. Ik kijk naar hem, naar mijn echtgenoot. Hij heeft zich zojuist op zijn linkerzij gerold en na een vermoeide zucht slaapt hij verder. We zouden elkaar recht in de ogen kijken als hij de zijne nu zou openen, en ik bespeur een frons tussen zijn wenkbrauwen die me nooit eerder zo duidelijk is opgevallen. Hij oogt niet erg ontspannen. Misschien droomt hij over overstromingen. Of over onze dochter. Als dat zo is, zal hij het me vast niet zeggen. Is hij er vannacht weer uit geweest?

Ik draai me om, gooi mijn voeten over de bedrand en sta op. Mijn vingers jeuken, ik wil spelen. Na vier dagen repeteren is het vanavond eindelijk zover, en na evenzoveel stressvolle dagen stroomt eindelijk het benodigde zelfvertrouwen door mijn lijf. De repetitie gisteren ging vrijwel vlekkeloos. Goed, de articulatie kan nog net iets beter en het tussenstuk van het herfstconcert klonk iets te dik aangezet, dus is het vandaag tijd voor het verfijnde polijstwerk, maar vannacht heb ik voor het eerst sinds een week rustig geslapen. We kunnen het, we zullen La Fenice in vervoering brengen. Op haar grondvesten doen schudden, denk ik even, maar dat lijkt me in Venetië, met die drassige ondergrond, niet wenselijk.

Een of twee keer per week arriveert onze Nederlandse krant hier. Op typisch Italiaanse en dus zeer onregelmatige dagen. Maar deze ochtend hebben we geluk. Bij de rustige start van de zaterdagochtend krijgen we naast de dagelijkse post, waaronder een brief van tante Bernique, maar liefst de krant van afgelopen dinsdag, woensdag en donderdag geserveerd. Bij de tweede kop koffie slaat mijn hart ineens een slag over. Dat gebeurt om precies te zijn op het moment dat mijn ogen vluchtig over de overlijdensadvertenties glijden en daar een bekende naam zien staan. Drs. C.J.M. van Eshuis, arts. Daaronder de naam van haar ex-echtgenoot Matthieu, en de kinderen. Lucien, en Rosanne. Zou het gebruikelijk zijn dat een ex zijn naam bij zo'n advertentie zet? Zou ik dat willen, als Davide en ik uit elkaar zouden gaan en ik vervolgens zou overlijden? Ik peins over het antwoord op die vraag als Davide me aanstoot.

'Frederique?'

'Wat is er?'

'Lees dit eens. Een artikel over een dood die als verdacht wordt aangemerkt. In ons dorp, nota bene. Ene C. van E. Een vrouw. Ze hebben haar maandagochtend levenloos in haar eigen zwembad gevonden. Verdere details ontbreken.'

'Het is Christine,' zeg ik.

'Christine? Weet je dat zeker?'

Ik knik en zie hoe Davide enkele broodkruimels op tafel netjes bij elkaar veegt en op zijn bord legt. 'Van wanneer is jouw krant?'

'Van dinsdag.'

'Ik heb die van donderdag, en hier staat een overlijdens-advertentie in. Met de naam van haar ex erbij.'

'Allemachtig.'

'Ik vond het ook al vreemd, die naam eronder.'

'Ik bedoel dat ze zomaar ineens dood is,' zegt Davide. 'Een verdachte dood, dat betekent toch dat ze is vermoord?'

'Of zelfmoord? Misschien weten ze het niet, of willen ze hun bevindingen niet delen met de massa, als ze zo'n vage omschrijving gebruiken. Wanneer hadden ze haar gevonden?' vraag ik.

'Maandagochtend. Dus terwijl wij in het vliegtuig zaten...'

'Wij waren vrijdag geloof ik de laatste gasten die weggingen, dus als ze het weekend alleen is geweest, zoals ze zelf zei, dan zijn wij misschien wel de laatste twee mensen geweest die haar levend hebben gezien.'

'Afgezien van de moordenaar, dan toch zeker,' zegt Davide. 'Aangenomen dat ze is vermoord.'

Ik schud mijn hoofd. 'Ik zeg het omdat we ons misschien moeten melden bij de politie.'

'Waarom?'

'Omdat wij haar vrijdag wellicht als láátsten hebben gezien, dat vertel ik je net. Allemachtig, Christine dood...'

'Misschien waren er nog gasten toen we weggingen, weet jij veel. Ben jij bij het zwembad geweest?' vraagt hij.

'Nee, maar... ach, laat ook maar. Er waren meer mensen, en als ze ons echt nodig hebben, weten ze ons vast wel te vinden.'

'Ja, daar heb je vast gelijk in.'

We zitten elkaar een poosje beduusd aan te kijken. Ik zie ook hem denken aan het feest ter gelegenheid van Christines vijftigste verjaardag. Het wat stroeve begin, omdat niet iedereen elkaar goed genoeg kende om zichzelf te zijn, dat later op de avond dankzij champagne, wijn en whisky ruim werd gecompenseerd. Christine was vrolijk, opgeruimd, zag het leven weer zitten na de scheiding. Haar man bleek cliché nummer zoveel die viel voor jong, blond en benen tot in de hemel. Arme Christine, heb ik nog gedacht, maar zo kwam ze absoluut niet over, tenminste die avond niet, en zeker niet in letterlijke zin. Ze had exclusieve hapjes van een cateraar en de drank werd geschonken door in feestelijk jacquet gestoken obers. We kregen een uitnodiging vanwege mijn lidmaatschap van de Rotary, waar zij ook lid van is. Ik ben nooit op wat voor feestje van de Rotary dan ook geweest, maar Davide had zin om los te gaan. Hij wordt zo opgeslokt door zijn werk dat hij de afleiding meer dan welkom vond.

'Ik ben diep geschokt,' zegt Davide, terwijl hij over zijn stoppelbaard wrijft.

We zitten allebei nog in ochtendjas; vanuit bed ben ik onmiddellijk richting koffie gegaan en Davide volgde even later.

'Wanneer wordt ze begraven?' wil hij weten.

Ik lees de advertentie door. 'Maandag. In besloten kring, staat erbij.'

'We moeten iets sturen,' zegt Davide.

'Aan wie? Aan Matthieu? Die kent ons amper.'

'Het gaat om het idee, we moeten ons medeleven tonen, vind ik. Christine heeft toch ontzettend haar best gedaan, met Isabelle.'

'Doe niet zo hypocriet zeg, alsjeblieft. Je weet net zo goed als ik dat ook zij zich verschool achter haar muur van medische vriendjes en Latijnse termen.'

'Maar...'

'Het is toch zo?' Ik vouw de krant met een geïrriteerd gebaar op en erger me aan de sporen zwarte inkt aan mijn vingertoppen. 'En ik weet dat jij ook furieus was. Vertel me niet dat jij die walgelijke sprookjesverhalen voor zoete koek hebt geslikt, daar in het ziekenhuis.' Ik steek een sigaret op en inhaleer diep.

Hij haalt zijn schouders op en zwijgt, zoals altijd als het over gevoelens gaat, maar daarmee houdt hij mij niet voor de gek; ik weet dat ik gelijk heb. Ik heb de pure haat in zijn ogen gezien. Als hij verder niet reageert, laat ik het erbij: ik wil geen ruzie nu, want ik moet me concentreren op mijn eerste Vivaldiconcert, vanavond in La Fenice. Ik heb er vaker opgetreden, maar elke keer als ik dat grootse theater binnen loop, lijkt het of ik de ziel van de feniks opnieuw moet veroveren. Sommige critici vinden het theater sinds het voor de tweede keer na een brand is gerestaureerd te kleurrijk, met een twijfelachtige akoestiek, maar ik vind het een feest om er te mogen spelen en na afloop iedereen in de zaal en de chique loges te zien staan en applaudisseren. Nederland is ver weg, en als we de kranten straks weggooien, is ook de allesbehalve inspirerende gedachte aan onze huisarts verdwenen. Ik wil oefeningen gaan doen om mijn spieren en gewrichten los te maken en dan beginnen met het ritueel van het langzaam doorspelen van het repertoire, eindigend met het stuk waar ik vanavond mee zal beginnen.

'Had je tante nog iets bijzonders?'

'Wie?'

'Er zat toch een brief van tante Bernique bij de post?'

'O ja. Niets bijzonders. De gebruikelijke koetjes en kalfjes. En ze vraagt hoe het met ons gaat. Ze wenst ons sterkte, je weet wel, voor morgen...'

Ik was mijn handen en als ik naar hem kijk, bespeur ik de gepijnigde blik die altijd in zijn ogen verschijnt als Isabelle ter sprake komt. Pas sinds gisteren weet ik dat hij een herinnering aan haar met zich mee draagt. Toen hij terugkwam van zijn werk en zijn koffer opende, viel zijn agenda eruit. Hij veegde wat losse papiertjes bij elkaar die eruit gevallen waren en daartussen zag ik de foto. Die ene waar we alle drie op staan; Isabelle nog als baby, met haar dikke knuistje waarin ze Davides pink klemt. Ik zag de foto in een flits, voor hij die in zijn agenda terugduwde, maar ik herkende het beeld en herinnerde me hoe overweldigend – bijna beangstigend, heb ik ook gedacht – ik zijn geluk op dat moment vond. Met Isabelle in zijn armen leek hij niet gewoon trots, nee, het was veel meer dan dat. Adembenemend. Ik was er wel eens jaloers op. Mijn moeders zus maakte de foto; haarscherp, de juiste belichting, gewoon een prachtbeeld. Zelfs in zo'n schijnbaar nonchalant geschoten foto herken ik de vanzelfsprekende perfectie die mijn tante gegoten zit als een tweede huid. Mijn moeder was precies hetzelfde.

'Wil je nog koffie?' vraagt hij, terwijl hij opstaat en me in mijn nek zoent. 'Of kan ik je in deze stille stad verleiden tot een extra uurtje in bed?'

Hij streelt mijn rug en daarna schuiven zijn handen naar mijn borsten.

Ik maak me los uit zijn omhelzing. 'Ik moet me aankleden. Interview, om halftwee, daarna generale.'

'Waarvoor is het interview?'

'Voor de tv-zender die ook vanavond het concert registreert.' Het schiet me ineens te binnen dat we afgelopen vrijdag niet eens als laatsten weggingen, bij het feestje. Ik overweeg dat tegen Davide te zeggen, maar hij lijkt niet meer te denken aan Christines dood.

Een uur later loop ik door de Venetiaanse straten. Davide bood aan me weg te brengen met onze boot, waarin hij hier vrijwel dagelijks rondvaart, verontrust om zich heen kijkend naar de desastreuze gevolgen van het wisselende waterpeil voor de eeuwenoude bouwwerken. Ik bedankte hem; het is rustig in de stad en ik heb tijd genoeg. In sommige steegjes richting het water liggen de houten vlonders alweer klaar; verwachten ze een dezer dagen hoogwater?

Tussen de vele reclameposters voor opera's en musea stuit ik op een afbeelding van een griezelige figuur in een lange, zwarte mantel met een rare snavel, die me kippenvel bezorgt. Als ik de tekst erbij vluchtig bekijk, blijkt het om een kunstwerk te gaan. Een schilderij, dat een pestarts toont en in het Museo Correr wordt geëxposeerd. Ik besluit ter plekke daar niet naartoe te willen. 'O bah, Isabelle, kun je het je voorstellen? Die vieze ratten, met de vlooien die hun bloed opzogen, hielden zich vast schuil in vochtige kelders en besmetten het eten van de mensen. En het water, natuurlijk. Gelukkig heeft papa dat probleem er niet ook nog bij.' Ik kan me makkelijk voorstellen dat zo'n ziekte hier nu nog rond zou waren, dat er in die geheimzinnige, donkere huizen doodzieke mensen liggen te creperen met hun etterende zweren en bloedingen die hun lichaam zwart kleuren. Ik huiver, en loop snel door. 'Zou ik je wel hebben kunnen redden van een duistere ziekte als de pest, vroeger? Isabelle?'

Het water en de lucht hebben vandaag een identieke, loodgrijze kleur. Hoewel, zo hier en daar bespeur ik in de lucht een spoor blauw, waarmee Venetië haar best lijkt te doen iets van de voorbije zomer vast te houden. Wat mij betreft vergeefse moeite: ik heb het koud. De meeste gondels liggen onder hun felblauwe dek te wachten op drukkere tijden, alleen een enkele Japanner heeft zich laten verleiden tachtig euro te betalen voor een stadsgezicht vanaf het water. Ik hoop dat Vivaldi's geest, die hier nog moet rondwaren, me zal beroeren en me vanavond tot een ongeëvenaard niveau zal doen stijgen.

3

Hoewel ik meestal naar tante Bernique werd gestuurd, waar ik chocolademelk kreeg, mocht ik soms in de kamer blijven als mijn moeder werd geïnterviewd. Het viel me dan vooral op dat ze een dermate groot respect afdwong dat niemand haar ooit tutoyeerde. Net als de koningin. En zo zat ze dan ook. Haar lange, slanke benen – in de gladde panty's die ik later ook wilde – strak tegen elkaar, niet over elkaar gevouwen maar zo'n beetje quasinonchalant opzij geplaatst, en haar kin in de lucht, zodat ze enigszins kon neerkijken op de man of vrouw tegenover haar. Dan was ik zó trots op haar.

Ik vraag me af of de man tegenover me zich mijn moeder persoonlijk herinnert, hij lijkt er oud genoeg voor. Als hij haar stem hoort, gaat er misschien een belletje bij hem rinkelen, mits hij klassiek gevormd is en niet alleen is geselecteerd op zijn gedistingeerde uitstraling en zijn indringende bruine ogen, die de kijkers vast aan hun tv-scherm gekluisterd kunnen houden, ook al leest hij de waterstanden van de afgelopen vier jaar voor.

'Kent u mijn moeder nog? Veronie van Ostende?' vraag ik hem, als we voor een testopname iets moeten zeggen.

'Pardon? Van Ostende?'

'Mijn moeder. Ze was vroeger een beroemde operazangeres. Mezzosopraan. Ze zong ooit hier, in La Fenice. Ze speelde Annina in *La Traviata*. Ik was nog te klein en mocht niet mee, maar ik had het graag meegemaakt.'

'Sorry, de naam zegt me niets. Maar alstublieft, noemt u mij Gino, zoals iedereen doet.'

De proefopname is goed. Ik vraag alleen of er iets kan worden gedaan aan de vreselijke gele achtergrondkleur, die vloekt met mijn rode japon. Het blijkt geen probleem. De visagist poedert mijn neus en kin lichtjes bij, ik controleer of ik haar mening deel dat mijn gezicht er perfect uitziet, en dan kunnen we beginnen. Camera, actie. Na een soepele introductie richt de interviewer zich tot mij.

'Signora Van Ostende, jaren geleden nam u *De vier jaargetijden* van Vivaldi op en dat betekende uw internationale doorbraak. De cd werd platina in uw eigen land en de schijfjes gingen als warme broodjes over de toonbank in menig ander Europees land, waaronder Italië. Is dat de reden dat u nu hier bent?'

'Ik ben graag in Venetië en de liefde lijkt wederzijds, gezien de twee extra concerten die met Kerstmis zijn ingepland,' antwoord ik. Af en toe moet ik even zoeken naar de juiste Italiaanse woorden, maar we hebben afgesproken dat als de man tegenover me een fout signaleert, we even stoppen, hij me op mijn fout zal wijzen en we vanaf daar het gesprek weer oppakken. Maar met Davide praat ik regelmatig Italiaans, zelfs in Nederland, en ik merk dat de Italiaanse woorden bijna als vanzelfsprekend uit mijn mond vloeien.

'Verraste u dat, die extra concerten?'

'Als ik eerlijk ben? Nee,' zeg ik, glimlachend. 'Ik ben gewend aan uitverkochte zalen, al sinds mijn eerste grote concert in de Royal Festival Hall in Londen. Dat neemt niet weg dat ik er ontzettend trots op ben.' De geschiedenis zal zich niet meer herhalen. Zoals ik vroeger opgewonden kon zijn als mijn moeder voor een camera verscheen, zo zal mijn dochter nooit bij mij zitten. Nooit meer. Althans, zo ziet het eruit voor de buitenwereld. Ik weet te goed hoe het voelde, dat warme, mollige lichaampje tegen me aan, de grote ogen in bewondering starend naar die vreemde mensen, en het kost me geen enkele moeite haar terug te halen.

'Mevrouw Van Ostende?'

'Sorry, wat vroeg u?'

'U heeft een voorliefde voor kamermuziek, *De vier jaargetijden* heeft u destijds ook met een klein ensemble opgenomen. Is daar een speciale reden voor?'

Hij beledigt me tenminste niet met triviale vragen, integendeel. Ook al kent hij mijn moeders naam niet, hij heeft zijn huiswerk gedaan. 'Een kleine bezetting kan een vertrouwelijke sfeer creëren, heel anders dan wanneer ik met een symfonieorkest speel. Het contact met het publiek is veel directer. En dat met de musici natuurlijk ook. Toen ik werd gevraagd om met enkele van Europa's grootste musici te spelen, heb ik eigenlijk geen moment getwijfeld.' Terwijl ik me net voor de zoveelste keer had voorgenomen om het rustiger aan te gaan doen. Ik ga verzitten en concentreer me op de interviewer.

'Waarom kiest u voor Vivaldi, terwijl u intussen zoveel ander mooi werk heeft gespeeld?'

'Vivaldi heeft me jaren geleden mijn grote doorbraak bezorgd, dus vind ik het een eer dat ik hem daar in zijn eigen geboortestad voor mag bedanken. In deze stad is het trouwens niet moeilijk opnieuw van *De vier jaargetijden* te gaan houden. Als ik buiten loop, doorvoel ik zijn harmonische contrasten en ik droom 's nachts zelfs van zijn meelijwekkende einde in armoede.' Ik kijk serieuzer in de camera nu, zodat de kijkers niet zullen twijfelen aan mijn oprechtheid. Dromen van zijn einde in armoede, hoe kom ik erop! Als het nu over Mozart ging... De man tegenover me lacht. Ik bespeur de waardering in zijn ogen. Mooi. 'De reis door het jaar die we vanavond gaan maken met in totaal zes strijkers, theorbe en een klavecimbel wordt echt een belevenis; u zult zich geen moment vervelen, dat beloof ik u.'

'Daar twijfel ik niet aan, signora.'

Hij heeft nog een paar vragen en ik beantwoord ze serieus, hier en daar met een speelse knipoog. Als hij me tot slot vraagt een kleine demonstratie te geven, pak ik mijn viool. Ik speel het derde deel van het Herfstconcert van Vivaldi, 'La Caccia', het 'Allegro', en de interviewer is even stil nadat ik de laatste driekwartsmaten de ruimte in heb gestuurd. Ik leg mijn viool in de kist en strijk even met mijn vingers over het gelakte hout. Hij vraagt of ik op een Stradivarius speel. Ik knik. 'Een heuse Strad, zeker, gemaakt in 1728.'

'Wat denkt u, wat was Stradivari's geheim? Waarom klinken zijn violen het allermooist, volgens de kenners? Een geheim bos waar hij een soort traag groeiend hout kapte? Had hij het klimaat mee, dat in de achttiende eeuw een paar graden lager was? Of is het de hoge leeftijd van de instrumenten?'

'De man is drieënnegentig geworden en heeft meer dan duizend violen gebouwd, dus zou het voor de hand liggen dat het zijn bekwaamheid in het vak was. Maar als ik eerlijk ben, geloof ik het liefst dat hij een geheim had dat we nooit zullen ontdekken. Ik heb hem trouwens in bruikleen, dit instrument is onbetaalbaar, dus ben ik er ontzettend zuinig op. Hij ligt zelfs 's nachts nooit ver uit mijn buurt.'

'Een kostbaar kleinood, bijna zelfs zoals een kind dat kan zijn,' antwoordt hij.

Even ben ik sprakeloos, maar dan merk ik dat zijn opmerking geen opzet is en ik glimlach. Hoewel het meer op een mislukte grijns zal lijken, vermoed ik.

'Excuses, signora, het, het was niet...'

Ik wuif zijn gestotter weg. 'Knip dit laatste stukje er in de montage maar liever uit, goed?'

De resterende uren van de middag repeteren we. Ons gelegenheidsensemble is een samenstelling van verschillende persoonlijkheden die naast de passie voor muziek minstens één ding gemeen hebben: we zijn gewend aan bewonderende blikken. Misschien dat de samenwerking daarom vanaf het begin zo goed heeft aangevoeld; niemand hoeft zich in dit gezelschap te bewijzen. Ik voel en ik bespeur ook bij de anderen de overtuiging, dat we samen iets indrukwekkends en onvergetelijks kunnen neerzetten, mits we elkaar de ruimte en de aandacht gunnen. Ik ben dan wel de solist, ze hebben me niet voor niets gevraagd, maar we realiseren ons dat de meerwaarde zich zal tonen in onze virtuositeit, die maal acht een overdonderend synergie-effect zal kunnen betekenen, en dat we dat effect alleen bereiken als iedereen zich in dienst stelt van het grotere geheel. We hebben plezier met elkaar, stralen vertrouwen uit en ik raak meer dan eens alle besef van tijd kwijt. Als de repetitie erop zit, gaan we zelfs spontaan over tot improviseren.

4

Als er geen tv-camera bij een concert aanwezig is, laat ik het opnemen door een van de licht- en geluidsmensen. Ik wil elk optreden terughoren. Intonatie, intervallen, frasering, tempo-overgangen; alles moet kloppen, maar meer nog wil ik weten of de passie er zichtbaar en hoorbaar vanaf spat. Gevoelsmatig ben ik ervan overtuigd dat ik op de performance van deze avond weinig aan te merken zal hebben. Ik merk onmiddellijk dat het publiek met een gerust hart luistert. We spelen met zelfvertrouwen; dat stelt ons in staat vol overgave te spelen en de toehoorders pikken dat feilloos op. De sonates voor de pauze zijn stuk voor stuk virtuoze hoogstandjes, en *De vier jaargetijden* na de pauze loopt soepel als een geoliede trein. Zelfs de meest kritische luisteraar zal geen bewijs vinden voor het feit dat het ons aan gezamenlijke repetitie-uren ontbreekt. De individuele kwaliteit van elke musicus apart en de bereidheid tot teamspel zorgt er daadwerkelijk voor dat we samen sterker zijn dan de som der delen. Meermaals bespeur ik in vervoering gebrachte toehoorders op de eerste rijen, die ik nog net kan onderscheiden in de verduisterde zaal. Bovendien is het overduidelijk dat we de grootste lol hebben, samen. We brengen het beste in elkaar naar boven, laten elkaar tot grote hoogte stijgen. Onze inzet wordt beloond met een staande ovatie en nadat we een sonate als toegift hebben gespeeld, moeten we drie keer terugkomen op het podium, terwijl er rozen voor onze voeten worden geworpen.

Na afloop laat ik me niet afschminken. Wel verwissel ik mijn feestelijke rode avondjapon voor een eenvoudiger, zwart modelletje. 'We hebben het er goed vanaf gebracht, kleintje,' mompel ik. 'Was je trots op je moeder?' Ik poeder mijn voorhoofd, wangen en neus, en steek mijn haren achter op mijn hoofd vast om toch net even iemand anders te zijn dan de concertvioliste op het podium. Ik kijk in de spiegel. Soms herken ik mezelf niet in de tweeënveertigjarige vrouw die ik dan zie. Mijn ogen bevallen me, zeker als ik ze nog sprekender maak met oogschaduw en mascara, maar het geheel is toch ontegenzeglijk ouder en rijper dan ik mezelf vaak toedicht. Zelfs als ik van een afstandje kijk. Ik til mijn kin op, buig mijn hoofd een tikje opzij en glimlach. 'We wagen ons in de arena, geen gemijmer over vergane glorie. Ware schoonheid straal je uit, en ik kan nog steeds iemand omverblazen met mijn charme. Ga je mee?'

Het volgende uur word ik volledig in beslag genomen door journalisten en recensenten die een persoonlijk citaat van me aan hun artikel willen toevoegen, en door concertbezoekers, die na twee uur aandachtig stilzitten op hun pluchen stoelen nu volop bewegen en praten. Ze willen zoals gewoonlijk met me op de foto, of uiten zomaar hun bewondering, zonder iets van me te willen. Ik neem complimenten in ontvangst, concentreer me op mijn uitspraak van het Italiaans en drink champagne. We hebben de eerste avond met groot succes tot een einde gebracht en we mogen opgelucht ademhalen. Morgen opnieuw een volle zaal, en ik kan niet wachten tot het zover is. Ik ben intens tevreden, trots op wat ik vanavond heb gepresteerd, een gevoel dat ineens honderdtachtig graden draait als ik een hoogzwangere dame zie langslopen. Ze glimlacht naar me, maar ik vergeet vriendelijk terug te knikken. Mijn gedachten zijn bij een rood aangelopen, krijsend lichaampje, een verzameling onhandige, woedende bewegingen, dat ooit op mijn buik werd gelegd. De overtreffende trap van pijn is het verlies van een kind, ik ben ervaringsdeskundige... Ik denk aan Minke, mijn liefste en trouwste vriendin die net als ik een kind heeft verloren en begrijpt dat er geen tijdklok ingesteld kan worden bij de duur van verdriet. Ik mis haar, hoewel ik de laatste dagen amper aan haar heb gedacht.

Het geroezemoes van de hol klinkende foyer sterft langzaamaan weg. Davide is in gesprek met een van mijn medemusici, zie ik, en ik wil op hen aflopen als de interviewer van vanmiddag me ophoudt.

'U heeft me betoverd met *De vier jaargetijden*, maar eigenlijk raakte u me met de selectie die u speelde uit *L'estro armonico* nog dieper in mijn hart. Vooral de minder snelle delen, ah, ze deden me denken aan een Italiaanse serenade, zo intiem, ietwat klagend, werkelijk indrukwekkend. Als ik vannacht wakker lig, is dat uw schuld, signora.'

'Dankjewel, eh... Hoe was je naam ook alweer?'

'Gino. Ik hoop dat u ook nog eens een avond met Mozart wilt vullen hier. Ik heb uw cd gekregen, als research voor het interview, en ik was diep onder de indruk. Kan ik u iets te drinken aanbieden?'

'Nee, dank je, ik stond op het punt naar huis te gaan.' Ik wil me omdraaien, maar dan voel ik zijn hand op mijn arm.

'Ik wilde u nog mijn excuses aanbieden voor mijn ongepaste opmerking aan het einde van het interview.'

'Het is vergeten,' zeg ik.

Na de drukte van de afgelopen uren merk ik nu pas hoe mijn oren suizen en ik ben me bewust van de adrenaline die sinds de laatste noot onverminderd door mijn lijf giert. 'Weet je wat, geef me toch maar een glas champagne.'

Hij gebaart naar een ober en even later laten we onze glazen klinken. Ik pak het glas van mijn linkerhand over in de rechter. Mijn linkerarm wil amper nog omhoog. Tijdens het concert vergat ik de pijn, misschien verdween die zelfs daadwerkelijk, maar nu schreeuwt mijn schouder des te harder om rust.

'Op uw reeks concerten hier in Venetië,' zegt hij, terwijl hij zijn glas heft. 'Nogmaals mijn excuses, het was onvergeeflijk. Zeker nu u hier bent.'

De gluiperd. Hij vist overduidelijk juist naar nieuws, als rasechte journalist is hij continu gefocust op zieltjes winnen. 'Er gaat geen dag voorbij dat ik niet aan haar denk, dus je opmerking maakt heus weinig verschil voor me, ik was het al vergeten.'

'Is het waar dat u in Nederland een rechtszaak tegen het verantwoordelijke ziekenhuis hebt aangespannen?'

Ik lach, smalend. 'Ziekenhuizen? Die zijn voor burgers alleen open als je ziek bent of op bezoek komt bij een patiënt. Zodra je kritische vragen gaat stellen, sluiten ze hun deuren.'

'Ze strooien willens en wetens zout in uw wond?'

'Na twee jaren rouw en verdriet wordt het tijd om mijn leven weer op te pakken.'

'U hebt wel continu doorgespeeld, als ik me niet vergis. Londen, Amsterdam, New York...'

'Vioolspelen is mijn verdoving, mijn overlevingsstrategie. Als ik speel, vergeet ik alle pijn, vergeet ik alles en leef ik mijn muziek, bén ik mijn muziek. Ik hoop dat je dat niet vergeet, mocht je iets over mijn privéleven prijsgeven in het tv-programma.'

'Hoe zat het nu met uw moeder? Het verbaast me dat ik haar

naam niet ken, terwijl ik toch erg breed georiënteerd ben in de klassieke muziek. Is haar muziek nog te koop?'

'Het spijt me, ik ben doodop, als je me wilt excuseren? Er is maar één ding waar ik nu nog aan kan denken en dat is slapen.'

'Natuurlijk. Mijn excuses dat ik u zo aan de praat heb gehouden. Als u mij een arm geeft, zal ik u naar uw echtgenoot begeleiden.'

'Dank je.'

Samen met Davide loop ik door de stad. De eerste kerstverlichting is geïnstalleerd. Nu al. Bollen zo groot als skippyballen, gevormd door ontelbare lampjes, die hoog boven de straten felblauw flikkeren. Een bijzondere keuze, deze kleur in combinatie met het opzichtige knipperen, maar ik vind het wel passen bij Venetië, de stad die in zoveel opzichten uniek is.

'Zullen we naar het casino gaan?' stel ik in een opwelling voor. De adrenaline – of is het de alcohol? – stroomt door mijn lijf, maakt me rusteloos en als ik nu naar bed ga, zal ik de hele nacht wakker liggen. Iets wat ik koste wat het kost wil vermijden.

'Je was toch moe?'

'Dat zei ik alleen om van die journalist af te komen. Ik wil nog zo graag even genieten van dit moment.'

Hij lacht. We pakken de vaporetto en verlaten de boot vlak na de Rialtobrug. De boot klotst op het water van het Canal Grande. Ik kijk naar Davide en vraag me af waarom we nog steeds bij elkaar zijn. Hij is beter af zonder mij, ik ben een sta-in-de-weg bij zijn werk omdat hij mij vaak per se wil vergezellen op tournees; kostbare tijd die hij aan het water van de lagune zou moeten besteden. Hij verkiest onze liefde of misschien de herinnering eraan boven zijn belangrijke taak op deze aarde.

Een paar minuten lopen richting het San Marcoplein en dan

staan we in de chique entree van het Veniercasino. We worden zoals altijd hoffelijk begroet. Davide geeft me een glas champagne. Ik zou hem weg moeten sturen, moeten verbannen uit mijn leven, maar de waarheid is dat als ik op het punt sta om hem dat te vertellen de moed me in de schoenen zakt. Het vooruitzicht van alleen-zijn boezemt me angst in. Ik ben vaak alleen op reis geweest, voordat ik Davide kende. Van hotel naar hotel, van concert naar concert, en al kan en wil ik niet anders dan spelen, de eenzaamheid daarna is te confronterend. We zijn amper binnen, een zakje vol fiches in mijn hand, als ik plotseling spijt heb van mijn ingeving. Aan elke tafel is het druk, de mensen maken te veel geluid en door Davides beschermende hand in mijn rug voel ik me schuldig.

'Zullen we gaan?'

'We zijn amper hier.'

'Ik word duizelig van al die stemmen.'

We ruilen de fiches in en verlaten het casino.

'We doen het over,' zegt hij, 'compleet met kaviaar en champagne, om je succes te vieren in Vivaldi's stad. Na je concertreeks, na Kerstmis, dat is misschien een beter moment.'

Ik wil alleen maar naar huis. Rust. Geen stemmen en geen armen om me heen die me terug doen verlangen naar onze eerste, gelukkige jaren samen.

Frederique – 5 jaar

'Ik ga slapen, ik ben moe, sluit mijn beide oogjes toe. Here, houd ook deze nacht over mij en papa en mama en tante Bernique en oom Henri de wacht... Amen.' Frederique zegt het versje elke avond hardop, liggend in haar bed. Daarna geeft mama haar een kus en dan moet ze slapen. Het bedlampje blijft branden.

Ze draait zich op haar linkerzij en denkt aan vanmiddag. Mama heeft gezongen. Ze zong hoog en zuiver, alleen de hoogste tonen klonken soms niet helemaal goed. Ze kijkt tegen mama op als ze zingt, ook al zijn het meestal geen vrolijke liedjes. Ze verzint er haar eigen variatie op, versiert de noten of maakt ze eenzamer. Mama zong vandaag met een meneer naast haar met een dun, houten instrument tegen zijn kin, dat hol vanbinnen is en waaraan een hals zit met een krul aan het uiteinde. Het lijkt op papa's cello, maar deze was veel kleiner, heel mooi, en het geluid... alsof het recht haar lichaam binnenging en daar tintelingen veroorzaakte. Ze verlangde ernaar om dat mooie instrument vast te houden, eraan te ruiken en er geluid uit te krijgen... Want dat een eenvoudige beweging met een stok zoveel geluid uit dat houten ding veroorzaakte, dat was ongelooflijk. De meneer zei dat het een viool was. Ze mocht het instrument aanraken, voorzichtig, en met haar vingers langs het hout van de stok gaan. Een viool. Precies de goede naam, dacht ze, want het klinkt warm, en een beetje als 'mooi'. Hij legde uit dat het houten kistje met de f-vormige gaten de klankkast was – wat ze natuurlijk allang wist, want een cello werkt precies zo – en dat hij met een stok met paardenhaar over de snaren streek voor de tonen, en dat hij met zijn vingers de toonhoogte kon bepalen. Dat was ook niets nieuws, maar ze liet hem praten, omdat ze hoopte dat hij daarna weer zou gaan spelen. En toen hij speciaal voor haar een aria van Mozart speelde, waarbij mama zo zuiver zong 'als het water in het beekje dat langs hun tuin kabbelt', zoals die meneer zei, wist ze het zeker. Dat wilde ze zelf ook kunnen. Het liedje had een Duitse titel, ze herinnert zich de woorden niet meer, het ging over slapen tot je gelukkig wakker zou worden, zei hij. Ze kreeg er tranen van in haar ogen. Toen hij weg was, heeft ze mama gezegd dat het instrument leek te zeggen wat die meneer dacht, en dat het op toveren leek. 'Ik weet nu wat ik wil worden,' zei ze. Mama lachte, streek over haar haren en keek naar haar mooie witte jurkje, dat de hele middag zo schoon was gebleven, maar ze hield vol, tot mama beloofde dat ze met papa zou bespreken of ze op muziekles mocht.

Als papa en mama naar bed gaan, mag het lampje uit, dan slaapt ze meestal toch al. Maar deze avond is ze nog wakker als papa op zijn sloffen binnenkomt en het lampje uitknipt.

'Mag het?' vraagt ze fluisterend.

'Slaap je nog niet, mijn kleine prinses? Je hebt ons toch niet gehoord, beneden?'

'Heeft mama verteld dat ik weet wat ik wil worden?'

Ze mag eindelijk mee, kijken en luisteren naar oudere kinderen die muziekles hebben, en ze mag voor spek en bonen meedoen. Het is een sprookje, alleen eentje dat echt is. Zelf mag ze daarna op blokfluitles. Ze protesteert, maar het moet, zegt mama, anders kan ze ook niet naar vioolles. En ze moet beloven dat ze op school beter zal opletten. Ze dagdroomt te veel, heeft de juf gezegd. Mama vraagt of ze straks niet liever piano wil spelen en dan schudt ze heftig met haar hoofd. Nee, een viool moet het worden. Zij wil ook zo kunnen spelen, zo mooi dat de mensen zullen huilen. Ze oefent elke vrije minuut van de dag en een paar maanden later zit ze op een zonnige woensdagmiddag in een nieuwe jurk voor het eerst in die klas met kinderen. Ze hebben allemaal een eigen instrument. Geen enkele saaie blokfluit, maar violen, harpen en hobo's. Ze heeft haar eigen viool, een week eerder op haar verjaardag gekregen. Het is een halve viool, een kleiner model dan die voor een volwassene, maar als ze haar best doet en niet opgeeft, zal ze over een paar jaar op een 'volwassen' viool kunnen spelen. De meneer in de winkel heeft het uitgelegd en hoewel ze in eerste instantie protesteerde, merkte ze onmiddellijk dat haar vingers nog niet lang en sterk genoeg waren voor een echte viool. Ze heeft al geoefend en van de eerste zuivere tonen die ze tevoorschijn toverde, werd ze vrolijker dan ze zich ooit had gevoeld.

Elke verkeerde of valse noot die ze speelt, doet pijn aan haar oren, maar ze klaagt niet, want ze mag drie keer in de week naar de juf om te oefenen en foute noten zijn er al snel niet meer bij. Mama zingt wel eens mee als zij een liedje oefent en dan lijkt het net alsof haar spel er mooier van wordt. Mama luistert ook naar wat ze heeft geleerd, papa nooit. Hij heeft het druk, zegt mama. Soms is er iets, thuis, en dan logeert ze bij tante Bernique en oom Henri. Dat is een feest, want dan gaan ze pannenkoeken bakken. En haar oom wil altijd horen welke liedjes ze uit haar hoofd kan spelen en welke oefeningen ze doet. Oom Henri koopt muziekboeken voor haar, die niet zo moeilijk zijn als de boeken waar papa uit speelt. Volgens haar oom moet papa ook makkelijkere boeken hebben, van vroeger, maar hij vindt het leuk om haar te verrassen met etudes of sonates die net iets te moeilijk voor haar zijn en waar ze dus hard op moet studeren. Czerny, Mazas, maar het liefst speelt ze Mozart.

De volgende dag is er niemand thuis als ze uit school komt. De deur is op slot. Dat is niets bijzonders, ze weet waar de sleutel ligt en hoe ze melk warm moet maken in het pannetje waaraan een steel zit die nooit heet aan de vingers is. Even later giet ze de dampende melk in de mok, waarop haar naam in krulletters staat, en roert er bruine poeder doorheen, waardoor de melk zoeter wordt en naar chocolade gaat smaken. Als ze een slokje neemt, knoeit ze per ongeluk iets op haar jurk. O nee, niet op haar witte jurk! Ze doet haar best om de vlek eruit te krijgen, maar dat lukt niet helemaal. Licht verontrust gaat ze naar buiten. De afgelopen nacht zijn er sneeuwklokjes uit de grond gekomen, ze plukt een handjevol en zet die in een vaasje voor in de kamer. Mama houdt van bloemen, misschien vergeet ze dan de vlek. Er belt iemand op met de vraag of haar vader of moeder aan de telefoon kan komen. Ze herkent de stem niet, de naam van de meneer ook niet, en hangt op. Ze wil oefenen en herinnert zich dat oom Henri heeft gezegd dat papa oude bladmuziek moet hebben. Ze kijkt tussen de stapels in de muziekkamer, maar vindt alleen lastige stukken waar ze niets van begrijpt. Als hij andere muziek heeft, moet die op zijn zolderkamer liggen. Papa's werkkamer. Verboden terrein, maar als er toch even niemand kijkt en papa de muziek niet meer gebruikt... Op kousenvoeten sluipt ze naar boven. Hoewel er niemand thuis is, ontwijkt ze toch de krakende vierde en zevende tree van de trap. De tweede trap naar zolder is smal, zonder vloerbedekking op de houten treden, en hier is geen ontkomen aan krakende treden. Bij elke stap die ze zet, voelt ze zich iets schuldiger. Even denkt ze dat de deur best eens op slot kan zitten, maar als ze de klink naar beneden duwt, gaat de deur bijna als vanzelf open. Het wordt al schemerig, en op zolder komt weinig licht door het kleine dakraam. Ze doet het licht aan, kijkt de kamer in en dan valt haar mond van schrik open. Een moment staat ze verstijfd, dan wil ze zich abrupt omdraaien en stoot iets om. Papa's cello. Ze hoort hoe hij met een klap op de vloer terechtkomt. Zou hij kapot zijn? Ze bedenkt zich geen seconde, draait zich om, sluit de deur achter zich en stormt met twee treden tegelijk de trap af. In haar eigen slaapkamer laat ze zich op haar bed neervallen. Ze drukt haar handen tegen haar oren. Ze voelen alsof er iemand in haar hoofd zit te fluiten. Papa... Moet ze... Kan ze... Ze mocht er niet komen. Mama kan zo boos worden als ze iets heeft gedaan wat niet mocht. Dan zwaait haar wijsvinger in de lucht en worden haar ogen donker. Heeft ze papa's dure cello vernield?

Ze huilt. Dikke tranen kriebelen over haar wangen en vallen op haar jurk. Komen daar vlekken van? Niet huilen. Huilen is voor kleine meisjes. Ze moet het vergeten, er niet meer aan denken, dan is het weg. Ze droogt haar tranen, snuit haar neus en pakt haar viool. Ze moet oefenen. Toonladders in een snel tempo. Een metronoom heeft ze nooit nodig, ze laat zich leiden door het ritme van de muziek die ze vanbinnen voelt. Daarna pakt ze de etude die ze vorige week voor het eerst heeft geoefend. Ze speelt. Eerst aarzelend, daarna vergeet ze alles om zich heen.

Als ze later die dag bij tante Bernique en oom Henri gaat logeren, blijft ze spelen tot ze naar bed moet. Niemand heeft iets gezegd over de chocoladevlek. Voor het eerst zegt ze geen avondgebed op en als haar tante ernaar vraagt, zegt ze dat ze te oud is voor versjes die ze hardop moet zeggen. Ze heeft haar gebed al stilletjes in zichzelf gedaan, zegt ze. Maar dat is niet waar, en ze zal het ook nooit meer doen.

5

dinsdag 10 november

In de nacht van maandag op dinsdag word ik nat van het zweet wakker. Onmiddellijk klinkt het snerpende geluid van de sirene in mijn oren. Hoogwater. Ik droomde, net voor het lawaai, en zag beelden van onze huisarts, spartelend in het water. Gistermiddag belde een inspecteur uit Holland, Van Aerendonck. Hij wil ons spreken als we terug zijn in Nederland en stelde allerlei vragen, omdat we op het feestje waren en dus getuigen waren, en hij bevestigde het krantenbericht: ze hebben de vrouw dood in haar zwembad aangetroffen. Ik hoorde aan zijn warme, aangename stem dat hij moeite had om erover te praten. Het moet een afgrijselijke aanblik zijn, een lijk dat een dag of wat in het water heeft gelegen. Ik droomde dat ze verdronk in het Canal Grande, dus misschien is de sirene ook in mijn onderbewuste doorgedrongen. Ik wil me omdraaien op mijn linkerschouder, wat een slecht idee is gezien de daaropvolgende plotselinge pijnscheut, en dan ben ik klaarwakker. De plek naast me is leeg.

Ik stap uit bed voor een spierverslapper omdat ik weet dat de schouder nu zal blijven zeuren als ik geen drastische maatregelen neem, en voor water tegen de droge keel. Gisteravond heb ik met mijn medemusici het succes van onze eerste twee concerten gevierd. In het oudste café van Venetië, Florian. Je betaalt er een godsvermogen voor de drank – 26 euro voor een glas champagne – maar ik heb zonder enige aarzeling aan het einde van de avond de complete rekening betaald. Het kon me niet schelen, het deed me goed om alles te vergeten, en zeker de gedachte aan onze dode huisarts. Het was halftwee toen ik uiteindelijk in bed rolde.

Ons appartement bevindt zich op de tweede en derde verdieping. Ik hoef me dus geen zorgen te maken over onder water gelopen vloeren en vernielde inboedel. Davide heeft de etages, op vijf minuten lopen van de Rialtobrug en met uitzicht op het Canal Grande, gekocht voor we elkaar kenden en laten opknappen. We slapen op de tweede en wonen en eten op de derde verdieping. In het begin was dat wennen, maar de bovenste etage krijgt dankzij grote serreramen het meeste licht binnen en biedt het mooiste uitzicht. Een stenen buitentrap aan de zijkant van het pand leidt naar een steegje, vlak bij de Chiesa di San Luca. De trap is ons eigendom, zodat we onze onderburen niet tegenkomen als we ons appartement binnengaan. We kennen ze amper, het is een ouder stel dat er net zo goed niet zou kunnen wonen, zo geruisloos bewegen ze zich door het leven op de begane grond.

Tussen allerlei doosjes van de plaatselijke apotheek en Davides medicijnen vind ik geen enkele pijnstiller.

Boven in de woonkamer tref ik Davide, die op zijn computer de waterstanden volgt. Aan zijn verwarde kapsel te zien heeft hij wel geslapen, maar zijn ogen turen vermoeid naar het beeldscherm. Zijn waterzorgen. Elke keer als de springvloed Venetië teistert, is zijn blik vertwijfeld, maar ook vastberaden. Hij heeft een onverzettelijke drang om dit probleem op te lossen en doet niets liever dan stoeien met grote vellen papier vol berekeningen.

'Heb ik je wakker gemaakt of was het de sirene?'

'De sirene.' Ik schenk een glas water in en vind in een van de keukenkastjes een doosje met mijn tabletten. Ik neem er twee in en ga bij hem aan tafel zitten. 'Wordt het erg?' vraag ik.

'De verwachting is rond halfnegen één meter dertig stijging. Vervolgens zal het *acqua alta* tegen de middag alweer bijna verdwenen zijn, alleen het San Marcoplein staat dan vermoedelijk nog blank.'

'Het wordt tijd voor de afronding van Mose, heb je die Venetianen dat wel goed aan hun verstand gepeuterd?'

'Er zijn nog te veel obstakels.'

'Dan moet je die opruimen.'

'Zo eenvoudig liggen de zaken niet.'

Ik realiseer me dat ik er nooit een moment aan heb getwijfeld dat hij dit project tot een goed einde zou brengen. 'Waarom?' vraag ik. 'Je bent toch in de uitvoerende fase? Ik bedoel, het is toch allang geen kwestie meer van kiezen voor een bepaalde techniek?'

'We hebben steeds vaker te maken met milieugroeperingen en met zogenaamde deskundigen die menen het ei van Columbus te hebben gevonden en daar links Italië voor warm laten lopen.' Hij zucht diep. 'We moeten te vaak uitleggen, verdedigen en bijstellen. Het project loopt daardoor vertraging op, wordt duurder en daarop komt natuurlijk weer commentaar. Intussen tikt de klok door en loopt Venetië steeds vaker onder water.'

Hij kijkt alsof hij er persoonlijk voor verantwoordelijk is dat de winkeliers nu hun bed uit moeten om hun koopwaar in veiligheid te brengen, dat de inwoners straks natte voeten zullen krijgen als ze geen hoge laarzen aantrekken en de stad weer iets dichter bij de definitieve ondergang is gekomen. Hoe onzeker maakt het hem? Heeft hij daarom zelfs in zijn slaap die diepe frons tussen zijn wenkbrauwen? Ik ken Davide niet anders dan dat hij problemen die hem in de weg zitten voortvarend aanpakt en dat hij doorgaat.

'Iets doe ik niet goed,' zegt hij.

'Midden in de nacht oplossingen zoeken lijkt me in ieder geval niet goed.'

'Ik zie het niet, maar er mist iets.'

'Slaap, dat in ieder geval. Ik ga terug naar bed en hoop op een paar uur sirenevrije rust.'

'Je hebt groot gelijk.' Hij glimlacht, en verbaasd bespeur ik een trillende mondhoek die onzekerheid verraadt.

Ik herken iets van onze oude saamhorigheid en ik strek een arm naar hem uit. 'Ga alsjeblieft mee,' fluister ik.

I

Eerste kerstdag, 22.00 uur

De kleine, maar snelle boot doorklieft het water van het Canal Grande. Aan boord bevinden zich twee collega's van de plaatselijke caribinieri en inspecteur Kees-Jan van Aerendonck, en die laatste kan niet wachten tot hij aan wal is. Niet alleen omdat hij is gekomen om Davide Vianello te arresteren, maar meer nog omdat zijn lange lijf moeite heeft om overeind te blijven op de schokkende ondergrond, en hij grijpt regelmatig naar de reling om zijn evenwicht te bewaren. Mensen zijn niet gemaakt voor in of op het water, net zomin als paarden genen hebben die bestemd zijn om over hoge hordes te springen, denkt hij, en toch willen we alles beheersen. De collega's van de Venetiaanse politie hebben hem op het vliegveld opgewacht en van daaruit zijn ze in een aftandse Alfa de grote brug overgereden. Prima, dacht hij, prima. Met de auto. Tot ze uitkwamen bij het kanaal, dat de oude stad in tweeën deelt. Vanaf die plek zou het sneller gaan per boot, zeiden de collega's. Hij heeft niet geprotesteerd, is niet op zijn strepen gaan staan. Per slot van rekening wilde ook hij opschieten. De boot is een aantal aanlegsteigers voorbijgevaren. Daar stoppen de vaporetto's, heeft Brunelli hem gewezen. De oudste van de twee geboren en getogen Venetianen. Althans, dat meent Van Aerendonck te hebben gefilterd uit het gebrekkige Engels dat Brunelli spreekt. Nog een paar steigers te gaan, schijnt het, dan zijn ze er. Ca d'Oro, Rialto. Van Aerendonck is nooit eerder in Venetië geweest. In het vliegtuig maakte hij kennis met een stuk geschiedenis van de stad, bondig verwerkt in een reisgids. Hij las over de vele kunstschatten en dogen, over handel, macht en carnaval. Venetië stond jarenlang op het wensenlijstje voor een romantisch weekend, bijvoorbeeld met Kerstmis, zoals nu, maar het is er nooit van gekomen. Hij had genoeg aan zijn werk, dat zal het ongetwijfeld zijn. Kerstmis. Hij keek altijd uit naar die dagen, ook vroeger als kind al. Hij herinnert zich dat hij vol verwachting de gordijnen 's morgens opentrok, als er sneeuw was voorspeld. Als de wereld dan inderdaad wit was, wist hij niet hoe snel hij zich moest aankleden en naar buiten sprinten om met vriendjes van de hellingen af te sjezen, elkaar bekogelend met het witte wonderspul waar je handen van gingen tintelen. En zelfs later, de jaren dat hij in uniform liep, kon hij genieten van de bijzondere sfeer die dan in de stad hing. Mensen waren toleranter tijdens die dagen, knikten elkaar vriendelijk goedendag in plaats van zich te ergeren aan de drukte. De afgelopen jaren betekende Kerstmis vooral een samenzijn met zijn complete gezin, inclusief kinderen, en sinds kort zelfs twee kleinkinderen. Zo vaak heeft hij ze niet allemaal om zich heen, hoewel hij dat slechts aan zichzelf te wijten heeft door de vele uren die hij aan het werk is. Alle reden om zich weer te verheugen op Kerstmis, maar deze keer heeft hij er voor het eerst niet naar uitgekeken. Als het beeld van Leonie op zijn netvlies verschijnt, zucht hij diep. Hij moet zo snel mogelijk terug. Geen tijd voor een van de vele musea of het San Marcoplein met zijn indrukwekkende basiliek. Hij heeft geen enkel ander doel dan een arrestatie, een bekentenis en de retourvlucht. In Nederland begon het te sneeuwen toen hij in het vliegtuig stapte. Hij vroeg zich slechts af of de neerslag zijn vlucht niet zou ophouden. Ergens onderweg is hij het vermogen verloren om zich te verheugen op een pak sneeuw, nu ziet hij enkel de nadelen ervan. Gladheid, botbreuken, auto's die niet starten, viezigheid als de dooi inzet...

Het Canal Grande is breed genoeg voor tien vaartuigen van het formaat waar de inspecteur zich op bevindt, dus zouden ze elkaar bijna ongezien kunnen passeren, Van Aerendoncks boot en die van Davide Vianello, zeker nu het donker is en de boten het moeten hebben van hun schaarse verlichting. Maar dat is niet het geval. De boten razen vlak langs elkaar, witte schuimkoppen veroorzakend in het water, en op het moment dat ze elkaar kruisen, herkent de inspecteur plotsklaps het donkere uiterlijk van de Venetiaan, gestoken in de opvallende, beige met roodgeblokte jas waarover hij op een eerder moment zijn waardering heeft uitgesproken. Hij spoedt zich op zijn lange, wankele benen naar Brunelli's jongere collega die het stuur vastheeft.

'Volg die boot!' schreeuwt hij. 'Die met dat witte licht achterop. Je moet omdraaien, hij zit erin!'

'Ah, *sì*, de boot vaart het Rio di San Felice op,' hoort hij Brunelli zeggen. 'Van daaruit kan hij de lagune opvaren.'

'En ontsnappen? Erachteraan, snel!' roept hij. 'Waar wil Vianello naartoe? Heeft hij een urgente taak in verband met zijn werk, omdat het water stijgt?'

Na enkele kreten over en weer tussen de twee Italianen waar hij geen touw aan kan vastknopen, draait de boot om. Even is hij bang dat ze Vianello uit het zicht zijn verloren, maar dan vangt hij een glimp op van het vaartuig, dat rechts haastig een kleinere waterstraat in draait.

'*A little bit further to the right,*' wijst hij, '*please hurry!*'

'Hij zet koers naar het eiland San Michele,' zegt Brunelli even later, als ze Vianello's boot een eind voor hen uit in het zicht hebben.

Van Aerendonck knikt, zonder zich onmiddellijk te realiseren wat zijn collega zegt. In de ogen van zijn Italiaanse collega ziet hij dat het op hem allemaal nogal overdreven overkomt. Hij zou zich op dit moment waarschijnlijk liever bezighouden met het vullen van een kalkoen. Kerstmis moet wachten, het is niet anders, ook al heeft hij Leonie met pijn in zijn hart alleen achtergelaten in die kille ziekenhuiskamer. Ze zei er niets van, maar dat is na dertig jaar huwelijk ook niet meer nodig. Waarom verlaagt die Venetiaan zijn snelheid niet en laat hij hen niet aan boord? Hij is op de vlucht, maar waarheen? San Michele? Wat is dat ook al weer? Hij vraagt het en Brunelli antwoordt dat het een eiland is waar de Venetianen hun doden bergen. Dat is waar ook. De dochter van de verdachte ligt daar begraven. Isabelle. De vermoedelijke oorzaak van het feit dat hij hier nu zijn best doet overeind te blijven. Wat moet Vianello daar, op dit late uur?

Een paar minuten nadat Vianello's boot is aangemeerd, gooit Brunelli het touw om een steigerpaal. De inspecteur klimt aan wal, opgelucht dat hij weer vaste grond onder zijn voeten heeft. Waar is de man gebleven? Bij het graf van zijn dochter? Wat moet hij daar in het holst van de nacht en waarom heeft hij zoveel haast? Hij bedenkt zich geen seconde en klimt over het ijzeren hek. De Italiaanse agenten doen hetzelfde, maar eenmaal over het hek lijken ze verstijfd. Gepaste stilte voor de doden? Hij gebaart dat ze zich moeten opsplitsen en spoort hen aan op te schieten. Hij loopt zelf rechtdoor en laat een gebouw dat eruitziet als een kerk links liggen. Behoedzaam maar snel loopt hij langs eeuwenoude grafzerken. Hij zoekt naar nieuwere graven, maar dan hoort hij een geluid. Bewegend metaal? Een zombie zeker. Geesten die hier 's nachts tot leven komen en hun eigen carnaval vieren. Hij kan er helaas niet om lachen. Zoveel doden. Een deprimerende gedachte die zich in zijn hoofd wil nestelen, probeert hij uit te bannen. Hij kan zichzelf van alles verwijten, maar daar schiet hij niets mee op.

Van Aerendonck nadert de Venetiaan, die niets in de gaten lijkt te hebben. Vianello oogt nerveus en is druk doende. Wat voert hij daar toch uit en wat hangt daar om het hek, een fietsslot?

'Vianello, stop daarmee,' zegt hij. Hij staat op het punt zijn wapen te trekken, maar beseft dan dat Vianello niet merkt dat er iemand in zijn buurt is. Hij ziet de verbeten trekken op het donkere gelaat. Hij trekt alsnog zijn pistool. 'Stop!' zegt hij, op luide toon. 'Leg neer, dat stuk gereedschap.'

'Dat kan niet, kan niet. Het hek moet los, ziet u het dan niet? Er komt beweging in, ik moet het metaal de baas worden. Een kwestie van willen, begrijpt u? Willen is de halve weg. Ik kan niet stoppen. Niet. Het is een slecht voorstel.'

'U staat onder arrest voor de moord op Christine van Eshuis, Ilse de Wit en Lisette van Amerongen. Daar komt wellicht een vierde slachtoffer bij in de persoon van Minke de Pluij.'

Vianello werkt door, alsof de woorden langs hem heen glijden. 'Kijk dan!' roept hij. 'Kijk! U kunt beter helpen, denkt u niet dat een daad op dit moment van groter belang is?'

De wanhopige toon van de stem maakt dat Van Aerendonck dichterbij komt, het risico afwegend dat de man hem te grazen kan nemen. Wat bezielt die Venetiaan, dat hij doof lijkt voor zijn pistool? Dan pas ziet de inspecteur waar de man naast hem mee bezig is. Hij deinst achteruit. 'Wel...' roept hij uit, de vloek nog net binnensmonds houdend. 'Wat is hier aan de hand? Ga aan de kant, Vianello, nu onmiddellijk!' Hij steekt zijn wapen terug in de houder. 'Wat is... Frederique! Wat is hier in vredesnaam gebeurd?'

Het slot wordt geforceerd en de twee Italiaanse collega's regelen hulp, terwijl hij probeert leven te blazen in Frederiques lichaam, dat ze uit de graftombe hebben gesleept. Hij doet zijn uiterste best het hart opnieuw te laten kloppen. Het lichaam leek verzwolgen door het koude water. De huid doodsbleek, terwijl die de laatste keer dat hij haar zag, zo'n mooie, karamelkleurige tint had. De lange, donkere haren in natte slierten rond haar hoofd. Hij voelt geen hartslag, maar hij zet door. Eén, twee, drie, vier, vijf. Hartmassage. De tel niet kwijtraken. Verontrustende gedachten denderen door zijn hoofd. Vianello moet hebben gemerkt dat ze hem in de gaten hadden, waarop hij er als een razende vandoor ging. Over niet al te lange tijd zal hij opnieuw de dood in de ogen kijken, als Leonie er net zo roerloos en bleek bij ligt als deze vrouw. Dertig maal kort op het borstbeen drukken, daarna twee keer zuurstof in de longen blazen. Eén, twee. De borstkas komt omhoog. Goed zo. Leef! Vecht, vecht, denkt hij, bij elke tel. Juist als het stervenskoud is, wordt de drang tot overleven in het lichaam sterker. De hartslag vertraagt, terwijl de bloedtoevoer naar hart en hersenen wordt verhoogd, om die vitale organen te beschermen. Eén, twee, drie. Het lichaamsweefsel koelt ook af, en doordat het minder zuurstof nodig heeft, wordt de overlevingstijd onder water verlengd. Ooit heeft hij deze theorieën in zijn hersenen opgeslagen, nooit slaat hij een herhalingsbijeenkomst over om de kennis te toetsen en de vaardigheid te oefenen. Als de ambulanceboot arriveert en verplegers zijn taak overnemen, is hij volledig uitgeput.

Even later bekommert hij zich om Davide Vianello. De collega's hebben hem op zijn commando in de boeien geslagen. Brunelli vaart Vianello's boot terug naar de stad, de inspecteur begeeft zich op de politieboot, met de verdachte en de Italiaanse collega. In de kajuit vraagt hij aan Vianello waarom hij vluchtte.

'Ik moest naar Frederique, dat begrijpt u toch wel?'

'Ja, ik begrijp het volkomen. U heeft uw vrouw in die tombe opgesloten en u wilde naar huis gaan alsof er niets was gebeurd, tot u onze politieboot in de gaten kreeg. Om uzelf niet verdacht te maken zette u een sprint in naar het eiland, u dacht dat ze inmiddels zou zijn bezweken aan de kou. Zogenaamd buiten zinnen van angst probeerde u de tombe te openen. Ja,' grijnst hij, 'wij zijn zo dom dat we echt onmiddellijk begrepen dat u uw vrouw wilde redden. Net zoals Napoleon Venetië ooit heeft gered, zeker!'

Vianello schudt zijn hoofd. 'Ik was naar huis geweest om gereedschap te halen,' zegt hij. 'Een ijzertang en een ijzerzaag.'

'Hoort een gevulde gereedschapskist niet tot de standaarduitrusting van een dergelijk vaartuigje? Kom op, Vianello, u moet met iets beters komen.'

Onrustig schudt de Venetiaan opnieuw zijn hoofd.

'Iemand die u heeft gezien?'

Vianello kijkt hem aan. 'Frederiques tante, misschien. Ze is sinds vanmiddag bij ons. Hoewel, ze was erg moe, dus misschien is ze niet wakker geworden van mijn gerommel in de kelder.'

'Waarom heeft u niet gereageerd toen u merkte dat wij u volgden?'

'Ik heb u niet gezien, ik was gefocust op het eiland.'

'En dat moet ik geloven?'

'Nou ja, ik, eh, ik was bang dat de motor het zou begeven, ik had nog nooit zo hard gevaren met mijn boot.'

'Onverantwoord.'

'Ik had geen keuze. Ik dacht: elke minuut, elke seconde telt.'

'En nu gaat u me vast uit de doeken doen hoe uw vrouw in die graftombe terecht is gekomen. Een van de eilandgeesten pakte haar ineens vast en sleepte haar mee. Wie zou het zijn geweest, de reïncarnatie van Klein Duimpje misschien, hmm?'

Vianello kijkt hem aan. Beduusd? Angstig? 'Het ging zo snel. Ik durf er amper aan terug te denken. Ik was erbij, maar tegelijkertijd ook niet. Het leek zo onwerkelijk, ik voelde de grond onder mijn voeten trillen, alsof die elk moment zou kunnen splijten en me kon verzwelgen. Een stupide gedachte, vanzelfsprekend, maar soms gedragen gedachten zich zo.'

'Natuurlijk.'

'Frederique heeft zichzelf opgesloten in die tombe.'

'En ik word de nieuwe Ray Charles.'

'Pardon?'

'Laat maar.'

Vianello krabt zich in zijn nek. Zo hard dat de inspecteur de neiging heeft zijn hand daar weg te slaan. 'Het bezorgde me koude rillingen,' zegt de Venetiaan. 'Het oogde duister. Zwart. Ik raakte in paniek. Als ik gelovig was geweest, had ik een kruisje geslagen en mijn blik naar boven gericht. Frederique...'

'En ze had van huis al gewoon een fietsslot meegenomen, in haar jaszak. Dat doet ze wel vaker, hmm?'

'Ik denk dat ze het in haar tas had, ze zei dat ze een ornament voor Isabelles graf bij zich had, ik heb er verder niet op gelet. We waren allebei nogal uit ons doen, en het weer was slecht. We wilden de traditie niet doorbreken, niet nu al. Had ik dat maar wel gedaan...'

'Dat is het eerste verstandige wat ik u hoor zeggen.' Hij is opgelucht als de boot aanlegt voor een gebouw met de letters 'Polizia'. Een beetje druk uitoefenen en Vianello zal bekennen.

6

zondag 15 november

De rust is er bedreigend, vind ik. De wetenschap dat er zoveel lijken in ontbinding om me heen liggen, maakt me misselijk. Ik kan er niets aan doen, ik zie elke keer op tegen een bezoek aan mijn dochters graf op dit eiland met duizenden graven, velden vol identieke witte, houten kruizen en kunstbloemen. Er zijn ook mausolea, waarin families hun laatste rustplek alvast hebben veiliggesteld en waarin de overblijfselen van hun reeds overleden dierbaren in stenen graven zijn gestapeld. Inschuifgraven noemen ze het, geloof ik. Alles moet hier de lucht in, want de ruimte is eindig en dit eiland raakt langzaamaan overvol. Oude graven worden geruimd, waarna slechts een miniatuursteen in een nis herinnert aan de dode. Ouderen moeten wijken voor de jongeren, dat geldt zelfs in het dodenrijk. Alleen als je van enige waarde bent geweest in het leven blijft je graf gespaard. Rijke families. Militairen. Igor Stravinsky. Ooit zal ook Isabelles graf worden geruimd. Ik voel kippenvel over mijn armen kruipen.

Davide wilde een kerkdienst met wierook, een koor en al het roomse theater waarmee een katholieke uitvaart gepaard gaat. En hij wilde haar lichaam per se vanuit Nederland mee hierheen nemen, op het Isola di San Michele, waar ze volgens hem rust zou vinden. Ik wilde liever een crematie, om haar as daarna uit te strooien over de Noordzee. Isabelle was een kind van de polder, niet van de pasta, ook al had ze Davides Italiaanse, koffiebruine ogen. Davides geloof woog zwaarder.

Op deze zachte zondagochtend waarop de zon haar best doet door de bewolking te breken heb ik ingestemd om met hem mee te gaan. We houden ons aan de tradities. Haar sterfdag en eerste kerstdag; er zitten maar een paar weken tussen, maar die dagen is het geen optie om niet te gaan. Davide ordent haar graf, dat door het weer lichtelijk is vervuild. Zelfs hier dreigt soms het water, lopen dieper gelegen grafkelders onder en worden monumenten aangetast door het vocht. Ik geef Davide de rode rozen, echte rozen, die ik heb gekocht, en hij schikt ze onhandig in de vaas op het graf. Ik verbaas me over zijn gefriemel met de lange stelen. Zou hij me al die jaren voor de gek hebben gehouden? Is hij wel een ingenieur? Je hoort de vreemdste verhalen over mannen die hun vrouw en kinderen jarenlang voor de gek houden. Bigamie plegen en een tweede gezin eropna gaan houden of stiekem hun geld verdienen als gigolo. Ik grinnik in mezelf. Of hun vrouw van een hoge flat afduwen en daarna zichzelf een kogel door hun kop jagen. Het is dit eiland. Ik krijg er rare gedachten. Ik zucht diep.

'Wat is er?' vraagt Davide.

'Niets. Kunnen we gaan? Het tocht hier.'

Hij knikt. 'Ik dacht dat je iets wilde zeggen.'

'Iets zeggen?'

'Tegen Isabelle, bedoel ik.'

Ik schud mijn hoofd. 'Niet hier. Alsof ze me hoort! Die onzin, daar geloof ik niet in. Maar jij toch wel?' Ik denk aan hoe gelaten hij onze kansloze missie tegen het ziekenhuis onderging. 'Of wacht. Zal ik het doen? Zal ik haar zeggen dat we het hebben opgegeven? Dat we haar hebben opgegeven, dat we de instanties hebben laten winnen?'

'Frederique, alsjeblieft.'

'Zo is het toch? Jij legde je neer bij de uitkomst van het interne onderzoek, jij wilde geen rechtszaak. En jij wilde haar hier.'

'Ik wilde geen rechtszaak, omdat het zinloos was. Toe, laten we niet nu...'

'Ja, juist wel. Als jij denkt dat Isabelle ons kan horen, dan heeft ze ook recht op de waarheid.'

'De waarheid?' Davide boort zijn ogen in de mijne, de frons tussen zijn wenkbrauwen verdiept zich. 'Frederique, de waarheid ken jij net zo goed als ik. Als ik...'

Er loopt een oude dame met een zonnebril die bijna haar complete gezicht bedekt in onze richting en ik leg mijn wijsvinger op zijn mond. 'Heb jij ook aan onze huisarts gedacht, vandaag? Gisteren?' fluister ik. 'Is het niet erg toevallig dat ze dood is? Wat denk je, wilde ze met ons praten en zijn ze erachter gekomen? Die chirurg die Isabelle heeft geopereerd? De verpleger die 's nachts waakte bij haar bed? Een van die huichelaars, die niet wilde toegeven dat ze gefaald hebben?' Mijn hart gaat als een idioot tekeer in mijn lijf.

'Ik begrijp dat je...'

'Jij stond die vrijdagavond lang met haar te praten. Dat ging vast niet over jullie favoriete wijnhuizen. Af en toe spiedden haar ogen de kamer rond, alsof ze je iets vertelde wat niet voor andere oren bestemd was. Je denkt misschien dat ik jullie niet zag, dat jullie je goed hadden verstopt achter die bar?' Hij blijft o, zo rustig. Ik zou hem willen toeschreeuwen dat hij kwaad moet worden, dat hij al die kruizen en nepbloemen hier omver moet schoppen, uit pure woede over al het onrecht op deze aardkloot. Praat! Schreeuw! Ik houd me in. Zo steekt hij niet in elkaar. Hij wikt, weegt en berekent. Ik kijk om en constateer dat de dame is doorgelopen en zich verderop over een graf buigt. 'Nou?'

'Ik vind het een blamage, dit gesprek op deze plek. Kom. Ga met me mee.'

'Als je maar niet vergeet dat jij degene was die wilde stoppen. Niet ik.' Dan komen alsnog de tranen. Ik kan ze niet tegenhouden, al heb ik er een bloedhekel aan dat ik me in het openbaar zo laat gaan. Davide neemt me in zijn armen en dat maakt het alleen maar erger.

'Shht, maak jezelf niet zo overstuur,' fluistert Davide in mijn oor. Hij streelt me over mijn rug en houdt me stevig vast tot ik kalmeer. 'Ik weet dat jij het er ook moeilijk mee hebt,' zegt hij. 'Daarom is het juist goed om hier te komen. Het hoort bij de verwerking.'

Ik dacht dat hij zich had neergelegd bij onze nederlaag in het ziekenhuis, maar waarom werd zijn blik dan ineens donker toen ik er zojuist over begon?

7

We zijn onderweg naar Davides ouders. Via de Strada Nuova, een drukke winkelstraat waar donkergekleurde buitenlanders proberen op dekens uitgestalde souvenirs te slijten, lopen we richting de wijk Cannaregio. Ze wonen voorbij de Joodse wijk, in een appartement in een van de daar onlangs gerenoveerde gebouwen. Een flinke wandeling, maar het is zacht weer, nu het water zich heeft teruggetrokken uit de straten, en ik wil liever niet met de boot. Het donkere water boezemt me angst in.

Davides ouders hadden vreemd opgekeken toen hij vertelde dat hij een buitenlandse vriendin had. Een Hollandse? Wat doet ze voor de kost, muziek maken? Daarbij keken ze, zei Davide, alsof ik minstens een van god verlaten hardrockster zou zijn, bedekt met tientallen tattoos. Daar hebben we alle vier achteraf samen hard om gelachen.

Ik probeer me te concentreren op andere dingen, want als ik mijn gedachten de vrije loop laat, belanden ze in het water waarin een vrouw verdrinkt. Terwijl ik mijn blik verbeten op de etalages richt, sommige al in kerstsfeer, denk ik aan de avond waarop Davide en ik elkaar hebben leren kennen. Mijn vertolking van Vivaldi heeft hem de das omgedaan, zei hij ooit wel eens gekscherend. De Italiaanse componist betekende mijn definitieve doorbraak. De cd *De vier jaargetijden* werd alom geprezen en was net platina geworden. Uitgerekend die avond, in de Koninklijke Schouwburg in Den Haag, kreeg ik een blinkend, ingelijst exemplaar overhandigd.

'En dat is nog maar het begin,' zei de directeur van de platenmaatschappij. 'De internationale lancering is nog maar net van start gegaan.'

Natuurlijk was ik in de wolken. Maar vanaf het moment dat Davide me in de foyer complimenteerde met het concert kreeg de avond pas echt betekenis. Ik bespeurde vaag een accent bij hem en in combinatie met zijn zuidelijke uiterlijk was het niet moeilijk om te raden waar zijn wortels lagen.

'Mag ik u uitnodigen voor een glas champagne?' vroeg hij. 'Mijn hart is Italiaans, en het bonkt al de hele avond bij de gedachte aan dit moment, iets wat ik in mijn hele leven nog niet zo overweldigend heb meegemaakt. Alstublieft, zegt u geen nee.'

Ik wist niet wat ik moest zeggen en keek zo'n beetje glimlachend langs hem heen, zogenaamd knikkend naar een bekende. Daarna keek ik hem aan. Er was iets aan hem wat me deed twijfelen aan zijn oprechtheid. 'Nee,' zei ik. Ik wilde me omdraaien en weglopen, maar hij hiel me met zachte hand tegen.

'Weet u, eigenlijk ben ik een Mozart-liefhebber,' zei hij, na enige aarzeling. Ik merkte dat hij een niveau hoger op de trap van openhartigheid was geklommen; zijn stem klonk zachter, en zijn lach maakte plaats voor een serieuzere blik. 'Ik heb uw vioolspel gehoord, drie weken geleden, toen u in het concertgebouw in Amsterdam optrad, als begeleiding in de aria 'Ruhe sanft, mein holdes Leben', uit Mozarts onvoltooide opera *Zaïde*. De sopraan bezorgde mij kippenvel, zo ontroerend, maar het was de passie in uw spel die mijn hart bereikte. Een kortere weg dan via deze aria had u niet kunnen kiezen. Ik hield het niet droog en als man valt het me natuurlijk zwaar deze bekentenis te doen.'

'In dat geval is het antwoord ja, u mag me uitnodigen.' Ik draaide me van hem weg, omdat ik vreesde dat de plotselinge emotie van mijn gezicht af te lezen was. De aria heeft een speciale plek in mijn hart; op het moment dat ik die als kind hoorde, wist ik dat ik violiste wilde worden.

Hij lachte. 'Ik voel me zeer vereerd. Niemand kan gelukkiger zijn dan ik op dit moment. Gelooft u in geluk?'

'Nee. Maar misschien moet ik het eerst ervaren om erin te gaan geloven.'

Ik denk dat we er tot die avond allebei heilig van overtuigd waren dat we vrijgezel zouden blijven. Davide had relaties achter de rug die nooit lang duurden – dan raakte hij verveeld, zei hij – en ik... ik weet het niet, ik houd mezelf voor dat mijn hart volledig in beslag werd genomen door de muziek, dat daar geen relatie bij paste. En ik reisde veel. Een man zou nooit telkens op me willen wachten, of zich schikken in een leven vanuit de koffer. Een schrijver, dacht ik wel eens, die zou het misschien met me uithouden. Maar ja. Voor zijn eerste roman zou hij een internationaal befaamde violiste als protagonist kunnen bedenken en voor zijn tweede een meereizende, misschien zelfs gefrustreerde schrijver. En dan? Ik herinner me ook dat hij me vertelde dat hij zich bezighield met het waterprobleem in Venetië. Het was zijn ultieme uitdaging om het probleem op te lossen en ik zag aan de beheerste blik in zijn ogen dat hij ervan overtuigd was dat het hem zou lukken. Dat ook hij als kind al wist wat hij wilde worden, zag ik als een gunstig voorteken. Tegelijkertijd voelde ik de neiging keihard weg te rennen.

Acuut na het vermakelijke misverstand over de hardrockweg die ik zou zijn ingeslagen, hebben Davides ouders me geloof ik geaccepteerd. Zijn vader in ieder geval, schoonmama Arianna wil me nog wel eens aankijken met een blik waarvan ik meen dat die verwijtend is. Vraag mij iets over Italiaanse moeders en zoons, en ik zal elk cliché bevestigen. Ze waakt over hem als een leeuwin over haar welpen.

'Ik heb een oude uitvoering van enkele pianoconcerten van Mozart op de kop getikt,' zegt Davides vader. Zijn oude lichaam buigt zich om een kastje open te trekken dat te hoog zit voor zijn van artrose kromgetrokken rug. 'Ik vond ze erg de moeite waard. Misschien straks een stukje, na het eten, hmm?' Hij haalt met twee handen een fles wijn uit het rek, de fles koesterend als een pasgeboren baby. 'Zeker na een paar concerten kan ik me voorstellen dat je oren rust nodig hebben,' zegt hij.

'Stilte kan erg prettig zijn,' antwoord ik, terwijl ik de zwarte kat aai, die zijn vaste plek in de vensterbank heeft ingeruild voor een plekje op mijn schoot. Als ik muziek hoor, moet ik luisteren en kan ik me niet bezighouden met een conversatie, gelukkig begrijpt hij dat. Hij kon zich ook nooit concentreren op een gesprek, zei hij ooit, als hij een prachtschilderij in zijn vizier had. 'Stilte kan inspirerend werken en ruimte geven aan de fantasie, of het oplossend vermogen vergroten.'

'Toe maar,' zegt Arianna. Davides moeder heeft kaarsen aangestoken, in geel en goud, stemmig kleurend bij de nieuwe schilderijen die ze heeft opgehangen. Stillevens van fruit, van sinaasappels en citroenen. Een poging tot blijmoedigheid? Geen zeer geslaagde dan, want ik heb het, net als vorige keren, benauwd in het kleine, donkere appartement, dat slechts uitzicht biedt op het volgende gerestaureerde gebouw.

'Ik heb behalve Mozart nog een paar andere pareltjes bemachtigd,' zegt Seppo. Hij legt een schijfje in de cd-speler. 'Een klein stukje, om te testen of je het nog kunt.' Hij grijnst.

Ik lach. 'Vooruit dan maar.'

Hij drukt op de 'play'-toets, om na vier akkoorden onmiddellijk op 'stop' te drukken.

'Mooi,' zeg ik. 'Rachmaninov. Het eerste deel, 'Moderato', van het tweede pianoconcert. In c-mineur. Begint heel rustig, maar dat is stilte voor de storm. Te makkelijk, schoonpapaatje.'

'Goed, goed, wacht. Ik wilde het niet meteen te moeilijk voor je maken.'

'Schát, laat haar toch.' Mijn schoonmoeder schudt haar hoofd. 'Ze is hier voor haar rust.'

'Het geeft niet,' zeg ik.

'Luister!'

Ik hoor het ontvangstapplaus, een paar seconden stilte en dan vier dezelfde tonen, gespeeld door de violisten van het orkest. Nog niet de solo. Een donker, ietwat mysterieus begin. 'Penderecki. Het tweede vioolconcert. Je moet echt met onbekender werk aankomen, pa.'

'Ik wist het. Wacht even...'

'Nee, niks wacht even,' interrumpeert Arianna. 'We gaan eten.' Ze zet het stoofpotje van wild zwijn op tafel en ik zie Davides gretige blik. We wachten tot pa de wijn heeft ingeschonken en dan heffen we ons glas op de nieuwe gebottelde Vianello.

'Het lijkt erop dat hij potentie heeft,' vindt pa, als hij met zijn neus diep in het glas heeft geroken. 'Wat vinden jullie?'

Vader zegt wel 'jullie', maar hij bedoelt Davide. De smaakpapillen van zijn zoon zijn de enige die er voor hem toe doen. Het stoort me niet, ik ben geen kenner. Davides ouders hebben een tweede huisje in de buurt van Greve in Chianti, waar schoonpapa hele dagen in de ernaast liggende bescheiden wijngaard te vinden is. Zijn grote hobby, sinds hij niet meer actief is als conservator. Ik proef het verschil tussen een slechte en een goede wijn wel, maar Davide en zijn vader verheffen wijn drinken, en vooral het proeven, bijna tot een vorm van hogere kunst. Of wiskunde misschien zelfs, want er schijnen heel wat cijfers en tabellen aan te pas te komen, voordat het rode vocht uiteindelijk gedronken kan worden. Vader Seppo stopt zijn ziel en zaligheid in die wijn, het zou vloeken in de kerk zijn als zijn zoon met een simpel 'lekker' zijn glas leegdrinkt, zeker als hij een nieuw jaar presenteert.

'Hij heeft alvast dikke tranen in het glas,' zegt Davide, zijn neus in het glas stekend. 'En een mooie neus.' Hij knikt waarderend.

'Jullie moeten eten,' dringt mijn schoonmoeder aan. 'Laat het vlees niet koud worden. Frederique, zal ik opscheppen?'

'Heerlijk,' zeg ik, en ik ben blij dat ik eindelijk mag aanvallen op het stoofpotje. De geur van gebraden wild zwijn, die al uren door de kamer trekt, heeft me hongerig gemaakt. Davide speelt zijn vaders spel geduldig mee. Ik heb al een paar slokken genomen als hij eindelijk het glas aan zijn mond zet en dan duurt het alsnog seconden voordat hij het vocht doorslikt. Met gesloten ogen. Ik zou erom moeten lachen, om het jaarlijks terugkerende vader-en-zoon-ding. En toch. Het is geforceerd. Mijn schoonmoeder glimlacht, maar ik kan me niet voorstellen dat ook zij het niet merkt. Ik sla mijn ogen neer als ze me aankijkt.

Davide lijkt eindelijk toe aan zijn oordeel. De omhoog krullende mondhoeken verraden zijn enthousiasme, de bijbehorende twinkeling in zijn ogen blijft uit. 'Dieprood, levendig intens en een ruim bouquet,' prijst hij. 'Je hebt met je gouden handen en delicaat gevoel voor de natuur een krachtige wijn geproduceerd, pa. Met een perfecte terroir en jou als oenoloog die zo onderhand mag bogen op de nodige ervaring, had ik eerlijk gezegd niet anders verwacht, maar... het blijft toch levend materiaal waarmee je werkt, met alle onzekere factoren die dat met zich meebrengt. Als je zo doorgaat, krijgen we over een aantal jaren een wijn die zich kan meten met een Montepulciano, of een Brunello. Hulde, pa, hulde!'

Seppo straalt aan alle kanten en op zijn voorhoofd verschijnen kleine zweetdruppeltjes. Van opwinding, of merkt ook hij dat zijn zoon het er te dik bovenop legt?

'Ik proef bessen, vanille, en achterin een vleugje karamel. *Bellissimo*. Echt een geweldige prestatie. Hij is prachtig op dronk, en volgens mij leent deze zich er ook uitstekend voor om te bewaren. Pa, dit is een piekfijn stukje vakmanschap.'

'Vanille?' vraagt Seppo verbaasd, terwijl hij zijn neus in het glas duwt.

'Davide, eet nu wat,' zegt zijn moeder. 'Jij ook, Seppo. Wat een hoop flauwekul om zo'n glas wijn. Je ziet er moe uit, Frederique jij ook, eten jullie wel goed? Of ligt het aan die smaakloze Hollandse tomaten?'

Daar meen ik hem weer te bespeuren, die verwijtende blik. Cliché nummer dertien: de moeder kookt altijd beter dan de echtgenote.

'Ach ma, dat valt best mee,' zegt Davide. 'Ik heb gewoon hard gewerkt, zelfs 's nachts, bij vlagen. Over een paar dagen vliegen we weer naar Nederland en daar slaap ik beter dan hier, omdat het waterprobleem letterlijk verder van me af staat. Dus maak je geen zorgen, alles komt vanzelf weer goed.'

'In Greve zal ik zorgen dat jullie de frisse Toscaanse lucht opsnuiven! We trekken eropuit voor de jacht, en dan kan ma een echte stoofpot maken van zelf geschoten wild zwijn,' beslist mijn schoonvader enthousiast.

'Hè, Seppo, houd je in,' zegt mijn schoonmama, haar hoofd afkeurend schuddend. 'Zijn jullie bij... bij haar graf geweest?' vraagt ze.

'Vanmorgen,' antwoordt Davide. 'We hebben rozen gebracht.'

'Volgende week zal ik weer gaan,' zegt ze. 'Dan zullen de zeven rozen verwelkt zijn, maar ik heb een lantaarn gekocht, waarin een lampje zit dat op batterijen werkt. Ik hoop dat deze langer meegaat dan die porseleinen engel. Als jullie met Kerstmis weer gaan, kun je voor de zekerheid een nieuwe batterij meenemen.'

Ik bespeur de aarzeling in mijn schoonmoeders stem en neem een grote slok wijn. Arianna probeert enkele malen het gesprek op Isabelle te brengen, ze komt zelfs met een fotoalbum op de proppen, maar Davide noch ik reageren op haar pogingen het verleden te doen herleven. Ik verlang ernaar om te kunnen spelen, om me te kunnen verliezen in de muziek. Als mijn schoonvader even later alsnog Mozart opzet, concentreer ik me daar op. Hij heeft een lp bemachtigd waarop zijn onvolprezen negentwintigste symfonie staat. In een uitvoering die ik niet kende, maar het meesterwerk heeft me onmiddellijk in zijn greep, ondanks de technische onvolmaaktheid van het vinyl. Het is alsof Mozarts levendige en krachtige tonen in staat zijn om me boven het verdriet uit te tillen en even iets van de kou in mijn lijf te verdrijven.

Eenmaal buiten, 's avonds laat, haal ik diep en opgelucht adem.

'Je kunt het haar niet kwalijk nemen,' zegt Davide. 'Het was haar enige kleinkind, en ze was er smoorverliefd op.'

Cliché nummer zesentwintig. Ook waar. Zwijgend lopen we langs het water. Het heeft zich teruggetrokken, maar kabbelt op veel plekken nog over de kaderand, waardoor het niet precies te zeggen is waar de kade normaliter ophoudt en het water begint. Hoe zou het zijn als ik nu spring en me laat omsluiten door die koude, donkere stilte? Nergens meer aan denken, niets meer hoeven. Bij vlagen kan ik ernaar verlangen en dan helpt slechts een dosis Mozart.

Frederique – 5 jaar

Ze mag langer bij haar oom en tante blijven logeren. Ze weet ook heus wel waarom. Papa is dood. Tante Bernique vertelt het, en ze doet net alsof ze het nog niet wist, omdat ze niet durft te vertellen dat ze stiekem op zolder, op zijn kamer is geweest.

'Begrijp je wat ik vertel?' vraagt tante.

Ze knikt. 'Papa's lichaam verdwijnt in de grond, maar eigenlijk is hij naar de hemel, waar hij net zo lang muziek kan maken als hij wil.'

Mama heeft de hele tijd rode ogen, soms is ze 's avonds bij tante en oom, maar ze zegt weinig en ze zingt niet meer. Gelukkig heeft oom platen, waar ze naar mag luisteren en die haar doen vergeten dat mama huilt, en ze oefent veel. Ze kent nu alle majeurtoonladders en drieklanken over drie octaven, die ze zuiver kan intoneren, zoals viooljuf Yvon het noemt, en ze beheerst zoveel posities dat ze de tweede viool mocht spelen in een pianokwintet van Schumann. De juf zei dat ze het erg goed had gedaan, en toen ze vroeg hoelang ze elke dag oefende zei ze 'gewoon, tot ik het ken' en dat maakte juf Yvon blij, dat kon ze zien. Het is lekker warm, bij oom en tante, en een van beiden is altijd thuis, meestal tante. Ze wil best bij hen blijven wonen, maar ze voelt aan dat het een wens is die niet op haar Sinterklaaslijstje mag.

Ze mag gaan kijken naar papa, voordat hij onder de aarde wordt gestopt. Tante Bernique zegt dat het niet hoeft, maar mama zegt dat het net lijkt alsof hij slaapt en dat het niet eng is. Er liggen bloemen in de kamer, waar kaarsen branden. Kransen, met linten eraan, waarop staat 'rust zacht'. Het is er stil. Ze is blij dat Sasha bij haar is. Sasha is haar nieuwe vriendinnetje. Ze zit naast haar op school, draagt knalrode jurkjes en kan hoog en zuiver zingen. Er staat een enorme houten kist, midden in de kamer. Als ze op haar tenen staat, kan ze net over de rand kijken. En dan schrikt ze. Ze houdt Sasha tegen als die ook wil kijken. Dat is niet haar vader, daar in die kist, maar hij is het ook weer wel. De kleur is uit hem verdwenen. Hij is niet echt wit, hij is eng grijzig, als het krijt van de juf op school. Hij lijkt helemaal niet te slapen, zoals mama zei. Hij is dood. Ze heeft de neiging om zijn ogen open te doen, om te zien of ze hem dan wel herkent als papa. Maar ze durft hem niet aan te raken, ze durft niet eens zijn handen aan te raken, ook niet als mama haar wil optillen zodat ze er beter bij kan.

Op een avond speelt ze voor oom en tante Mozarts Vioolconcert in A-majeur. Oom Henri is trots en wil haar meenemen naar een concert. De volgende avond speelt het symfonieorkest werken van Tsjaikovski, zegt hij. Ze zeurt net zo lang tot hij erin toestemt zijn plan een week uit te stellen. Dan is er een uitvoering van Mozarts opera *Don Giovanni*. Daarvoor moeten ze dan naar Amsterdam, daar is ze nog nooit geweest en dat maakt het extra spannend. Ze hoopt dat ze ook nog zo lang mag blijven logeren. Oom Henri overlegt met mama, en ze mag gaan! Ze telt de nachtjes slapen af op haar kalender en als het eenmaal zover is, heeft ze de binnenkant van haar lip kapotgebeten.

In haar zondagse jurk met maillot, haar voeten in zwarte lakschoenen met een klein hakje gestoken, loopt ze apetrots naast haar oom de trappen op. Ze houdt haar toegangskaartje stevig vast en laat het zien aan een dame die hun de plekken wijst waar ze mogen zitten. Op het balkon. Ze voelt zich de koning te rijk, en die avond vergeet ze alles om zich heen. Ze begrijpt niet veel van het verhaal, maar door de muziek, die ze tot dan toe alleen via luidsprekers heeft gehoord, in combinatie met het spel, snapt ze precies waar de spannende stukken zitten, waar er wordt feestgevierd en wanneer het verhaal naar het einde toe werkt.

Ze ligt veel later in bed dan normaal, en die nacht droomt ze dat ze op het podium staat en dat alle mensen opstaan om voor haar te klappen.

Viooljuf Yvon komt bij oom en tante. Ze drinken thee, en terwijl de drie met elkaar praten, doet ze alsof ze achter in de kamer sommen maakt.

'Frederique heeft een groot talent,' hoort ze de juf zeggen. 'Terwijl ik de indruk krijg dat ze er niet abnormaal veel voor hoeft te doen. Ze is buitengewoon muzikaal, en wat misschien nog een groter talent is: ze speelt van binnenuit.'

Hoe moet je dan anders spelen, vraagt ze zich af. Maar ze denkt daar verder niet over na, ze moet haar best doen om de stemmen, die nu wat gedempter klinken, te verstaan, en om te begrijpen wat ze zeggen.

'... een versombering in haar stemming, soms, meen ik... een tragische gebeurtenis, maar het zou nóg tragischer zijn als haar talent daar de dupe van is... goed in de gaten houden of ze zich niet te veel afzondert...'

'Mijn zus heeft me verteld dat ze een vriendinnetje heeft met wie ze veel optrekt,' zegt tante. 'Een meisje uit haar klas dat zingt.'

'Dat is fijn voor Frederique,' zegt de juf.

De juf praat, ze verstaat niet alles, maar oom en tante luisteren vooral, knikken af en toe, alsof ze het goed vinden wat ze zegt.

Als ze weer thuis is, lijkt alles anders. Mama is dunner, haar ogen staan raar, en in het huis lijken hun stemmen wel een echo te hebben. Het voelt niet fijn. Papa's muziekspullen zijn verdwenen; de boekenkasten waar de stapels muziekstukken lagen, zijn leeg. Ze moet goed blijven oefenen, zegt mam, terwijl ze haar wijsvinger opsteekt, en mam wil weten of ze vorderingen heeft gemaakt. Ze speelt een etude, die ze de afgelopen dagen heeft geoefend. Mama beweegt mee, haar handen wiegen mee op de maat van de muziek, en dat leidt haar af, omdat ze af en toe net een fractie van een seconde uit de maat beweegt. En ze is helemaal van slag als mama een plastic bonbonpapiertje tussen haar vingers blijkt te hebben, wat een knisperend geluid veroorzaakt. Ze speelt slecht door de afleiding, en na een poosje houdt ze er abrupt mee op. 'Ik kan het nu niet,' zegt ze. 'Ik ben moe, ik wil naar bed.'

's Avonds laat komt mama bij haar bed. 'Slaap je nog niet, uk?'

'Ik heet geen uk.'

'Maar je moet wel slapen.' Mama geeft haar een kus. 'Slaap lekker,' zegt ze, en dan reikt haar hand naar het nachtlampje.

'Niet uitdoen,' zegt ze.

Mama aarzelt, neemt haar dan in haar armen en houdt haar stevig vast. Ze wurmt zich los uit de verstikkende greep.

De volgende dag pakt ze een tas en stopt er kleding in. Ze merkt dat ze de tas en haar viool in zijn kist onmogelijk tegelijk lang kan dragen. Ze laat de tas met kleding staan, spijbelt van school en loopt naar het huis van haar oom en tante. Als ze eindelijk de achterdeur opent, branden haar voeten in haar schoenen.

'Frederique? Wat doe jij hier? Je hoort op school te zijn.'

Tante vindt het niet goed. Ze huilt, smeekt, maar ze mag niet blijven. Alleen voor een kop chocolademelk, en dan brengt tante haar terug. 'Je thuis is bij je moeder, schat, je wilt haar toch ook niet helemaal alleen laten?'

Ze schudt haar hoofd, omdat ze weet dat tante Bernique dat van haar verwacht.

'Concentreer je nou maar op je vioolspel, je moet goed oefenen, en binnenkort mag je echt wel weer een nachtje bij ons slapen. Als je dat wilt, mag je dan zelfs Sasha meenemen. Zullen we dat afspreken?'

'Ja, goed,' zegt ze.

'Weet je wat we doen? Elke keer als we elkaar een paar dagen niet zien, schrijf ik je een brief. Is dat leuk?'

Ze knikt.

8

zaterdag 21 november

Ilses hoofd voelt aan alsof ze een avond zwaar is doorgezakt. Niet dat ze dat tegenwoordig nog doet, maar ze weet nog hoe het vroeger voelde. Watten in het hoofd, liefst in bed blijven zonder veel te bewegen of te denken. Vochttekort was de oorzaak. En nu? Vaag komt de herinnering boven aan de stem. Ze kende de stem ergens van, maar kon die niet plaatsen. Een zoetige geur in haar neus. Chloroform, wist ze onmiddellijk. Voor ze kon reageren, voelde ze zichzelf al wegglijden in een grijs niemandsland. Het was een boze, onredelijke stem. Waar is ze? Ze ligt op haar buik, en onder haar is het lekker warm, maar ook nat. Ze hoort een kraan, die zachtjes loopt. Als ze zich wil oprichten, merkt ze dat haar polsen vastzitten en dat ze pijn doen. Een branderig gevoel, alsof ze zich heeft gesneden.

Ze voelt de bril op haar neus, knippert een paar keer met haar ogen en realiseert zich langzaam maar zeker waar ze is. Dit kan niet waar zijn, dit overkomt haar niet. Ze doet haar werk nauwgezet en ze is er goed in, ze is gelukkig met Geert. Dit is een droom. IJzerdraad. Pijn. Een nachtmerrie, waaruit ze zo wakker zal worden.

Ze ligt in bad. Haar polsen vastgebonden aan de handsteunen.

Als de steunen nog iets verder uit elkaar hadden gezeten, zou ze erbij liggen als Jezus aan het kruis. In haar eigen, gloednieuwe tweepersoonsbad, en de kraan produceert een straaltje warm water. In een flits realiseert ze zich dat er een moment komt dat het bad volloopt. Haar hoofd komt niet boven het bad uit, zelfs niet als ze haar nek helemaal uitstrekt. Het oprichten van haar hoofd is inspannend, het draaien van haar nek pijnlijk, dus laat ze haar hoofd weer rusten op het gladde kunststof. Ze zal verdrinken.

Ze heeft dorst, maar als ze geduld heeft, zal ze straks kunnen drinken. Ze huivert, ondanks de warmte, die langzaam maar zeker omhoog kruipt. Ze zal moeten drinken tot er hulp komt. Hoeveel liter water kan een mens drinken tot... Ja, tot wat? Hoe snel loopt het bad vol? De gedachte aan het onherroepelijke zet ze van zich af. Ze is een zelfstandige, capabele vrouw, ze krijgen haar er zomaar niet onder, wat denken ze wel. Waar was ze mee bezig voor ze bewusteloos raakte? Staat er iemand achter de deur te schudden van het lachen? Ze zal die zieke geest de lol niet gunnen dat hij haar paniek merkt. Een hij? Ze heeft de stem toch herkend, was het een mannenstem?

Ze zucht. De watten in haar hoofd worden dikker. Een paracetamol zou welkom zijn. Dan zou de pijn in haar polsen misschien ook zakken. Ze rukt en trekt tevergeefs aan het ijzerdraad.

Water. Haar vingers voelen raar aan, alsof ze niet van haar zijn, en het bloed klopt onder de huid. Het ijzerdraad om haar polsen zit strak, veel te strak. Ze draait haar polsen met gebalde vuisten, maar staakt die beweging als er ineens felle pijnsteken door haar lijf flitsen. Er ontsnapt een kreet uit haar mond en even voelt ze zich gegeneerd. Ze sluit haar ogen. Misschien helpt het haar om na te denken over haar weg hieruit. Het is weekend. Zaterdag, ja. Ze kan zich niet voorstellen dat ze lang buiten westen is geweest, dan had ze zich ook vast veel beroerder gevoeld. Wat deed ze, was ze binnen aan het werk? Vast. Het is slecht weer, op de radio voorspelden ze zelfs sneeuw. Bah, sneeuw. Leuk voor de kerstdagen, als je de deur niet uit hoeft, maar verder... De keukenkastjes schoonmaken. Precies, daar was ze mee bezig. En ineens had ze die arm om zich heen gevoeld, onmiddellijk daarna de zoete geur, die haar neus binnen drong. Misschien heeft hij tegen haar gepraat toen ze al half buiten bewustzijn was. Toen hij haar uitkleedde... zou hij haar ook hebben... nee, god nee, dat, dat kan toch niet? Ze voelt geen pijn, daar. Daar niet.

Het water stijgt. Haar benen liggen nu onder water, net als haar billen. Haar rug nog niet, die voelt kouder aan. Als ze haar hoofd iets naar beneden beweegt, kan ze met haar tong het water aanraken. Ze slurpt wat van het water op. Het stijgt sneller dan ze had verwacht, of misschien is ze haar notie van tijd verloren. Het lijkt donker buiten, maar door de getinte ruitjes van de badkamer komt het licht altijd beperkt binnen. Wat als er niemand komt? Die gedachte is niet onwaarschijnlijk. Ze had zich verheugd op een weekend alleen, omdat Geert met zijn vrienden een weekend aan het klimmen is in de Zwitserse Alpen. Ze wilde liggend op de bank in haar pyjama lezen, films kijken, een zak chips en een glas wijn bij de hand. Geen verplichte recepties, geen werk, niets. Misschien komt haar moeder onverwachts op bezoek, daar heeft ze een handje van. Even dit, even dat, en twee uur later is ze met een glas sherry voor haar neus nog niet uitgepraat. Nu mag je, mam, als iemand me moet vinden, dan jij, alsjeblieft. Wees toevallig in de buurt of kom gewoon zonder enige reden kijken hoe het met je dochter is. Maar ze komt niet, en het water stijgt. Verdrinken, stikken moet een nare dood zijn. In het ziekenhuis heeft ze kinderen injecties gegeven opdat hun benauwdheid verdween. De blikken in die wanhopige ogen gingen haar door merg en been.

Net nu ze alles voor elkaar heeft. Ze heeft weer plezier in haar werk, het huis is klaar met als laatste, geslaagde project de sauna, Geert met een goed gevulde orderportefeuille... tijd om te genieten! Ze drinkt. Nog even, en dan zal het water haar letterlijk tot aan de lippen staan. Ze lacht. Een overspannen lach, die in niets lijkt op haar normale, beheerste stem. Even later ontsnapt een rauwe kreet uit haar keel. En ze schreeuwt. 'Help!' Een zinloze actie. De enige die zich tot aan de rand van hun 'eigen weg' laat zien is de postbode. Storm, hun bouvier, zorgt wel dat iedereen op veilige afstand blijft. Storm... waar is hij? Is hij ook verdoofd? Moedeloos staart ze naar het stijgende water en constateert dat haar bril beslaat.

Een moment zakt ze weg, waardoor haar gezicht deels onder water verdwijnt, ze beseft het als ze zich proestend herstelt. Ze probeert tevergeefs iets omhoog te schuiven, tegen de schuine badrand op. Ze heeft verdomme net een paar weken geleden haar vader begraven. Ze houdt haar gezicht even onder water zodat ze weer door haar brillenglazen kan kijken en neemt een paar slokken water.

Er zal niemand komen; dit is het, haar laatste uur is aangebroken. De pijn verdwijnt naar de achtergrond, maakt plaats voor iets wat veel erger is. Ze neemt een slok water in haar mond en spuugt die over de badrand weer uit. Dat doet ze tot haar nek zo zeer doet dat het water in een zielig straaltje terugplonst in het bad. Wat dan? Niet haar laatste uur, ze wordt zo wakker. Vroeger had ze toch ook van die nachtmerries, waarin ze, vastgeklemd in een menshoge toiletrol, door sloten ploegde, vastberaden te ontsnappen uit de klauwen van een buitenproportionele oorwurm. Hete tranen vermengen zich met het badwater. Ze moet zich niet verliezen in kinderachtig gejank, nu, ze moet tijdrekken. Ze drinkt en drinkt, maar kan het water niet binnenhouden en geeft over. Smerige, groene gal vermengt zich met het water. Ze gilt om hulp. Iets omhoog moet ze, ze kan haar hoofd niet meer zo op het bad laten rusten als daarnet. Ze moet haar hoofd achteroverbuigen, en dan steunt haar kin op het kunststof. Vier, vijf centimeter speling, hooguit, en wat dan?

Net als ze erover denkt of ze misschien een gebed moet gaan opzeggen, hoort ze een geluid, niet eens ver weg. Al haar zintuigen staan op scherp. 'Help!' schreeuwt ze. 'Ik ben in de badkamer!' Help me dan toch, snikt ze. Eindelijk hulp, of niet? Is de dader teruggekomen om te kijken of zijn grap geslaagd is? Als hij merkt dat ze nog leeft, wat zal hij dan doen?

Ze wil geloven in hulp. 'Wie is daar, help me dan toch, help me...'

Gekrabbel aan de deur. Een jankend geluid. Storm? Voor ze goed en wel beseft dat het beest in de badkamer is, heeft ze al een lik op haar gezicht te pakken. De hond oogt een beetje sloom. Kwijlt hij? Heeft hij iets te eten gehad? Misschien wel iets met vergif, waardoor haar allerliefste viervoeter straks kermend over de vloer zal rollen. 'Storm,' snikt ze. 'Ga hulp halen, jongen, toe, waar is de baas? De buurman? Búúrman,' zegt ze. De dichtstbijzijnde buurman woont vijfhonderd meter verderop, en Storm kent het woord niet eens. Ze produceert een geluid dat het midden houdt tussen een noodkreet en een lach, als de hond met zijn lange tong uit het bad drinkt. 'Toe maar, drink zoveel je kunt, je moet vreselijke dorst hebben.' Ze is niet eens verbaasd als Storm haar nog een goedmoedige lik in haar gezicht geeft en dan kwispelend de badkamer uit loopt. Haar mond verdwijnt onder water, tenminste als ze haar hoofd laat rusten in het bad. Nog even, en haar neus is ook de pineut.

Ze laat haar hoofd zakken, probeert te ontspannen. Onder water. Geen zuurstof. Zal ze bewusteloos raken? Had hij er maar ijskoud water in gedaan, dan zou ze onwel worden, zodat het einde ongemerkt haar lijf binnen kon sluipen. Naar adem snakkend rekt ze haar nek uit, zodat haar neus boven water uit komt. Alleen met de grootste krachtsinspanning lukt het om een hap lucht te pakken. Mond open, inademen en dan snel weer zakken, anders schreeuwt haar nek van de pijn. Een soort coma en dan ertussenuit piepen, dat leek haar altijd de mooiste dood. Onder de morfine, dromend van een pastelkleurig hiernamaals. Een plek waar alles zacht is. Stemmen, kleuren, het licht. Een flits. Lucide, schitterend. Wit, maagdelijk wit. Ze ziet Geert, zwaaiend naar haar vanaf een besneeuwde bergtop, trots poserend naast een wapperende vlag. O, en kijk, haar vader! Zie je wel, hij is niet dood, hij leeft. Ze vond het al zo raar, een man van amper 65, die er zo ineens van de ene op de andere dag niet meer was. Gods wil, zei haar moeder, maar ammehoela, zo makkelijk schikt zij zich niet in welke wil dan ook. Hij lacht naar haar, terwijl er luchtbellen uit zijn mond vrijkomen die vrolijk zwabberend hun weg naar boven zoeken. Naar het licht. Nat. Waar is ze? Allemachtig. O god. Het bad. Het is bijna vol en zij ligt erin. Als een hulpeloos, vastgeketend varken dat met zijn poten aan de rails is opgehangen, om vervolgens de genadesteek te krijgen. Hoorde ze nu net een geluid? Een deur die dichtging? Ze wil schreeuwen, maar het lukt niet. Sterven. Dood. Zinloos. Happend naar zuurstof rekt ze haar nek uit. Zo ver ze kan. Pijn, gruwelijke pijn, maar geen keuze. Ja, net, een millimeter boven water. Lucht heeft ze nodig. Lucht. Ze hoest, tot ze meent dat haar longen het begeven. Alsjeblieft, alsjeblieft, help me. Ze moet zichzelf in hogere sferen brengen. Heel snel inademen en langzaam weer uitademen. Het lukte haar vroeger soms om daardoor high te worden. Nu wordt ze er alleen maar misselijk van. Help me, smeekt ze in gedachten, wat is in godsnaam het nut van sterven terwijl ze nog zoveel jaren kan werken, gelukkig had kunnen zijn... Het lukt haar niet om te bidden. Het geloof in een hiernamaals is er nooit geweest, en zelfs nu, nu het meer dan ooit welkom zou zijn, wordt ze niet overspoeld door nieuwe inzichten en hoort ze geen geruststellende stemmen in haar hoofd. Ze zal vechten, tot de laatste minuut, de laatste seconde, hopend op hulp, denkend aan Storm, die zichzelf kan hebben overtroffen en haar boodschap begreep, en zo met de buurman binnen zal komen. Wat als zij dan net de moed heeft opgegeven, berustend in haar onafwendbare lot? Ze gilt. De gil wordt gesmoord door het water en mondt uit in een nietszeggend gebrabbel, terwijl luchtbellen probleemloos hun weg vinden naar boven, naar de vrijheid.

9

dinsdag 24 november

In lotuszit begin ik aan de ademhalingsoefeningen. Linkerneus-gat net onder de neuswortel dichtdrukken, langzaam inademen, tot vijf tellen. Een vaal zonnetje schijnt door het raam van de erker. Onze achtertuin grenst aan een bos. Als ik buiten de vo-gels hoor kwetteren, kan ik me moeiteloos inbeelden dat ik midden in de vrije natuur woon, dat er in de wijde omgeving geen mens of machine te bekennen is en dat ik met mijn ogen dicht kilometers alleen kan wandelen. Onzin natuurlijk, want op enkele kilometers afstand stuit ik aan alle kanten op drukke verkeersknooppunten, waar ik binnen enkele seconden verplet-terd zou worden onder voorbijrazende auto's en vrachtwagens. Davide en ik hebben voor een huis hier gekozen omdat de wor-tels van mijn jeugd hier liggen, in Voorschoten, en mijn oom en tante wonen er nog steeds. Bij nader inzien was het handi-ger geweest om voor Amsterdam te kiezen – Concertgebouw en Schiphol vlakbij – maar net toen we dit huis te koop wilden zetten bleek ik zwanger te zijn. Met een kind in een Amster-dams grachtenpand, zonder tuin, zonder natuur? En dus ble-ven we. Bovendien zit Davides werkgever, een gerenommeerd ingenieursbureau, met een hoofdvestiging in Den Haag. Als hij hier in Nederland werkt, is hij soms op pad voor vergaderingen en bijeenkomsten, maar hij brengt zijn tijd geloof ik grotendeels op het kantoor door, met zijn neus in tekeningen en computerprogramma's. Rechterneusgat dicht, en door links langzaam uitademen. Een ritmische beweging. Tot vijf tellen. En weer andersom. Tegenover me zit Theo en hij doet precies hetzelfde. Zwijgend. De aanwijzingen van mijn therapeut worden onderhand overbodig. Theo gelooft in yoga, in ontspannen, en niet in de sofa. Ietwat bijzonder, maar ik voel me anders na een sessie met hem. Ik word er niet warmer van, de kou laat zich niet verdrijven uit mijn lijf met oefeningen, maar het lijkt af en toe wel of ik iets van de zwaarte van me kan afschudden. Soms durf ik bijna te geloven dat er een ochtend komt dat ik wakker zal worden met louter prettige gedachten. Met zingende vogels, en kriebelend zonlicht op mijn wangen.

Na Isabelles dood kreeg ik last van nachtmerries, die op een gegeven moment zo levensecht werden dat ik zonder pillen niet meer durfde te slapen. Het gevolg: verslavingsverschijnselen. Einde pillen. Maar wat dan? Psychoanalytische psychotherapie, regressietherapie, ik heb me zelfs laten verleiden tot een kunstzinnige therapie waarbij ik door te kliederen met verf mezelf moest leren kennen. Uiteindelijk ben ik vorige maand via via bij Theo terechtgekomen. Een opluchting. Geen verplicht gegraaf meer in mijn verleden. Ik mag oefeningen doen, hij doet mee, en tussendoor mag ik praten, als ik dat wil. Tot nu toe heb ik amper gebruikgemaakt van die optie. Rechtop zitten, goed in balans. Inademen. Ik kijk naar hem. Sceptisch, lichtelijk gereserveerd en op mijn hoede, zoals ik me elke keer nog voel in zijn nabijheid. Hij moet al een eind in de zestig zijn, maar hij heeft het lenige en energieke lichaam van een dertiger. Zijn haren zijn lang en grijs, evenals zijn baard. Hij gelooft in reincarnatie en is er heilig van overtuigd dat zijn gloednieuwe camera kapot is gegaan door de vrijkomende energie van een graancirkel die hij met eigen ogen wilde zien. Hij wil me helpen rouwen en accepteren, door het spirituele in me op een natuurlijke manier naar boven te halen, zei hij tijdens onze eerste sessie. En daardoor zou ik al snel beter kunnen slapen. Ik twijfelde over het effect en heb continu het gevoel dat hij dwars door me heen kijkt, maar ik moet nu toegeven: na een dag met yogaoefeningen slaap ik beter.

Ik ga op mijn rug liggen en druk het smalle gedeelte van mijn rug stevig tegen de grond. Theo doet hetzelfde, ik hoef niet eens naar hem te kijken om het zeker te weten. Ik hoor zijn ontspannen ademhaling. Diep inademen nu, tegen de weerstand van de vloer in, die tegen mijn rug drukt. Ik verbeeld me dat ik mijn longen, maag en buik vul als een ballon. Ik heb Minke vorige week gevraagd om bij een sessie aanwezig te zijn, om mee te doen, maar dat werkte niet. Hoewel we erg stil waren, bleek drie toch te veel om de concentratie vast te kunnen houden. Ik denk overigens niet dat zij Theo's therapie nodig heeft. Ze is veel sterker dan ik, ook al heeft ze niemand. Ik kan tenminste nog terugvallen op Davide en mijn tante en oom. Zij heeft niemand, ja, een broer in Drenthe die bewust kinderloos is. Hoeveel steun kan je daarvan verwachten? Daar laat Minke zich echter niet door uit het veld slaan. Integendeel. Ze werkt keihard en is succesvol. Dat geldt misschien voor mij ook wel, maar bij elke stap die ik zet denk ik toch aan Isabelle. Minke kan dat emotionele in zichzelf uitschakelen, ze kan huilen en rouwen op de momenten die haar uitkomen en daar ben ik jaloers op.

De volgende oefening. Staan. Langzaam vooroverbuigen en met de vingers de tenen aanraken. 'Venetië was nat,' zeg ik als ik omhoogkom. Dan laat ik me weer zakken, dit keer raken de handpalmen de grond. Lenigheid kent geen tijd, meent Theo,

mits je die onderhoudt. 'Maar mijn twee concerten waren uit-
verkocht en een groot succes.'

'Beide heb ik in de krant gelezen,' zegt hij.

Trivialiteiten interesseren hem niet. De buitenkant kan hij
wel zien, die is hooguit boeiend als afspiegeling van de ziel.
Het gaat om de binnenkant. Als ik had verteld dat Isabelle tijdens het concert vlak bij me zat, dan hadden zijn ogen me vast
nieuwsgierig aangekeken. Zou hij de moed stiekem al op hebben geven, dat hij me kan helpen? Het is niet erg waarschijnlijk, niet na zo'n korte tijd, en opgeven lijkt me sowieso geen
woord dat in zijn vocabulaire voorkomt. 'Ik ben vorige week
naar haar graf geweest.' Ik kom overeind.

'Kijk. Nu vertel je me tenminste iets.'

Voelt hij aan dat mijn dochter naast me loopt als ik het podium op kom, dat ze samen met me buigt na afloop? Dat ze
tussen Davide en mij in komt liggen als we naar bed gaan? Zou
hij begrijpen dat ik nog steeds met haar praat, en zij met mij?
Kan ik hem dat vertellen zonder dat hij me voor gek verklaart?

Ik denk even na voor ik mijn bovenlichaam een derde keer voor-
overbuig. Nu kan ik de bovenkant van mijn handen plat op de
grond leggen. 'Isabelle was een paar dagen verkouden, dat was
alles.' Ik kom langzaam weer omhoog, adem een keer diep in
en uit en ga plat op de grond liggen voor onze volgende oefening. Eerst een paar minuten gestrekt, ontspannen liggen. Een
ander zou nu vragen wat Isabelle mankeerde, maar Theo ligt
ook gestrekt op zijn harde yogamatje. Tot nu toe is het onderwerp 'Isabelle, hoe zij stierf' niet ter sprake gekomen. Davides
werk, mijn concerten, ons huis, veilige onderwerpen waartoe ik
me beperkte. Nu de eerste zin over de dam is, volgen de andere
echter vanzelf, en ik vertel hoe ze later die week koorts kreeg
en overgaf. Ik dacht aan griep. 'Davide zat in Italië. Onze huisarts zou 's avonds komen kijken, zodra haar visiteronde erop

zat.' Ik houd mijn benen recht en strek het onderste deel van de ruggengraat omhoog naar het plafond. De ruggengraat strekt zich. Andere spieren ontspannen zich en ik blijf rustig ademhalen. De eerste keer vergat ik door te ademen en had ik binnen de kortste keren een hoofd als een boei. 'Ze vroeg me voor de zekerheid of ik Isabelle wilde vragen om haar nek te bewegen. Dat ging zonder problemen en de huisarts zei dat ik niet bezorgd hoefde te zijn. Ik regelde oppas van de buurvrouw en ging naar een repetitie.' Ik buig mijn benen langzaam en voorzichtig over mijn hoofd heen tot mijn tenen de grond raken en blijf rustig ademhalen. Mijn handen zijn boven mijn hoofd gestrekt, de handpalmen naar boven. Het voelt goed. Ontspannen. 'Na de repetitie ben ik onmiddellijk naar huis gegaan. Ergens sluimert toch de hele tijd bezorgdheid onder je huid. Isabelle had overal pijn, zei ze, en de koorts was iets gestegen. De huisarts kwam kijken, onderzocht haar en kon niet anders dan een flinke griep constateren, en koorts was juist goed. Die nacht ben ik bij haar bed blijven zitten. Ik heb haar water laten drinken, het zweet van haar voorhoofd gedept en een verhaal voorgelezen. De volgende dag werd ze zieker. Ze rolde raar met haar ogen en dacht dat ik papa was. Op dat moment was het eigenlijk al te laat.' Ik schuif mijn handen onder mijn rug, ter ondersteuning, til mijn benen omhoog en laat mijn rug langzaam op de grond afrollen. Nu uitstrekken, diep ademhalen en een paar minuten ontspannen blijven liggen.

Als hij op zijn sokken geruisloos de kamer heeft verlaten, lopen de tranen over mijn wangen. Alsof de verdwijnende Theo een vrijbrief is voor emoties die zich niet langer laten onderdrukken. Het overkomt me vaker, maar dat heb ik hem niet verteld. Nog niet. Ik weet niet hoe het komt, of het aan de ademhalingsoefeningen ligt, door gedachten en beelden die zich ineens vrij lijken te voelen in mijn hoofd en zich van mij niets aantrekken of dat het aan Theo ligt, dat het zijn invloed op mijn gemoed is. Ik heb Isabelles verhaal tijdens het interne onderzoek in het ziekenhuis verteld, talloze pijnlijke vragen beantwoord, maar het is alsof ik er nu voor het eerst echt bij ben, nu ik het aan Theo heb verteld.

II

Eerste kerstdag, 23.00 uur

Davide Vianello's hoofd hangt mistroostig naar beneden. Inspecteur Kees-Jan van Aerendonck constateert het en heeft er een alleszins plausibele verklaring voor. De man tegenover hem heeft gedacht dat hij weg zou komen met meervoudige moord. De Venetiaan had niet verwacht dat een Hollandse inspecteur hem tot op zijn geboortegrond zou volgen, het was zijn vrouw Frederique die hem hun adres heeft gegeven, zelf had hij dat nooit gedaan, of hij zou een vals adres opgegeven hebben.

Vianello heeft zich niet verzet tegen de arrestatie. Ze hebben zijn vingerafdrukken genomen, iets wat hij zichtbaar lijdzaam onderging, en hij gaf vooral de indruk geen idee te hebben wat er om hem heen gebeurde. De verdachte is uitermate berekenend. Tot op heden hebben ze geen enkel spoor veilig kunnen stellen dat hem rechtstreeks in verband brengt met de moorden. De inspecteur vraagt zich af of deze man er het type voor is een visitekaartje achter te laten. In dit geval de methode; moorden die gerelateerd zijn aan water. Hij dacht het niet, in eerste instantie. Maar zijn jarenlange ervaring leert dat hij snelle conclusies achterwege moet laten. Vriendelijke buurmannen kunnen zich ontpoppen als meedogenloze psychopaten, die lichaamsdelen van hun slachtoffers afsnijden en op sterk water zetten. Er zijn er ook die hun slachtoffers villen en de huid gebruiken als lampenkappen, of hun bloed aftappen en opdrinken. En dan heeft hij het niet eens over de meest lugubere gevallen. Ze hopen, *deep down*, dat ze gepakt worden, dat hun spectaculaire daden als zodanig worden erkend. Hij herinnert zich het verhaal van de Rus Pichuskin, alias de schaakbordmoordenaar, die zich als doel stelde vierenzestig moorden te plegen en voor elke moord een vakje op zijn schaakbord vulde. Meestal kende hij zijn slachtoffers niet eens. Een ogenschijnlijk doodnormale man, die Pichuskin. Net als Vianello. Het is geenszins onmogelijk dat de Venetiaan trots is op zijn daden, vindt dat de slachtoffers hun verdiende loon hebben gekregen en daarom geen greintje begrip toont voor alle verdriet en ellende die hij veroorzaakt bij de nabestaanden. Dat soort emoties komen eenvoudigweg niet bij hem op. Zijn eigen vrouw is vanzelfsprekend een ander verhaal. Misschien heeft hij vooraf gedacht dat het eenvoudiger zou zijn. Hij lijkt verdoofd, oogt blind voor alles wat er om hem heen gebeurt en als een ervaren toneelspeler fingeert hij verwardheid en onschuld. Uiterst vermakelijk, ware het niet dat er dodelijke slachtoffers te betreuren zijn. Goed, één ervan is onzeker, één lijk hebben ze nog niet kunnen identificeren, maar enkele kenmerken – kort, donkerblond haar met blondere plukjes, de blauwe ogen, een iel postuur – komen overeen met Frederique van Ostendes beschrijving van haar vriendin Minke de Pluij. Hij is prima in staat één en één bij elkaar op te tellen. Zelfs nu. De dood van deze vrouw rekent hij echter deels zichzelf aan. Terwijl hij in het ziekenhuis was, had hij deze Vianello de duimschroeven moeten aandraaien.

Van Aerendonck schuift een glas water over de goedkope formicatafel in Vianello's richting. Armzalige bedoening is het, er is niet eens een opnameapparaat beschikbaar. 'Water. Het koffieapparaat schijnt niet te werken. Misschien functioneert het nooit, ik weet het niet, er komt iemand kijken wat er mis is, heb ik me laten vertellen. Maar water leek me een goed alternatief.' Geen reactie. Natuurlijk niet. Hij haalt zijn notitieboekje en pen uit zijn colbert, slaat zijn benen over elkaar en schrijft 25-12 op, 23.07 uur, Davide Vianello. 'Vertelt u eens, meneer Vianello.' Zou deze eigennaam toegestaan worden bij scrabble? Die zou hem evengoed weinig punten opleveren zonder een bonus als driemaal woordwaarde. 'Vertelt u eens. Houdt u van uw werk?'

'Pardon?'

'Uw werk. Of u van uw werk houdt.' Wel bijzonder: alle letters van zijn voor- en achternaam samen komen er twee keer in voor, behalve de 'n' en de 'o'. No. Een ontkenning.

'Mijn werk. Ja, mijn werk. Water. Frederique. Ik begrijp het niet. Ze wilde het zelf, snapt u?' Ineens veert de Venetiaan op. 'Kan ik naar haar toe?' Dan zakt hij terug op zijn stoel, terwijl zijn gezicht betrekt. 'Hoelang was ze al buiten westen? Voelde u haar hart kloppen?'

'U wilt naar haar toe? Dat kunt u gerust vergeten. De cel in, dat is de enige trip die u voorlopig gaat maken, vergeet al het andere. Uw vrouw ligt op de intensive care van het *ospedale civile*, is mij verteld. Het enige wat we kunnen doen, is hopen.'

'Ik moet naar haar toe.'

'Het spijt me, dat zal niet gaan.'

Davide Vianello schudt langzaam en aanhoudend zijn hoofd. 'Ze zei dat ze me haatte omdat ik niets heb gedaan.'

'Ze wist niets van uw daden, zo moeilijk is dat toch niet? En toen? Raadde ze alsnog dat u het geweest moest zijn en besloot u ook haar het zwijgen op te leggen?'

De Venetiaan kijkt hem aan alsof hij hem voor het eerst ziet. 'Wat?' Hij krabt zich in zijn nek.

De inspecteur tikt met zijn pen op de wankele tafel. Even

flink leunen en het ding zal uit elkaar vallen van ellende. 'Vertel het maar, ik zie dat u stijf staat van de zenuwen. U zult zich opgelucht voelen als u de waarheid vertelt, geloof me, ik maak het vaak genoeg mee. Biecht uw daden op en ik breng u naar uw vrouw. U wilde vluchten, merkte ineens dat wij u achterna kwamen en u besloot te doen alsof u haar wilde redden.'

'Ik ben naar huis geweest, ik had gereedschap nodig.'

'De vrouw in uw huis.' Hij bladert in zijn boekje. Bernique Reijmers. 'Mevrouw Reijmers, de tante van uw vrouw, verklaarde dat u samen weg bent gegaan en daarna heeft ze niets meer gehoord, tot mijn collega's op haar deur bonkten.'

'Tante Bernique. Ze is de kerstdagen bij ons. Weet ze... Ze moet in paniek zijn.'

'Dat heeft u juist ingeschat. De arts heeft haar een kalmerend middel gegeven. Als ze eraan toe is, zullen we haar wat vragen stellen. Neemt u gerust een slokje water, en dan beginnen we bij het begin. Hoe hebt u uw vrouw Frederique van Ostende leren kennen?'

De man tegenover hem doet wat hij zegt en neemt een slok water. Beheerst. Daarna flitsen zijn ogen echter heen en weer. 'Hoe ik Frederique heb leren kennen? Wat maakt dat uit? Ik moet naar haar toe, ik had nooit met haar naar het eiland moeten gaan.' Vianello slaakt een rauwe kreet, die hem door merg en been gaat.

Hij haat het als mannen een drama opvoeren dat in een soapserie niet zou misstaan. 'Kom, verman uzelf. U zegt daar iets waars: u had nooit met haar op pad moeten gaan zo laat op de avond. Luister, vriend. Het stadium van iets te kiezen hebben zijn we gepasseerd. Ik wil alles van haar weten. Van u, en van haar, begrijpt u? Desnoods zitten we hier de hele nacht. Ik heb tegenwoordig niet veel slaap meer nodig, maar hoelang houdt u dit vol? Frederique is in goede handen. Een mens kan heel wat hebben en uw vrouw is geen type dat opgeeft. Ze zal het redden, daar heb ik alle vertrouwen in.' De teugels strak houden. Laten merken wie hier de dienst uitmaakt, maar tegelijk het touw laten vieren, een vriendelijke opmerking hier en daar. Empathie werkt, altijd. Straks glipt er een belastende opmerking over Vianello's lippen zonder dat de man het merkt. Het zal hem echter niet ontgaan; hij oogt ontspannen, zit soepel achterovergeleund ondanks zijn lange lijf op de te kleine stoel, maar intussen staan al zijn zintuigen op scherp. Hij heeft verhoren doorstaan van zeven, acht uren, tot de verdachte eindelijk brak. Als hij straks alleen even tussendoor Leonie zou kunnen bereiken.

'Frederique. Alles weten. Ja. Frederique. Ik kan het niet geloven. Frederique. Het kan niet.'

'Wilt u mij vertellen hoe u haar heeft leren kennen? Hoelang is het geleden dat u haar voor het eerst ontmoette?'

'Ik leerde Frederique kennen dankzij het ingenieursbureau waar ik intussen al twintig jaar in dienst ben,' antwoordt Vianello.

Na een aarzelend begin lijkt de Venetiaan zich bewuster van de vragen, en uiteindelijk vertelt hij waar en hoe hij zijn echtgenote heeft leren kennen. Van Aerendonck haalt opgelucht adem. Eindelijk, de verdachte lijkt iets minder geobsedeerd door de situatie met zijn vrouw en praat. Het is al halftwaalf. Kan hij zo laat nog bellen met het ziekenhuis?

'Ons bureau sponsort enkele malen per jaar een klassiek concert en ik meldde me altijd als vrijwilliger als er relaties moesten worden begeleid op een dergelijke avond. Ik houd van de sfeer, van zo'n concert, en van klassieke muziek. Het klinkt misschien wat oneerbiedig en zo bedoel ik het niet, maar het is muziek waarop ik me uitstekend kan concentreren en waarbij ik soms ineens een antwoord zie op een gecompliceerd vraagstuk. Dus ik kwam luisteren, naar Frederique. Het was in Den Haag, in de Koninklijke Schouwburg. Mijn collega's zullen mij waarschijnlijk niet onmiddellijk bestempelen als een echte Italiaan in de zin van het zuidelijke temperament, maar ik geloof werkelijk dat het die avond voor mij liefde op het eerste gezicht was. Op het eerste gehoor, moet ik eigenlijk zeggen. Frederique...'

De inspecteur merkt dat de man tegenover hem het te kwaad krijgt. Als hij niet kon bogen op al die jaren ervaring met criminelen, die zogezegd bijna hun roeping waren misgelopen als acteurs, zou hij waarachtig zeggen dat de Venetiaan oprecht is.

'Ze kreeg na het concert iets overhandigd, een van haar albums was goud geworden, geloof ik, of platina, zelfs. Ik lette niet goed op, ik was compleet overdonderd. Later die avond heb ik de stoute schoenen aangetrokken en haar gecomplimenteerd met haar fabelachtige spel. Ik weet niet hoe ze het voor elkaar kreeg, en ik heb toch de nodige violistes horen spelen, maar Frederique...' Vianello's stem slaat over.

'Vertel verder,' zegt de inspecteur, terwijl hij iets naar voren buigt. 'Wat wilde u zeggen?'

'Dat... dat Frederique hen met afstand overvleugelde. Dat meende ik toen, en dat meen ik nu nog steeds.'

'Ik geloof u,' knikt de inspecteur. 'Ga door.'

'We raakten aan de praat. Vijf minuten later tutoyeerden we elkaar en vertelde ze over haar passie voor de viool. Ik vertelde haar dat ik van origine Venetiaan ben en dat ik in Nederland had gestudeerd omdat het land veel kennis in huis heeft over waterbeheersing en gelijkenis vertoont met de Po-vlakte, waar Venetië ook onder valt. Zowel voor Nederland als de Po-vlakte geldt dat het gaat om een immense vlakte, een rivierdelta, waarin miljoenen mensen wonen die over een sterk ontwikkelde landbouw en industrie beschikken.'

'Nederland heeft zijn waterprobleem alleen iets voortvarender aangepakt, na de ramp in 1953,' zegt de inspecteur.

'In Italië zijn we te druk bezig met ruziemaken over wie er gelijk heeft, en daarom duurt elke beslissing eeuwen. In ieder geval vond ze het fijn om te horen dat ik me al van jongs af aan had voorgenomen ingenieur te worden en het waterprobleem op te lossen.'

'Waarom vond ze dat fijn?'

'Ze vertelde heel enthousiast dat ze zelf ook al heel jong wist dat ze concertvioliste wilde worden. Haar vader is overleden toen ze vijf jaar was en haar moeder was daarna weinig thuis. Frederique was bang dat mensen aan wie ze zich hechtte, zouden verdwijnen en dus deed ze dat moeizaam. Een band tussen ons in die zin van al vroeg weten wat je wilt, gaf haar denk ik vertrouwen. Dat ontdekte ik uiteraard ook pas later, op dat moment vond ik haar alleen maar erg hartverwarmend en verwarrend. Ze vond het ook nogal raar dat ik me met water bemoeide.'

'Waarom?'

'Ik moest me tussendoor verontschuldigen, omdat ik kortademig was. Toen ik terugkwam, raadde ze dat ik astmapatiënt was – ben. En het leek haar een onhandige combinatie, water en astma. Ze was in dat geval naar Spanje geëmigreerd, zei ze, of naar het zuidelijkste deel van mijn eigen vaderland.'

'Waarom hebt u dat niet gedaan?'

'Ik heb astma nooit mijn weg willen laten bepalen,' zegt Davide. 'Venetië heeft een probleem, en dat wil ik oplossen, al vanaf het moment dat ik als kind voor het eerst *acqua alta* meemaakte, en me bewust werd van de vele kunstschatten die onze stad bezit. Het is een fascinerend maar ook taai probleem, en ik zal pas rusten als ik het heb opgelost. Weet u dat Frederique mij vanavond zonder dat ze het waarschijnlijk wist op een briljant idee heeft gebracht? Vlak voordat ze...'

Vlak voordat ze wat? Buiten bewustzijn raakte? Stierf? Dacht Vianello dat hij haar al had vermoord? De man maakt zijn zin niet af en Van Aerendonck vloekt in zichzelf, kalmeert dan. Hij heeft haast, maar hij zal het politiebureau niet verlaten zonder een bekentenis. In de komende uren zul je een fout maken, vrind, ik zweer het je, belooft hij zichzelf. 'Ontspant u zich.' Hij legt even een hand op de strakgespannen schouder van de Venetiaan. 'Ik zal eens kijken of iemand iets te eten kan regelen hier.'

'Ik heb geen honger.'

'Maar ik wel.'

10

donderdag 26 november

Als Davide me aan het einde van de middag oppikt van een repetitie, iets wat hij tegenwoordig nog zelden doet, heeft hij iemand bij zich. We zijn nog niet klaar, ik moet me concentreren op perfectie. Alles draait om zeggingskracht, maar daaronder hoort volmaaktheid. Pas als de muziek als vanzelf onder mijn vingers vandaan lijkt te komen, terwijl ik geen moment de controle verlies, kom ik in de richting die ik op wil. We repeteren het Vioolconcert van Beethoven, dat pas na zijn dood voor het eerst succesvol werd uitgevoerd. Het eerste deel, waarin zich een prachtige dialoog ontvouwt tussen mij en het orkest, het tweede deel, 'Larghetto', ingetogen van sfeer, en tot slot het speelse 'Rondo' als briljant sluitstuk. Ik heb me drie jaar geleden voor het eerst aan dit vioolconcert gewaagd. De alom heersende mening is dat je rijp moet zijn voor dit concert, dat het een proefstuk is van artistieke volwassenheid. Op mijn negenendertigste dacht ik zover te zijn en de critici waren het met me eens. De cd werd enthousiast ontvangen en oversteeg het succes van de Vivaldi-cd, hoewel een enkele recensent meende dat ik dat te danken had aan de vertederende foto van mij en Isabelle op de cover. Ik oefen in kleine bezetting om

Beethoven weer door mijn aderen te voelen stromen. In januari wordt het echt menens, met het Nederlands Philharmonisch Orkest. Ik probeer me uit alle macht te focussen op de lieflijke melodieën, maar dat lukt me niet meer sinds Davide met de vreemdeling is binnengekomen. Bovendien lukt het me niet de pijn in mijn schouder nog langer te negeren.

Iemand van de politie. Waarom ik dat bijna zeker weet? Misschien door de manier waarop hij zijn hoofd iets schuin houdt, blijkbaar aandachtig luisterend naar iets wat Davide zegt. Of omdat Davide met zijn vingers in zijn nek krabt. Iets wat hij doet als hij nerveus is, en hij is nooit nerveus. Ja, toen Isabelle in die ic-box lag. Toen krabde hij tot de vellen erbij hingen. De lange man in het zwarte colbert, een regenjas nonchalant over zijn arm gevouwen, draait zich in mijn richting. Ik wend mijn blik af en stop met spelen als de zoveelste haar van mijn strijkstok breekt. Hoofdschuddend doe ik alsof ik met mijn linkerhand abrupt mijn keel doorsnijd. Het is genoeg voor vandaag. Ik denk dat ik, mits ik de komende dagen aan zelfstudie blijf doen, Beethoven weer zelfverzekerd tot leven kan brengen en ik verheug me alvast op de repetitie met het voltallige orkest.

'Dag schat,' zegt Davide. Hij wil mijn vioolkist van me aannemen.

Ik schud mijn hoofd. 'Ik moet bij Alexander langs,' zeg ik. 'Mijn strijkstok moet opnieuw behaard worden.' Mijn ogen glijden langs de man naast hem.

'Inspecteur Van eh...' zegt Davide, en hij kijkt de man vragend aan.

'Van Aerendonck,' zegt de man, terwijl hij mij zijn hand reikt en zijn ID toont.

'Frederique van Ostende.' Ik herken zijn aangename stem van ons telefoongesprek. Hij moet een aardig eind in de vijftig zijn, schat ik, nu ik zijn gegroefde gezicht van dichtbij zie. Misschien is hij zelfs de zestig al gepasseerd.

'Inspecteur, om volledig te zijn,' zegt hij. 'Ik heb u aan de telefoon gehad, na de moord op mevrouw Van Eshuis, uw huisarts.'

Ik knik.

'Het gaat over Christine,' zegt Davide. 'En er is...'

'Dat vertel ik haar zelf wel,' interrumpeert Van Aerendonck. Hij maakt duidelijk dat hij me graag alleen wil spreken.

'Dat kunt u toch niet eisen? Is dit een verhoor?' wil Davide weten. 'Ik weet niet of mijn vrouw op dit moment in staat is...'

'Laat maar, Davide, ik red me wel.' Ik glimlach naar hem. Ik verbaas me over zijn recalcitrante gedrag, het past niet bij hem, en dit bezoek is toch geen verrassing? Een gesprek onder vier ogen, zonder bezorgde echtgenoot. 'Mits mijn viool erbij mag blijven, die verlies ik geen seconde uit het oog.'

'Dat is uiteraard geen probleem,' zegt hij, terwijl ik Davide nakijk. Zijn goedgebouwde figuur doet me verlangen naar een intiemer moment. Soms kan ik er op de raarste momenten naar verlangen zijn mooie lijf op en in me te voelen, terwijl ik, als de gelegenheid er dan is, ineens verkramp. Ik wijs naar twee houten stoelen en vraag of hij koffie wil.

'Nee, dank u, ik voel me nu al een wandelende cafeïnebak,' antwoordt hij. Hij knikt in de richting van de viool. 'Uw beroemde Stradivarius?'

'Nee, dit is een meesterinstrument van Ignaz Gregorius, een befaamde vioolbouwer en Stradivarius-restaurateur uit Cremona, in Italië. Dit is ook een topviool, volledig door hemzelf gemaakt, en ik speel er graag op.'

'In Italië? Ik dacht dat uw vioolbouwer hier...'

'Alexander repareert mijn strijkstokken of violen, hier, als het nodig is,' antwoord ik. 'Maar in Italië zoek ik Ignaz op. Hij is een van de weinige Nederlandse vioolbouwers in Cremona, waar meer dan honderd vioolbouwateliers zijn gevestigd. Hebt u er nooit van gehoord?'

De inspecteur schudt zijn hoofd. 'Zelfs amper in Italië geweest, vrees ik. Rome, tijdens mijn huwelijksreis.'

'Daar moet u dan echt iets aan doen. Italië is prachtig en verdient meer dan alleen een bezoekje aan Rome in een periode waarin u waarschijnlijk weinig oog hebt gehad voor de oudheid.'

Van Aerendonck knikt en glimlacht. Hij gaat verzitten en ik merk dat hij niet echt geïnteresseerd is in violen, noch in Italië.

Hij belooft dat hij me persoonlijk met zijn dienstauto thuis zal brengen, hij wil zelfs wel even met me mee langs Alexander, als hij me daarmee een plezier doet. 'Maar waarvoor ik u wilde spreken... Uw man heeft me een en ander verteld over uw huisarts, mevrouw Van Eshuis,' zegt hij dan.

'Ik heb een paar keer aan uw telefoontje moeten denken, de afgelopen dagen. Een moord, en zo dichtbij... een enge gedachte. Moeten we soms extra voorzichtig zijn, in het dorp? Loopt er een maniak rond?'

Hij slaat zijn benen over elkaar. 'Het zou kunnen,' antwoordt hij. 'We hebben inmiddels een tweede slachtoffer te betreuren, al woonde zij niet in Voorschoten, maar in Wassenaar.'

'Zij?'

'Het heeft afgelopen maandag met grote koppen in de krant gestaan. Een verpleegkundige van het Juliana Kinderziekenhuis. Het is zaterdag jongstleden gebeurd.'

'Ik vrees dat we allebei te druk zijn geweest voor de krant. En ik begrijp dat u ons opzoekt vanwege onze huisarts, omdat we op haar feestje waren, maar een dode verpleegkundige? Wat moeten we daarmee?'

'Ilse de Wit. Zegt die naam u niets?'

Isabelle heeft in het Juliana gelegen, en jazeker, de naam ken ik, ik zie ook haar gezicht erbij. 'Een blonde vrouw met halflang haar,' zeg ik. 'Een bril, en een brede mond, alsof ze altijd lachte. Die lach ontbrak bij Isabelle.' Die laatste woorden komen fluisterend over mijn lippen. 'Ze heeft later nog gezegd hoezeer het haar pijn had gedaan dat ze niets meer voor onze dochter had kunnen doen. Ze was in tranen.' De man naast me knikt. Ik was even vergeten dat hij er zat. 'Sorry. Ik moet even...'

'Ik zal een glas water voor u halen. Het spijt me dat ik wonden openrijt, maar ik zit met een dubbele moord. Ik heb dringend hulp nodig.' Hij loopt weg en is even later terug met een flesje water. 'Een glas kon ik niet vinden.'

Ik drink. Gretig. Alsof ik daarmee de herinnering kan wegspoelen. De slang die achter in haar keel was geduwd. Geen reactie op neurologische tests. Haar warme lijf, een laatste EEG, waarna het woord hersendood viel. 'Heeft u er bezwaar tegen dat ik een sigaret opsteek?'

Hij schudt zijn hoofd. 'Ik zag trouwens dat u daarnet wat oefeningen deed,' zegt Van Aerendonck ineens. 'In uw blik meende ik pijn te bespeuren. Hebt u ergens last van?'

'Last van? Nee, nee, dat hoort bij de voorbereidingen voor een optreden. Een soort warming-up, begrijpt u, zoals sporters dat doen voor een wedstrijd.'

'Wat voor oefeningen zijn dat dan?'

Ik begrijp dat hij het gesprek even iets luchtiger wil maken. Een moment ben ik geneigd hem op zijn vingers te tikken en te vragen hoelang hij nog denkt nodig te hebben, maar ik zie in zijn vermoeide ogen dat hij me niet met opzet wil tarten. 'Ademhalingsoefeningen om te ontspannen, en het losmaken van schouders, nek, vingers en polsen, het lichaam moet gemakkelijk bewegen. Zelfs de voeten tellen mee. Tijdens een optreden sta ik uren achter elkaar, dat eist nogal wat van het lichaam. Bovendien moet ik mijn armen continu omhooghouden; probeer het maar eens een tijdje, ik verzeker u dat u het niet volhoudt. Het vereist oefenen, eindeloos oefenen, en daarna komt pas het echte werk: ik moet me absoluut ontspannen en in balans voelen, zodat ik me volledig bewust kan worden van mijn spel en dat tot een topniveau kan laten stijgen.'

'Dat klinkt als topsport.'

'Als u met topsport niet alleen de fysieke maar ook de mentale belasting bedoelt, dan is muziek maken zeker topsport; ik denk dat ik na een optreden net zo uitgeput ben als een wielrenner na een dag Giro d'Italia.'

'Italië,' zegt hij, alsof dat een prettige, misschien zelfs amoureuze herinnering bij hem oproept. 'De bakermat van onze westerse beschaving... U hebt er een appartement, zei uw man. Hij is er geboren en werkt deels hier in Den Haag en deels daar in Venetië als waterbouwkundig ingenieur.'

Ik knik. 'We kunnen intussen naar de vioolbouwer rijden,' stel ik voor. 'Als ik nog langer wacht, ben ik bang dat zijn winkel dicht is.' Waarom vertelt hij me dingen over Davide die ik al weet? Wil hij daar iets mee zeggen? Ik pak mijn vioolkist en mijn tas, en samen verlaten we de repetitieruimte.

11

Pas als we in zijn auto zitten en ik hem het adres heb gegeven waar ik zijn moet, gaat Van Aerendonck verder. 'Er zijn overeenkomsten tussen beide zaken,' zegt hij, terwijl hij zijn gordel omdoet. 'Daar kan ik helaas verder geen mededelingen over doen, maar laat ik zeggen dat de methode die in beide moordzaken is toegepast, wijst op een en dezelfde dader. In ieder geval, vandaar dat we de patiëntendossiers van beide vrouwen naast elkaar hebben gelegd. Daarbij stuitten we op uw naam. Die van u en uw man.'

'Alleen die van ons?' De auto is te klein voor hem, constateer ik. De ruimte tussen zijn hoofd en het dak is minimaal.

'Dat klopt. Er is meer onderzoek nodig om daar honderd procent zeker van te zijn, maar voorlopig duiken er geen andere namen op.'

Ik zie mezelf in de buitenspiegel van zijn auto. De spiegel is bedekt met regendruppels en de autoruit vertroebelt het beeld enigszins, desondanks ben ik me bewust van de donkere vlekken rond mijn ogen, die er altijd zitten als ik slecht slaap. Alsof ik met vaalgrijze oogschaduw tekeer ben gegaan.

'Er is iets,' ik bespeur enige twijfel in zijn stem, 'wat mij intrigeert. Aan uw man.'

'O?'

'Ja. Waarom noemt u zichzelf trouwens geen Vianello? Het is een mooie naam, vind ik.'

'Mijn eigen naam werd net een begrip toen ik hem leerde kennen.'

Hij knikt. 'Het is zijn werk dat me intrigeert. De liefde ervoor, moet ik zeggen. Of misschien zelfs zijn passie? Wat ik ervan heb begrepen, is dat hij werkt aan een project dat Mose heet en dat bestaat uit losse dammen die bij hoogwater omhoogkomen door er lucht in te pompen.'

'Noem het gerust passie. Davide werkt er zo ongeveer zijn hele leven al aan. Het was zelfs zijn afstudeerproject.'

Van Aerendonck trapt op de rem als het verkeerslicht voor hem op oranje springt. 'Het project stuit op nogal wat weerstand, zei hij. Tegenstanders denken dat de dammen water zullen doorlaten, waardoor het nog maar de vraag is of de oplossing bij heel hoog water afdoende is. Bovendien stijgt de zeespiegel, terwijl Venetië inzakt. Mose zal dan steeds vaker gebruikt moeten worden. Als de lagune vervolgens vaak afgesloten wordt, krijgen ze daar een smerig, stinkend moeras.'

'En dan zijn er nog de nodige vraagtekens over mogelijke problemen met de scheepvaart,' vul ik hem aan.

'Ook dat nog. Ik begreep weinig van het technische verhaal, maar het lijkt me een ondoenlijke taak, dit Mose-project. Ligt hij er 's nachts wel eens wakker van?'

'Wel eens? U kunt beter vragen wanneer hij slaapt! En zelfs dan laat het hem niet los. In zijn dromen heeft hij Venetië gered van de ondergang en in zijn nachtmerries is de stad onder water verdwenen. Het is zijn ultieme uitdaging Venetië van het probleem af te helpen dat de bewoners steeds vaker teistert en de stad langzaam maar zeker te gronde zal richten, als er geen maatregelen worden genomen.'

'Fascinerend,' zegt Van Aerendonck.

'Zeker. Ik heb niets met water, ik kan niet eens zwemmen, maar ik ben ervan overtuigd dat hij het probleem zal oplossen, al twijfelt hij daar zelf de laatste tijd nog wel eens aan.'

'De laatste tijd?'

'Eerder hoorde ik hem er nooit zo over, of misschien was ik zelf te druk met mijn werk, maar, ja, het is iets van de laatste maanden, die twijfel, geloof ik. Ik neem aan dat het te maken heeft met de druk om het project te laten slagen, en vast ook met het vele geld dat ermee is gemoeid.'

'Dit is het adres dat u me gaf. Zit hier uw vioolbouwer?'

Ik kijk om me heen. Verbaasd. 'Ach, nee, sorry, ik ben er niet bij met mijn gedachten. Hier woont de ontwerper van de jurken die ik tijdens optredens draag. Mijn excuses.' Ik geef hem alsnog het juiste adres. 'Het is hier vlakbij.'

'Kan gebeuren, geeft niets. Als de winkel nog maar open is.'

Even later parkeert hij zijn auto direct voor het pand waar ik moet zijn. Dat mag niet, maar ik neem aan dat hij zo zijn privileges heeft in de stad. 'Hier is het,' zeg ik, overbodig, omdat de etalage vol ligt met muziekattributen. 'Wacht u even?'

Een paar minuten later stap ik de auto weer in. Gehaast, want het stortregent intussen, en ik ben zuinig op mijn lange suède jas met bontkraag, een van de weinige dingen die ik van mijn moeder heb bewaard, simpelweg omdat ze richting het einde bijna niets meer had. Al haar gouden platen, prachtige jurken, sieraden en het twaalfdelige zilveren bestek: foetsie, als sneeuw voor de zon verdwenen, en God mag weten wie zich ermee heeft verrijkt. Ik heb een aantal verplegers verdacht; zeker weten en bewijzen kon ik niets.

Hij start de auto, en ik merk dat hij naar me kijkt. Ik geef hem mijn huisadres en hij rijdt weg. 'Ik bedacht net, toen u die winkel in ging, dat ik u ooit een keer op tv heb gezien zónder viool, tenminste, ik bedoel dat u geen concert gaf.'

'De laatste keer dat ik in de talkshow zat bij...'

'Nee, niet in een van die talkshows, nee, het was iets anders. Ik weet nog dat ik dacht, goh, wat knap dat ze dat weet, of zou het doorgestoken kaart zijn. Wacht even, ja, dat was het. U hoorde aan de eerste noten van een stuk welke het was.'

'Ah, u bedoelt die quiz. Werd die niet gepresenteerd door Joost Prinsen?'

'Precies.'

'Normaal zou ik me nooit laten verleiden tot die flauwekul, hoewel, ik moet eerlijk zeggen, de presentator maakte veel goed. Maar het was voor een goed doel. Vandaar dat ik had toegezegd.'

'Maar was het dat?'

'Een goed doel? Tja, ik dacht dat het vanwege die tsunami was, destijds. Kan dat kloppen?'

'Ik bedoel of het doorgestoken kaart was.'

'Zeker niet.'

'Dus u kunt dat echt?'

'Ja.'

'Nog steeds?'

'Het is niet iets waar je voor kiest, eerder een afwijking, een tic, of een gave, noem het wat u wilt. De een onthoudt telefoonnummers, de ander verjaardagen. Ik herken vrijwel elk klassiek stuk onmiddellijk als ik de eerste tonen hoor. En ik ben niet de enige, hoor.' Aan zijn gezicht te zien betwijfelt hij dat ten zeerste.

Het is even stil, ik denk dat hij zich moet concentreren op het drukke verkeer. Later wordt het rustiger en dan vraagt hij me naar Christine. 'Kunt u me iets vertellen over uw huisarts of de verpleegkundige? Kende u hen goed, zo goed dat u zelfs naar een privéfeestje van mevrouw Van Eshuis ging?'

'Vooral omdat Davide zin had in een verzetje,' zeg ik. 'Voor mij had het niet gehoeven. Ik ben lid van de Rotary, u kent het wel, zo'n lidmaatschap dat je elk jaar vergeet op te zeggen, vandaar haar uitnodiging, maar eigenlijk ken ik haar privé helemaal niet. Ik hoorde die vrijdag op dat feestje pas dat ze was gescheiden. We kennen elkaar alleen van... van onze dochter... u begrijpt wel...'

'U hebt het haar kwalijk genomen dat ze u niet meteen doorverwees naar het ziekenhuis.'

'Zou u niet net zo denken als het uw dochter was geweest? We zijn kwaad geweest, woedend, op alles en iedereen die ook maar had gekeken naar Isabelle. Op een gegeven moment breekt je dat echter op. Je kunt niet dagen, weken, maanden achtereen alleen maar kwaadheid in je lijf voelen, daar ga je zelf aan kapot, geloof me. Davide vond dat we door naar dat feestje te gaan konden laten zien dat we hadden besloten ons leven weer op te pakken. Niet meer omkijken in wrok. Hij vond dat we de eer aan onszelf moesten houden en ons goede verliezers moesten tonen. Wat dat ook mag inhouden. In ieder geval, we gingen.'

Hij knikt.

'Weet u wie u zou moeten vragen naar die avond? Minke. Mijn vriendin. Ze was er ook, misschien heeft zij iets gezien, kan ze u verder helpen. Ik dacht eerst dat Davide en ik als laatsten weggingen, maar later schoot me te binnen dat zij er toen nog was.'

'Was ze er alleen?'

'Ja. Minke is gescheiden. Ze heeft een jaar eerder dan ik ook een kindje verloren, haar zoontje. Daardoor hebben we elkaar ook leren kennen, we waren allebei op zo'n lotgenotenavond. Eén keer, en nooit weer, moet ik bekennen. Het enige positieve dat ik eraan overhield was Minke. Een blik over en weer en het klikte onmiddellijk.'

'En uw vriendin was dus nog aanwezig op het feestje toen uw man en u naar huis gingen.'

'Ja.'

'Hebt u uw huisarts toen ook nog gezien?'

'Ik geloof het wel, al weet ik het niet meer precies, we hadden nogal wat champagne en wijn gedronken.'

'Mag ik het adres van uw vriendin? Hoe heet ze verder?'

'Minke de Pluij. Ze woont in Den Haag, wacht, ik zal het adres voor u opschrijven.' Ik rommel in mijn tas, op zoek naar een pen en een stukje papier. 'Ik zal u ook haar telefoonnummer geven.'

'Dank u voor uw medewerking,' zegt Van Aerendonck als ik hem het papiertje geef. 'Ik dacht dat we iedereen die op die avond aanwezig was hadden gesproken, maar dat is kennelijk niet het geval. Kunt u mij ook nog iets vertellen over de verpleegkundige die afgelopen zaterdag dood werd gevonden? Hebt u veel met haar te maken gehad in het ziekenhuis, toen uw dochtertje daar lag? Ik heb begrepen uit het interne ziekenhuisverslag dat ook zij als getuige is opgeroepen.'

Ik adem in, adem uit. Regendruppels op de ruit, harde windstoten. Weer terugdenken aan de hel. Ik wil het niet. 'Ik praatte tegen Isabelle toen ze aan die slangen gekoppeld lag. Ik vertelde haar het sprookje van Klein Duimpje, daar was ze altijd zo gek op. U weet wel, dat ventje dat zo slim was om steentjes te strooien zodat hij de weg terug naar huis kon vinden, en later de mist inging toen hij hetzelfde probeerde met broodkruimels. Weet je wat die verpleegkundige zei, met haar onberispelijke kapsel en haar laffe min-zes-ogen?'

Hij kijkt me aan, en aan zijn blik kan ik zien dat hij ongeveer begrijpt wat ik ga zeggen.

'"Ze kan u niet meer horen, mevrouw," zei ze. "Uw dochter is her-sen-dood." Ik meen het. Alsof ze tegen een verstandelijk gehandicapte praatte. Later zei ze dat ze dacht dat ik het niet wist, en dat ze het niet zo bedoelde.' Adem in, adem uit. 'Ik wil er niet meer aan terugdenken, aan wat ik toen heb gedacht.'

Het is druk op de weg, en door de regen is het zicht slecht. De stilte in de auto, nadat we vrijwel onafgebroken hebben gepraat, is oorverdovend.

'Zal ik een muziekje opzetten?' vraagt hij. 'Radio vier? Dan kunt u misschien raden...'

Ik schud mijn hoofd. 'Liever niet, ik heb de hele dag intensief moeten luisteren.'

'Ik begrijp het.' Hij schakelt terug als hij onze woonwijk inrijdt. Even later houdt hij stil, schakelt de motor uit. 'Het spijt me dat ik u zulke vervelende vragen moest stellen,' zegt hij.

'Als u mocht kiezen, wie had u dan graag willen zijn?' vraag ik hem. 'U mag onbeperkt kiezen, uit levenden en doden.'

Hij leunt nadenkend achterover. 'Hmm, daar vraagt u me wat. Misschien een koning uit vroegere tijden, maar dan wel een die geen oorlogen voor zijn kiezen kreeg en flink genoot van al zijn koninklijke voorrechten. Ter compensatie van het harde werken dat ik nu doe, waarschijnlijk, is dat het eerste wat in me opkomt. Waarom wilt u het weten?'

'Het zegt iets over uw persoonlijkheid. Mijn yogaleraar vroeg het mij onlangs.'

'En wist u meteen een antwoord?'

'Ja. Ik twijfelde geen moment.'

'En?'

Ik glimlach. 'Daar mag u naar raden; misschien hebt u talent. Maar niet nu, ik heb het koud gekregen en ik ga snel naar binnen.'

Hij tikt tegen een denkbeeldige pet. 'U speelt fantastisch, dat had ik geloof ik nog niet gezegd.'

'Dank u.'

12

'Een aardige man.'

'Dat is hij,' beaam ik. 'Ik had niet het idee dat ik met een inspecteur praatte. Hoewel ik eigenlijk ook niet weet hoe ze praten, ik ken er niet een. Jij wel?'

'Dat doen ze expres,' zegt Davide. 'Dan ga jij je op je gemak voelen en vertel je meer dan je eigenlijk zou willen. Ik heb er iets over gelezen. Ondervragingsmethoden. De aardige politieman die empathie toont, doet het stukken beter dan bijvoorbeeld de macho's die martelmethoden toepassen.'

'Hè, Davide. Heb je niets leukers?'

'Ik heb gekookt. Smaakt het niet fantastisch?'

'Ja, heerlijk.' We hebben het verder tijdens het eten niet meer over de inspecteur. Ik wil weten wat Van Aerendonck heeft gevraagd, tegelijkertijd voel ik me er ongemakkelijk bij en wil ik niet weten waar ze het over hebben gehad. Ze hebben ook vast over Isabelle gepraat. Dat lijkt me nogal voor de hand liggend, met twee doden die allebei iets van haar ziekte hebben meegemaakt. De inspecteur heeft dus geen andere verdachten op zijn lijstje staan. Zouden er geen andere ouders zijn die ook via onze huisarts in hetzelfde ziekenhuis zijn beland met hun zieke kind? Het moet. Ze waren immers nog niet klaar met hun onderzoek, zei de inspecteur.

Davide is verdiept in een vakblad en ik observeer hem stiekem vanuit mijn ooghoeken. Mijn mooie Italiaan. Sommigen vinden zijn driedagenbaard slordig, maar ik houd van die quasichaos, die zo in tegenstelling is met zijn drang naar perfectie. Lange vingers met verzorgde nagels, sterke armen. Behaard. Armen die mij overeind hebben gehouden toen ik instortte, of misschien had hij zorgen om mij nodig om zelf te overleven.

Ik herken tante Berniques handschrift en open haar brief, die vandaag bij de post zit. Het is lief dat ze haar traditie trouw blijft, zelfs nog na al die jaren gaat er geen week voorbij zonder een brief of een kaartje. Of we elkaar nu die week zien of niet. Soms heeft ze helemaal niets nieuws te melden en blijven haar verhaaltjes steken op wandelingen met oom Henri, het weer – maar dat alleen als wij in Venetië zitten – of het onderwerp van de preek van afgelopen zondag. Ik bewaar ze allemaal. De kaartjes en brieven belanden per jaargang gesorteerd in een doos op zolder die inmiddels uitpuilt.

'Mijn liefste Frederique,' schrijft ze, in haar prachtige, maar moeilijk leesbare krulletters. 'Hoe is het met je? En met Davide? Ik heb sinds gisteren ettelijke keren met de telefoon in de hand gestaan en je nummer ingetoetst, maar even zo vaak het toestel weer weggelegd. Ik kan het niet, kan het niet via de telefoon vertellen, niet hardop zeggen. En ik ben zo bang dat je al genoeg van slag bent door de twee gevallen van moord in onze omgeving. Het is angstaanjagend dat de criminaliteit steeds dichter bij de voordeur sluipt, en zo onwerkelijk. Steeds vaker overvallen op klaarlichte dag, waarbij kwetsbare ouderen met buitensporig en onnodig geweld te maken krijgen, en het voorlopige dieptepunt hebben we dus nu bereikt met twee uiterst lugubere moorden. De kranten staan er vol van, en de geruchten liegen er niet om. Een van de vrouwen zou verdronken zijn in haar eigen badkuip. Een martelende, langzame dood terwijl het bad volliep, wordt gezegd, en ik geloof het, want de vrouw van wie ik het hoorde, is getrouwd met iemand die op die afdeling werkt waar ze sectie verrichten. Dat je zulk werk kunt doen, niet? Zelfs als het slechts roddels zijn, moord is moord... Je moet er niet te veel aan denken, anders zou je je toch in je eigen huis niet eens meer veilig voelen. Ik weet dat jullie die twee vrouwen kennen van, van je weet wel, Frederique, en ik maak me zorgen. Laat je snel iets van je horen? Vooral omdat ik je... O lieve heer, ik kan het zelfs niet op papier zetten, het komt op hetzelfde neer als het hardop zeggen. Ik moet. De waarheid moet gezegd, ik kan er niet omheen. Lieve Frederique, oom Henri is ziek. Erg ziek. Operaties of chemokuren hebben geen zin, we hebben na een paar onderzoeken in het ziekenhuis moeten horen dat hij is opgegeven. Daar. Het staat er. Opgegeven. Nu pas begrijp ik waarom hij geen zin meer had in eten en hij zienderogen magerder werd. Maar hij klaagde niet, alleen af en toe over pijn in de buik, dus hoe kon ik in hemelsnaam vermoeden wat er zich bij hem binnen afspeelde? Hij heeft het aan voelen komen, zegt hij, en me niet ongerust willen maken. Hij wil al die kermis niet aan zijn lijf, hij wilde eigenlijk niet eens mee naar het ziekenhuis maar het moest, anders zou hij geen morfine krijgen. Ik weet het wel, hij is bijna tachtig, een mooie leeftijd, zeker als je bedenkt dat hij altijd aan het kwakkelen is geweest, en we zijn al bijna vijftig jaar bij elkaar, dat is menigeen niet gegeven, maar dat zijn cijfers. Wat heb ik aan cijfers?'

De rest van de brief kan ik niet meer lezen. De letters dansen en vervagen voor mijn ogen, bloed suist door mijn hoofd. Ik geloof dat mijn mond al openhangt vanaf de eerste regels. 'Tante Bernique schrijft dat oom Henri ziek is,' zeg ik, terwijl ik mijn nog halfvolle bord van me af schuif. 'Vorige week was er nog niets aan de hand, tenminste ze wist niet beter, en nu schrijft ze dat hij niet lang meer heeft. Ze heeft een paar keer met de telefoon in de handen gestaan, maar als ze ons nummer intoetste, begon ze te huilen.'

Even later zit ik op mijn fiets en ik merk amper dat het onweert en ik binnen de kortste keren doorweekt ben.

Sinds ma's overlijden, vijftien jaar geleden, bekommert tante Bernique zich nog meer om mij dan ze daarvoor al deed. Haar lieve brieven, een telefoontje, en vaak komt ze even om de hoek kijken als ik in het land ben. En waar ik ook optreed – althans in eigen land – daar zit ze op de eerste rij. Eigenlijk is ze voor mij altijd een tweede moeder geweest, misschien is dat wel de betekenis van tante. Voor mij wel. Ze zat vroeger altijd klaar met thee en koekjes na school, en ik geloof dat zij zich net zo verheugde op mijn logeerpartijtjes als ik, misschien nog wel meer. Toch heeft mijn tante droevige ogen, vind ik. Die had ze vroeger, die heeft ze nu. Een beetje roodomrand, alsof ze net heeft gehuild, en ze staan schuin, met de buitenkant iets naar beneden. Ze geeft de indruk een groot verdriet met zich mee te dragen. Ik heb haar ooit gevraagd of dat waar is, en of dat verdriet misschien is dat ze zelf geen kinderen heeft. 'We houden van jou,' zei ze toen en dat vond ik lief, maar ik voelde dat ze iets voor me verzweeg. Daarbij dacht ik me te herinneren dat ik vroeger een foto van mijn oom en tante heb gezien met een peuter op hun arm. Ik denk dat ik zes was, hooguit zeven. Pa was nog niet zo lang dood. Het was de enige keer dat ik dacht: het verdriet is uit tantes ogen verdwenen. Mijn tante beweerde later dat ik die peuter was. Als dat zo was, waarom was die foto dan bij een later bezoek ineens verdwenen? Ik heb het nooit durven vragen. Wel herinner ik me dat ik over een zusje droomde en dat ik 's middags na school speelde dat ik zo'n kameraadje had. Een pop waar echt geluid uit kwam, die ik rechtop in haar bedje met kanten lakens zette, fungeerde dan als mijn zusje. Ze was heel zacht, en warm, en ik knuffelde haar. Samen beleefden we ook de meest fantastische avonturen. Bij wijze van spreken dan. Ik verzon verhalen en mijn zusje moest luisteren, of ze nou wilde of niet.

Ik snuif de vertrouwde en troostrijke Chanel-geur op als we elkaar omhelzen.

Tante Bernique voelt aan mijn natte kleding en dirigeert me richting kachel. 'En trek dat natte spul uit, kind, zo word je geheid ziek.'

'Is oom Henri er niet?'

'Hij ligt in bed. Ga eerst zitten en vertel me eens, hoe is het met je? Hoe waren de concerten in Venetië? Voel je je goed?'

Ik merk dat ik kriegel word. Hoezo hoe is het met mij, we hebben het over haar man, die doodgaat, tenminste, daar zouden we het over moeten hebben. 'Nee, natuurlijk voel ik me niet goed. Ik heb net in een brief moeten lezen dat mijn allerliefste en enige oom doodziek is.'

'Ik zal thee zetten,' zegt ze.

Moedeloos laat ik me in een stoel bij de kachel zakken. Een ouderwetse houtkachel. Oom Henri wilde geen centrale verwarming. Hoe moet dat, straks, als hij er niet meer is om de blokken hout met zijn bijl te kloven tot hanteerbare stukken? En met wie moet ik dan praten over opera's en oude tragedies? We zouden samen naar Hamlet. Vroeger keek ik uit naar onze gezamenlijke avonden uit, nachten van tevoren droomde ik er dan al van en wat was ik trots, die eerste keer dat ik met hem mee mocht. Ik weet het nog precies. De opera *Don Giovanni*, van Mozart. Samen met oom Henri helemaal naar Amsterdam. De avond dat ik Mozart voorgoed in mijn hart sloot, voor zover ik dat nog niet had gedaan toen ik die prachtige aria 'Ruhe sanft, mein holdes leben' hoorde, al had ik toen nog geen idee van de titel.

'Kijk eens,' zegt mijn tante. Ze zet twee porseleinen kopjes op tafel en schenkt met grote zorg thee in. Vertrouwde bewegingen. Het is alsof de wereld hier stil heeft gestaan, en met alle hectiek in mijn leven vanuit een koffer was dat lange tijd een zegen. Nog altijd, eigenlijk. Een oase in de woestijn. Ik wil niet dat daar iets aan verandert. Ik wil niet dat mijn oom er straks niet meer is.

'De huisarts is net geweest. Het is jammer dat hij stopt met zijn praktijk, op mijn leeftijd nog weer wennen aan een nieuwe... ik moet er niet aan denken. Weet je nog, die keer dat ik met je naar hem toe was geweest? Ik had je achter op mijn fiets, ik was amper opgestapt of je werd boos, ik weet niet meer waarom...'

Waarom haalt ze nu deze oude, pijnlijke herinnering op? Ik wrijf met mijn vingers over mijn linkerenkel, waar het gladde litteken onder mijn sokken nog altijd voelbaar aanwezig is.

'Tante, ik wil weten hoe het met oom Henri is, wat kan mij die dokter schelen!'

Haar handen trillen, zie ik, als ze haar theekopje op tafel neerzet. 'Hij hoefde niet te komen, zie je, er is niets bijzonders... niets bijzonders...' Mijn tantes hoofd zakt op haar borst en aan de schokkende bewegingen van haar schouders merk ik dat ze huilt.

Ik leg een hand op haar arm en streel haar oude huid, die zacht aanvoelt. Zelfs huilen doet ze zonder noemenswaardig geluid. Waarom heb ik haar tussen de vele optredens door niet vaker opgezocht? Na de dood van ma begon mijn succes, jaren later leerde ik Davide kennen. In feite verloor tante daarmee de enige twee familieleden die ze had. De een aan de dood, de ander aan het publiek en aan haar nieuwe liefde. Ze had haar man en haar sociale leven, houd ik me voor. 'Toe, neem nog een slokje thee,' zeg ik, terwijl ik haar het kopje voorhoud.

Als ik uiteindelijk weer op mijn fiets stap, weet ik nog steeds niet veel meer over oom Henri. *Hij gaat dood, is dat niet genoeg?* Toen ik bij hem ging kijken, sliep hij. Mijn tante schudde haar hoofd of bleef steken in de eerste woorden van een zin die ze in gedachten had. Hoeveel medelijden ik ook voelde, ik ben opgelucht dat ik weer buiten ben, zelfs in dit gure snertweer, en daardoor voel ik me schuldig. Ik wilde daarbinnen maar één ding: weg. Zeker bij mijn oom, boven, waar de geur van de eindigheid al hing. Ik weet niet of ik me dat verbeeldde, maar ik besef dat het niet uitmaakt. Ik word opnieuw nat en vind het niet erg. En dat terwijl ik nooit zonder make-up buiten kom. Een deel van me wil omdraaien, bij haar blijven, steun bieden, een ander deel wil het liefst zo ver mogelijk van haar vandaan zijn. Tante Bernique is in de war. Ze was zelfs boos omdat ik bij de dokter niet netjes stil bleef zitten! Ik neem het haar niet kwalijk, heb er niets van gezegd omdat het er niet toe doet en ze zo breekbaar en overstuur leek. En toch vind ik het raar. Mijn tante is niet het type voor zulke vertekende herinneringen, integendeel, als er een is met een feilloos geheugen dan is zij het. Kan ik haar wel alleen laten met een doodzieke man? We vertrekken over een paar weken, voor Kerstmis, weer naar Venetië, wat als er dan iets gebeurt? Hij haalt de kerst niet eens, fluistert een stemmetje in mijn hoofd.

Mijn tante was altijd degene die voor een ander zorgde. Voor haar man, voor mijn moeder, voor mij... Ze was erbij, bij het Vivaldiconcert, dat een groot succes was, ik huilde tranen van geluk in haar armen, ze drupten op haar dure galajurk. Eindelijk erkenning voor al die jaren van repeteren. Eindelijk applaus, eindelijk lovende recensies in de krant. Iedereen riep al jaren dat ik dat grote talent was, maar wanneer word je in plaats van een talent een zielig geval? God, wat was ik opgelucht toen de critici het er unaniem over eens bleken te zijn dat ik mijn talent eindelijk waarmaakte. Na ma's dood dacht ik dat alles verloren was, maar in plaats daarvan won ik. Ik won het publiek voor me, en Davide. Mede dankzij tante Bernique, die me bleef schrijven, me oppepte toch te blijven spelen. Alsof ik een keuze had.

Frederique – 12 jaar

'Frederique moet beter opletten en minder naar buiten kijken,' stond op de laatste beoordeling van haar leraar Nederlands. Ze scoorde overigens allemaal voldoendes, en dat doet ze bij wijze van spreken op haar sloffen. Ze heeft geen hekel aan school, maar ze vindt de meeste stof saai. Natuurkunde gaat nog wel, en de experimentjes bij scheikunde zijn tenminste soms verrassend en de oorzaak van grote hilariteit in de klas, maar verder is ze meer geboeid door een kat die buiten haar poten schoonlikt dan door Hendrix, die meent dat ze voor een kans op de arbeidsmarkt moet weten of *nach* de derde of vierde naamval krijgt. Alsof zij ooit brieven in het Duits zou willen schrijven. Terwijl ze naar buiten kijkt, droomt ze ervan op het podium te staan, een Mozartconcert spelend voor duizenden mensen, die klappen en opstaan als ze de laatste noten de ruimte in laat zingen.

Ze is brugpieper, zoals tante Bernique haar noemt.

Vandaag kan ze haar aandacht niet bij de les houden. Ze zit achter in de klas, de stoel naast haar is leeg, en ze zit met een rookbommetje in haar hand. Een snelle ruk aan beide uiteinden van het touwtje, en na dit lesuur zal iedereen haar benijden om het lef dat ze heeft getoond. Kattenkwaad uithalen bij Hendrix staat hoog in aanzien. De zenuwen gieren door haar keel en ze kijkt de klas rond of iemand in de gaten heeft wat ze van plan is.

'*Mit, nach, nebst...*' klinkt Hendrix' monotone stem door de klas, terwijl hij de woorden met krijt op het bord krast. Derde naamval.

Pats. Ze heeft het gedaan. '*... nächst, samt, bei...*' Vrijwel onmiddellijk ruikt ze de weeïge lucht. Ruiken rotte eieren zo? Dat stond op het papiertje in de verpakking. Ze kijkt zo onopvallend mogelijk de klas rond. Voor haar zitten Jessica en Hannie. Misschien zullen ze haar nu ook vragen voor de discoavond bij Jan-Jaap. '*... seit, von, zu, zuwider...*' Verwachtingsvol kijkt ze hen aan. Ruiken ze al iets? Het duurt even, maar dan ziet ze hoe de twee elkaar met een vies gezicht aankijken. Het werkt! Ze merkt dat meerdere neuzen speurend rondgaan. Stiekem steekt ze haar vinger op naar Gijs. Ik was het, zeggen haar ogen, en dan wijst ze naar zichzelf, een brede glimlach op haar gezicht, verstopt achter Hannies rug.

'*... entgegen, ausser, aus...*' Hendrix verstrakt. Hij draait zich om en kijkt loerend de klas in. Dan gooit hij het krijtje op zijn bureau. 'Ik ben in de lerarenkamer,' zegt hij. 'Ik kom over tien minuten terug. Dan wil ik dat het hier stil is en ik wil de naam van de schuldige op een papiertje op mijn bureau. Voor volgende week geef ik jullie niet één paragraaf, maar twee complete hoofdstukken huiswerk mee. Hoofdstuk dertien en veertien. Als jullie blijkbaar zoveel tijd overhebben om flauwe grappen te verzinnen, kun je die tijd beter vullen met zinvolle dingen als jullie kennis van het Duits uitbreiden, nietwaar? Wee degene die het niet af heeft, ik accepteer geen enkele smoes.'

En weg is hij.

Haar hart bonst hoog in haar keel. Extra huiswerk, en dan nog wel twee hele hoofdstukken? Dat kost haar een weekend! Hoe moet dat dan met de vioollessen? En de disco? De disco kan ze sowieso wel vergeten. Ze krimpt in elkaar, terwijl verontwaardigde stemmen in de klas opklinken. Ze zou onzichtbaar willen zijn, nu, op dit moment, net als toen ze haar vader vond, daarboven op de zolderkamer. De klok terug willen draaien. Op paps schoot zitten, terwijl hij *Roodkapje* voorlas, haar favoriete sprookje. Ze herinnert zich nog hoe lekker pap rook en hoe veilig ze zich bij hem voelde, zelfs toen de wolf aan de deur klopte van grootmoeders huis.

'Heb jij dat gedaan?' fluistert Hannie, die achterstevoren in haar stoel zit.

Ze zwijgt.

'Het was Frederique,' zegt Gijs dan, hardop door de klas. Iedereen is stil.

Ze voelt alle ogen op zich gericht en dan staat ze op. Ze moet haar laarzen nodig poetsen, ze glimmen niet meer.

'Trut,' hoort ze achter zich als ze naar de deur loopt. 'Zitten we dankzij jou in de stank én met huiswerk voor een week. Als je nog eens iets weet...'

'... gek kind, met die moeder, en die viool...'

'Maar mijn vader was tenminste een held. Dat kunnen jullie niet zeggen!'

Honend gelach. Ze steekt haar tong uit, zich daarna realiserend dat die reactie niet past bij de dochter van een held. Als ze de deur van de klas achter zich dichttrekt, prikken de tranen achter haar ogen. Ze meldt zich bij Hendrix en pleit ervoor dat hij alleen haar straf geeft. Daar wil hij niets van weten. 'Jullie stoken elkaar op,' zegt hij, 'je hoeft mij niets wijs te maken. Nee, we laten het zo, eens kijken of de rest daar ook van leert.' Ze moet mee terug de klas in en krijgt voor de rest van het lesuur de taak om een stukje Nederlandse tekst in het Duits te vertalen. 'Jullie mogen pas weg als de bel gaat. Denk erom, wie eerder verdwijnt, wordt geschorst, ik houd jullie in de gaten. En ik wil geen woord meer horen. Geen woord!'

Ze ziet nog net hoe hij verdwijnt, voordat bittere tranen haar zicht vertroebelen.

Na school gaat ze naar viooles. Ze beheerst nu alle majeur- en mineurtoonladders over drie octaven, ook in tertsen en sexten, bovendien heeft ze geen moeite meer met legato, spiccato en détaché. Daar is ze trots op en ze weet dat ze haar leeftijdsgenoten die ook viooles hebben, makkelijk de loef af kan steken als ze dat wil. Nu moet ze de Duitse les vergeten, anders kan ze zich niet concentreren op de viooles en dat zal Boris onmiddellijk merken. Twee keer per week heeft ze extra privéles. Boris is een oude man met een hoofd dat uit een rots lijkt gebeeldhouwd, zo vierkant en gegroefd is het. Hij speelt voor, zij speelt na. Hij schudt zijn hoofd, gromt iets afkeurends, speelt opnieuw en zij speelt na. Ze oefent veel. Als ze op school haar kunsten mag vertonen, speelt ze de spijkers uit de vloer, maar als ze mam moet laten horen welke etude ze heeft geleerd, dan verkrampen haar vingers.

'Dat gaat vanzelf over, mits je flink blijft studeren,' zegt Boris, en ze vertrouwt hem, al bezorgde hij haar in het begin knikkende knieën. Soms buldert zijn stem door de kamer als ze opzettelijk te hard speelt. Ze houdt van krachtig spel, maar Boris eist inlevingsvermogen. Het stuk moet haar laten voelen hoe ze het moet brengen, zegt hij, ze mag het haar wil niet opleggen. 'In je toon ligt je ziel.' Ze hoort het hem zeggen, terwijl hij driftig aan zijn pijp trekt en zijn zware wenkbrauwen fronst. Hij heeft natuurlijk gelijk, ze weet ook best hoe het moet, maar soms moet ze even los. En hij is streng, maar hij snapt het, ze merkt het als hij zogenaamd onopvallend een in glitterpapier ingepakte bonbon in haar jaszakje laat glijden. Ze mag hem er nooit voor bedanken, dan doet hij alsof hij nergens van weet. 'Goed oefenen,' geeft hij haar mee als ze haar jas aantrekt. 'Oefenen, oefenen, oefenen. Alleen dan kun je de beste worden, begrijp je?'

Ze knikt. Ook dit keer heeft hij een kleine verrassing in haar jas gestopt: een miniatuurzakje met paaseitjes. Zuigend op de zoete chocolade vergeet ze even hoe zuur de dag eerder was.

Ze rookt stiekem een sigaret als ze naar huis loopt. Als Boris ook rookt, kan het niet slecht zijn. Koen vergezelt haar. Om de beurt nemen ze een trekje. Ze heeft ook shagjes geprobeerd, maar die vond ze smerig omdat er bittere tabak in haar mond achterbleef als ze die rookte. Koen is haar vriend. Hij zit drie klassen hoger, is een kop groter dan zij en weet alles van zweefvliegtuigen. Hij heeft haar beloofd dat hij haar een keer zal meenemen als zijn vader gaat zweefvliegen, omdat hij dan soms ook in het vliegtuig mag, dus wie weet zij ook wel. Ze doet alsof ze het totaal niet spannend vindt – zweefvliegen, puh, haar moeder is een wereldberoemde zangeres! – maar als ze 's avonds wakker ligt in bed ziet ze zichzelf al hoog boven het land zwaaien naar de kaboutermensen ver beneden haar op de grond.

Thuis rent ze naar boven om haar tanden te poetsen en andere kleren aan te trekken, ook al weet ze dat mam er meestal niet is. Ze geeft zangles op de muziekschool, tenminste als ze niet op tournee is. Ze is nog niet met mam mee geweest, haar optredens vallen nooit in de schoolvakanties. Maar als de meiden uit haar klas ernaar vragen, verzint ze het grootste applaus dat ooit is gegeven – het hield zeker wel een halfuur aan – en laat ze bossen rozen aanrukken die zo groot zijn als de vlinderstruiken in tante Berniques tuin. Zouden ze haar überhaupt ooit nog wel iets vragen of laten ze haar in het vervolg helemaal links liggen? Kan het haar iets schelen? Ze oefent op Bartóks *Roemeense dansen*, tot ze er droevig van wordt. Ze herhaalt het laatste, opgewektere en snellere stuk enkele keren en ze is net van plan aan haar huiswerk te beginnen als ze de achterdeur hoort.

'Frederique?'

Ze herkent haar tantes stem. Niet mam, die thuiskomt? Dan

weet ze al hoe laat het is. 'Ik ben hier!' roept ze. En dus mag ze weer niet mee met haar moeder. Logeren bij tante en oom is fijn, misschien zelfs fijner dan hier thuis zijn met mam, maar ze merkt dat oom en tante te hard hun best doen. Ze zijn eigenlijk te oud om een puber in huis te hebben, en het zorgt ervoor dat ze zich bij hen soms ongemakkelijk en te veel voelt. Desondanks vliegt ze haar tante in de armen als die de kamer in komt.

'Dag schat,' zegt tante Bernique. 'Was je flink aan het studeren?'

'Net klaar. Mag ik met jou mee? Gaan we dan vanavond een film kijken?'

'Een film? En je huiswerk dan?'

Huiswerk. Duits. Ze verstrakt. Morgenvroeg zal ze doen alsof ze ziek is. Nee, ze zal ziek zijn. Ze hoeft niet eens meer een koffer te pakken, ze heeft bijna een hele kledingkast vol spullen bij tante, alleen geen dikke jas. Maar met dit prille voorjaarsweer hoeft dat ook niet. 'Even mijn toilettas pakken,' zegt ze. Ze rent de trap op, pakt haar spulletjes bij elkaar en grist stiekem een strip pilletjes uit mams toiletkast.

'Ben je zover?' vraagt haar tante. 'Geef je boekentas maar, zit erin wat je nodig hebt voor school morgen?'

Nee. 'Ja.'

De volgende ochtend, als het nog helemaal donker is, sluipt ze op haar tenen naar de badkamer. Ze neemt pilletjes en slikt ze weg met water. Ze plenst koud water in haar gezicht en terug in de slaapkamer hangt ze een tijdje uit het raam. Op de radio werd gezegd dat het nog kan vriezen en aan de koude lucht te merken klopt dat bericht. Met een beetje mazzel wordt ze zo verkouden dat ze uit voorzorg twee dagen in bed moet blijven. Door de pilletjes zal ze straks over moeten geven, de garantie voor één dag ziek, maar ze wil deze week niet weer naar school. Zaterdag vioolles, dan zal ze weer beter zijn. Het strafwerk Duits kan haar niet schelen, maar ze hoopt dat de klasgenoten haar stommiteit maandag een beetje vergeten zijn. Ze dommelt weer in slaap en droomt dat paps cello boven op haar valt. Daar voelt ze niets van, raar genoeg, en het instrument is ook niet kapot, maar het wil haar vastpakken met lange armen als die van een inktvis, die ineens in razend tempo uit het hout groeien. Ze wil de armen van zich af slaan, maar slijmerig aanvoelende snaren krullen om haar nek en om haar handen, tot ze niet meer kan bewegen. Klamme handen bedekken haar ogen, knijpen haar neus dicht en vervolgens haar mond.

Ze schrikt wakker, bezweet en misselijk. Ze strompelt uit bed, naar de badkamer en roept om haar tante. Net op tijd, want dan keert haar maag zich om boven het toilet.

13

zaterdag 28 november

De weken voor kerst. Voor veel mensen de gezelligste tijd van het jaar. Iedereen zorgt voor warmte en gezelligheid in huis, en ondanks de ijzige kou glimlachen de mensen bij de gedachte aan samenzijn met de familie, lekker eten en vrije dagen. Vroeger gaf ik er nooit iets om, ik trad meestal ergens op, maar sinds we Isabelle hadden en ze oog kreeg voor glimmende kerstballen en zich verheugde op een cadeautje onder de boom, kreeg Kerstmis betekenis. De speciale sfeer in de aanloop ernaartoe was ooit de reden dat ik juist in die periode een vioolconcours in Den Haag wilde organiseren. Dan werd onze stad het tafereel van gepassioneerde musici vanuit de hele wereld. Nu wordt het alweer de zevende editie. De eerste jaren bemoeide ik me overal mee. Wie er moest komen, welke stukken er gespeeld zouden worden, de genodigdenlijst. Ik wilde zelfs inspraak in het ontwerp van het affiche. Inmiddels beperkt mijn inbreng zich tot mijn hoofd op de affiches en een reclamepraatje op tv. En spelen, natuurlijk. Daarom repeteer ik deze middag met enkele internationale topmusici. Zoals Jacek Korczak, een in Polen geboren en naar Engeland geëmigreerde pianist. Hij heeft met grote concertviolisten samengewerkt en zegt zich vereerd te voelen om met mij te mogen spelen, maar dat geldt andersom minstens zo sterk. Ook voor hem is muziek maken als ademhalen. Dat heeft hij verteld toen ik hem vorig jaar ontmoette tijdens een optreden in Milaan, maar ik proef het ook in zijn spel, waar ik altijd stil van word, wat hij ook speelt. In Milaan luisterde ik naar een van de Goldbergvariaties van Bach, en ik hoop dat hij die ook deze keer op het programma heeft staan. Samen zullen we, gesteund door een vijftal andere musici, in ieder geval Mozarts ingetogen en ontroerende pianoconcert nr. 14 gaan vertolken.

Ik kan het niet. Waar ik me normaal na de eerste noten onmiddellijk overgeef aan de emotie die de muziek in me oproept, lukt het me nu niet om me te concentreren. Ik vrees dat ik aan het verliezen ben wat ik had.

'Frederique? *Once more?* Nog één keer vanaf het begin?'

Ik knik. Uit de verbouwereerde uitdrukking op Jaceks gezicht concludeer ik dat mijn gebrek aan inlevingsvermogen in Mozart niet onopgemerkt blijft. Natuurlijk niet. Misschien kan ik een deel van het publiek voor de gek houden, maar dat geldt vanzelfsprekend niet voor een van de grootste pianisten van dit moment. 'Eén minuut,' zeg ik, gebarend naar de andere musici. 'Kleine pauze.'

We oefenen in de J.M. Fentener van Vlissingenzaal, een prachtige concertlocatie en daarbij een van de oudste concertzalen van Nederland. De zaal bevindt zich in het gebouw van de Hogeschool voor de Kunsten, mijn conservatorium, en als ik hier af en toe nog eens kom – meestal voor een repetitie – dan voel ik me altijd weer dat onzekere kind van toen. Hier deed ik ooit voor het eerst mee aan een heus concert met echt publiek, ook al waren dat voornamelijk familieleden van de musici. Mijn tante en oom zaten op de eerste rij, en ik weet nog dat hun aanmoedigingsapplaus het langst aanhield. Mijn moeder was er niet bij en dat maakte me verdrietig, maar het ging fantastisch, en in mijn herinnering is dat mijn vuurdoop geweest.

In de toiletruimte slik ik twee pillen weg met veel water. Ik draai een paar keer met mijn linkerarm om de schouder soepeler te maken, bewegingen die niet helpen, alleen de pijn verergeren. Ik wil geen Kerstmis. Hier noch in Venetië. Ik heb die dagen vorig jaar gehaat en daar zal dit jaar geen verandering in komen. Daar zal nooit verandering in komen. Ik wil geen flakkerend kaarslicht, geen glimmende kerstballen in een boom. Feestdagen zijn dagen die keihard aantonen hoe groot het gemis is, dagen waarop herinneringen boven komen drijven die zich niet laten verjagen. Werk is afleiding, daarom heb ik weer concerten laten plannen. Maar of het zal helpen? Het is nog niet eens december en ik heb nu al het gevoel dat ik stik als ik kerstliedjes hoor. Soms, als Davide nog niet naar bed komt, haal ik de schoenendoos onder mijn bed vandaan waarin ik spulletjes van Isabelle bewaar. Ik ruik aan haar badstof knuffel, geen idee wat het is, een mislukte kruising tussen een spin en een olifant misschien. Een lelijk vod, maar 'Pip' moest 's nachts in de linkerhoek van haar bed de wacht houden. Ik moet eraan denken omdat er ook een zilveren vogeltje in die doos ligt, en die moest in plaats van een piek boven in de boom. Davide zette Isabelle dan hoog boven op zijn schouders, zodat ze zelf deze belangrijke taak kon vervullen. Zodra het sierlijke diertje in de boom zat, was die pas echt klaar.

Hoe moet ik deze middag doorkomen? Hoe worstel ik me door de volgende maand, met een slopend vioolconcours en daarna nog twee concerten in Venetië? Zal het werk me daadwerkelijk afleiden? Ik geloof er niets van.

III

Tweede kerstdag, 00.00 uur

Inspecteur Van Aerendonck kijkt op zijn horloge. Twaalf uur. Op dit late uur kan hij niet meer bellen. Leonie zou misschien wel wakker zijn, hij wil het echter niet op zijn geweten hebben dat hij de andere patiënten op haar afdeling wakker maakt. Bijna dertig jaar zijn ze getrouwd, maar ze kennen elkaar nog veel langer. Drie kinderen hebben ze op de wereld gezet, kinderen die zich redden in deze veeleisende maatschappij en van wie hij vermoedt dat ze hun ouders nog altijd zonder tegenzin bezoeken. Dat geldt zeker voor de kleinkinderen, die opa Kees superspannend vinden, tenminste als hij overstag gaat en zijn uniform aantrekt. In al die jaren zijn ze van een troosteloze bovenverdieping in een vrijstaande villa beland, aan de rand van Den Haag. Het eindstation, denkt hij. Wordt het dat? En zal hij dan de balans opmaken, vol wroeging over alles wat hij in die jaren niet heeft gedaan?

Davide Vianello is een man met een missie. Kan hij daar jaloers op zijn? Niet op zijn recente daden, vanzelfsprekend, maar op zijn doel Venetië van de ondergang te redden? Vianello, intussen, is op aandringen van de inspecteur bezig de dammen op schetsmatige wijze uit te tekenen. De verdachte begon apathisch aan de opdracht, maar lijkt nu toch voornemens die naar wens uit te voeren. 'Ziet u, hier, deze metalen schotten liggen normaliter vol water plat op de zeebodem, aan één kant vastgeklonken. Bij de dreiging van hoogwater worden ze vol lucht gepompt.'

De inspecteur luistert naar de uitleg, gespitst op een verspreking van de Venetiaan, kauwend op een stuk brood met ham, bij gebrek aan iets warms. Zijn vraag naar een bord pasta leek net als de vraag naar koffie voor de nodige consternatie te zorgen.

'En zo,' zegt Vianello, 'in verticale stand, heb ik mijn barrière tegen het stijgende water. Daarmee kan ik een verschil in waterhoogte van maximaal twee meter tussen de lagune en de zee tijdelijk volhouden. Kan ik nu naar Frederique?'

'Nee, wij zijn niet klaar.' Hij pakt de spullen van tafel en bladert in zijn notitieboekje. 'Water' staat er op een pagina, dik onderstreept, met enkele steekwoorden die hij heeft opgeschreven tijdens een van de gesprekken met Frederique. 'U vertelde me dat u in uw jeugd al gebiologeerd was door het water in de Venetiaanse lagune. Volgens uw vrouw houdt het probleem u echter zelfs in uw slaap bezig, zo heeft ze me verteld.'

'Zolang ik werk, heeft Mose op mijn tekentafel gelegen. Het duurde bijna twintig jaar voor het werd geaccepteerd als beste oplossing,' zegt Vianello. Hij schuift naar het puntje van zijn stoel. 'Ik heb vrijwel het complete proces meegemaakt, deels geleid. Ah, *madre mia*, mag ik die tekenspullen terug? Er schiet mij ineens iets te binnen... Ik moet aantekeningen maken voor ik vergeet wat zich in mijn hoofd vormt, nu ik een mogelijk briljante oplossing heb, waar geen enkele tegenstander ook maar iets tegen in zal kunnen brengen...'

'De enige reden die ik kan verzinnen om u een pen te geven is om uw bekentenis te ondertekenen! Water, water... Weet u wat ik denk? Afleidingsmanoeuvres! Historisch gezien is het niet het water dat aartsvijand nummer één is van uw fraaie dogestad, nee, dat is vuur. In de twaalfde eeuw brandde half Venetië af en een paar eeuwen later ging de complete wijk Rialto in vlammen op. Hmm? Water!' Hij spuugt het woord uit. 'Ik zit met een aantal doden in mijn maag en ik heb antwoorden nodig!'

Acuut valt Vianello stil en zijn gezicht wordt bleek. 'Ja,' mompelt hij. 'Hoe kan ik aan werk denken? Het is onvergeeflijk. Als ik daar eenmaal aan denk, vergeet ik alles en iedereen om me heen. Ik moet naar mijn vrouw. Mijn vrouw...'

De inspecteur zucht. Dit is niet de manier. Hij moet rustig blijven, Vianello laten vertellen. De man leek het echte leven net even te vergeten, en daar ligt de kans op een verspreking, een fout die Vianello's schuld zal bewijzen. 'Ik probeer u te begrijpen, snapt u? Venetië is een raadsel voor me.' Het is niet eens een leugen, en hij buigt voorover in zijn stoel. 'Vertel me waarom,' zegt hij. 'Leg het me uit.'

De verdachte pakt de draad op en vertelt verhalen over de stad waar hij amper weet van had. Zoals het probleem dat men vroeger al met de voorziening van drinkwater had in deze door zee omgeven stad. Hoe ooit schepen met zoet water werden aangevoerd en de aangelegde putten regelmatig onbruikbaar werden door het zoute water dat erin stroomde bij hoogwater. En een ander waterprobleem, dat pas onder Napoleon werd opgelost.

'Ik dacht dat Napoleon de stad nogal kwaad heeft aangedaan. Zijn komst betekende het einde van rijkdom en feesten en het begin van jarenlange armoede!'

Vianello schudt zijn hoofd. 'Het begin van zijn veldtocht betekende ook het begin van ons nationalistisch bewustzijn.'

'Hmm.' Hij besluit geen discussie over de Franse dictator aan te gaan. 'Een ander waterprobleem, zei u?'

De Venetiaan knikt. 'Het probleem was dat aan de pleinen met veelgebruikte putten ook vaak kerken met begraafplaatsen grensden,' zegt hij. 'Bij hoogwater duwde het water de lijken naar boven en als gevolg daarvan konden er gevaarlijke ziektekiemen via het wegstromende water in de putten terechtkomen. San Michele vormde de oplossing, in het begin van de negentiende eeuw.' Zodra de verdachte het dodeneiland noemt, valt hij stil.

'En wat zal er nu precies gebeuren als er geen oplossing komt voor het waterprobleem?' spoort de inspecteur hem aan.

'Dan zullen de gevolgen dramatisch zijn, of zelfs funest. De fundamenten van de stad hebben te lijden van het zoute water en als er niets gebeurt, is de stad ten dode opgeschreven. Onze stad ligt meer dan een meter dieper in het water dan een eeuw geleden, en per jaar kampen we gemiddeld zo'n honderddertig keer met *acqua alta*, het hoogwater. Het wordt dus werkelijk tijd dat we iets ondernemen in plaats van discussiëren over andere oplossingen. Weet u, in de afgelopen weken dat ik in Nederland was, zijn er maar liefst vijf alternatieve ideeën op tafel gelegd, die wij vervolgens stuk voor stuk serieus moeten nemen. Er was er nota bene één bij die een plan had om Venetië continu juist onder water te zetten, het peil hoog te houden, en dan waar nodig alle straten en gebouwen op te hogen.'

'Ik vraag me af, had het huidige Venetiaanse probleem eigenlijk voorkomen kunnen worden? Wat denkt u?'

Vianello haalt zijn schouders op. 'Venetië is al eeuwen geleden de fout in gegaan. De stad heeft in de zestiende eeuw de rivier die in de lagune uitkwam omgeleid, om te voorkomen dat door het aangevoerde sediment uit de rivier de lagune droog zou komen te vallen. Door deze omlegging is inmiddels het tegengestelde gebeurd: in de loop van de eeuwen is de bodem gaan verzakken. Waterwinning onder de stad en temperatuurstijging van de oceanen hebben het probleem vergroot en daardoor loopt Venetië steeds vaker onder water.'

De inspecteur kijkt de verdachte peinzend aan. Wat te denken van deze Italiaan met Nederlandse invloeden? Vianello heeft hem ogenschijnlijk oprecht over zijn ontmoeting met Frederique verteld en ook nu geeft hij allerminst de indruk zijn woorden op een weegschaal te leggen. Hij kan Vianello's verdriet en verwarring van zijn gezicht af schrapen, desondanks doet hij zijn best behulpzaam te zijn en ondanks alles komt hij sympathiek op hem over. Het lukt hem slecht een moordenaar in hem te zien. Er lukt hem de laatste tijd wel meer niet, bedenkt hij. 'Wanneer moet het project klaar zijn?' vraagt hij.

'Er is een planning voor twee jaar, maar ik verwacht dat het zeker nog drie tot vier jaar duurt voor het functioneert, als u dat bedoelt met klaar. Maar het meest frustrerende heb ik nog niet eens verteld.'

'En dat is?'

'Dat onze oplossing in de toekomst zeer waarschijnlijk niet eens meer afdoende is. Als de zeespiegel te hard stijgt en de stad te veel inzakt, zullen de dammen niet hoog genoeg meer zijn en zal het zoute water evengoed de lagune blijven binnenstromen en onze monumenten langzaam maar zeker vernietigen.'

'En de toeristen slenteren nietsvermoedend door de sprookjesstad! Heeft de vriendin van uw vrouw haar ooit bezocht, hier?'

'Wie bedoelt u?'

'Minke. Minke de Pluij.'

Vianello schudt zijn hoofd. 'Ik heb haar naam nooit gehoord, het spijt me.'

'Weet u dat zeker?'

'Ja.'

'Vermoedelijk is het haar lichaam, dat eerder vandaag uit het water langs de Mauritskade in Den Haag werd gevist. Of eigenlijk moet ik zeggen gisteren. Het is inmiddels tweede kerstdag, mocht dat u ontgaan zijn.'

De inspecteur let scherp op Vianello's reactie. Die toont slechts verbazing.

'Ik weet niet... Frederique en ik waren vrees ik uit elkaar gegroeid de laatste tijd. De laatste twee jaren zelfs, moet ik met pijn in mijn hart constateren. Sinds de dood van onze dochter konden we elkaar maar moeilijk vinden. Misschien kon ze haar hart bij die Minke wel luchten. Hoe heette ze verder, zei u, die vriendin?'

'Minke de Pluij. Zal ik eens kijken of het koffieapparaat intussen functioneert? Bent u moe?'

Vianello ontkent en zegt dat hij voorlopig niet zal kunnen slapen, hoe moe hij ook zal worden. 'Al sluit ik mijn ogen maar een paar seconden, dan verschijnt het gruwelijke beeld van Frederique in die graftombe op mijn netvlies. Ik kan het nog steeds niet geloven. Frederique. Weet u wat ze tegen me heeft gezegd?'

14

Terug in de repetitiezaal verontschuldig ik me bij de musici. En bij Jacek. 'Het lukt even niet,' zeg ik. 'Het spijt me, ik heb te veel gespeeld de afgelopen dagen, mijn schouder protesteert. Ik zal naar jullie luisteren, geef me een halfuurtje, dan is de pijn hopelijk gezakt.'

Ze tonen zich bezorgd; ik wuif nonchalant met mijn hand. 'Gaat wel over, spelen jullie nou maar, dat lijkt me een heel goede remedie.'

Ik laat me op een stoel zakken, in de hoop dat de pijnstillers hun werk zullen doen. De musici overleggen en lijken even te moeten wennen aan het ontbreken van mijn partij, maar ze pakken de draad vlot op. Het klinkt fantastisch en dat kan ook niet anders met een handvol van de beste musici ter wereld en evenzoveel aanstormende talenten. Ze lijken mijn afwezigheid te vergeten, zo gaan ze op in elkaars spel. Gevoelig, teder, perfect in hun timing en frasering. Zoals ik het zou willen brengen.

Terwijl ik hun bewegingen volg, glijden mijn gedachten weg. Naar het verleden, naar eerdere momenten die ik hier heb doorgebracht. Naar het leven voor Isabelle. Onwetend wat me te wachten stond. Was ik toen gelukkig? Ik weet het niet meer. Het is niet het gevoel dat ik soms hoop te bereiken met drank en nicotine. Die middelen zorgen hooguit voor vervlakking, stompen af. Ik dacht dat ik met de concerten in Venetië de periode van verdriet zou kunnen afsluiten, dat we een nieuwe start konden maken, Davide en ik, maar als ik zo doorga, is dat voornemen gedoemd te mislukken. Ik denk de laatste tijd steeds vaker aan oude momenten, fragmenten uit mijn leven waarin Isabelle een rol speelde. Tot voor kort kon ik alleen maar denken aan haar ziekte, haar dood, voelde ik alleen het verdriet en de woede. Nu lijkt er ruimte te komen voor andere herinneringen. Dat Isabelle voor het eerst naar groep één mocht, bijvoorbeeld, en ze pertinent weigerde om zich weg te laten brengen. Tot ze zag dat alle moeders bij het plein stonden te zwaaien. Toen moest ik ineens ook mee, anders zouden de andere kinderen denken dat ze geen moeder had. En dat mijn dochter gebiologeerd was door de oude cello van mijn vader. Ik was ervan overtuigd dat ik haar ooit op het podium zou treffen, voor haar zou applaudisseren. 'Ja, meisje,' fluister ik. 'Ik had je van alles toegedicht. Zo zie je maar hoe gevaarlijk dat is.' En dan te bedenken dat ik me in het begin geen raad wist met mijn zwangerschap. Ik was overstuur toen de huisarts bevestigde dat ik een tien weken oud mensje in mijn buik droeg. Ik was blij, ja, het leek me fantastisch, zo'n kleine combinatie van Davide en mij, maar... mijn carrière begon net te lopen, ik moest promotiewerk doen, mijn zegje komen doen in talkshows, concerten geven in het buitenland. Dat kon niet met een kind! Ik zag het al voor me, een hoogzwangere violiste, en later een met een baby in een draagdoek.

Davide kwam met een oplossing die me van mijn sokken blies. Hij wilde zijn werk eraan geven. 'Ik ben bereid Venetië te laten verzuipen,' zei hij, 'als we daar een dochter of zoon voor in de plaats krijgen.' Hij was zo gelukkig. Hij overlaadde me met zorgzaamheid en vrije tijd, waarin hij me vergezelde op tournees, mijn koffer sjouwde en 's morgens ontbijt op bed voor me regelde. Hij liet me geen moment alleen en deed niets anders dan het grote geluk dat ons te wachten stond bejubelen, ik kende mijn zwijgzame professor niet terug. Stiekem, diep vanbinnen, denk ik dat hij alsnog met terugwerkende kracht kwaad is dat ik door ben blijven werken. En dat ik... Nee, nee, dat niet. Wat spelen ze fabelachtig. Ze hebben me niet nodig. Ik glimlach als Jacek naar me kijkt. Davide denkt, geloof ik ergens, dat het verlies van onze dochter op zesjarige leeftijd daarvan het gevolg is. Een straf, omdat ik niet als een rechtgeaarde moeder vierentwintig uur per dag voor de kleine thuis was en mijn carrière niet wilde opgeven. Natuurlijk heb ik me de haren uit het hoofd getrokken. Achteraf. Wat had ik moeten doen? Biechten? Tien weesgegroetjes opzeggen? Elke avond een kruis slaan? Alsof dat levens redt. Elk moment dat we samenzijn, denk ik dat hij zal zeggen dat het afgelopen is. Dat hij het niet meer ziet zitten en definitief vertrekt naar Italië. Zijn Venetië. Omdat hij hier niets meer heeft, alles is verloren. Omdat hij zijn jongensdroom wil waarmaken. Met de geboorte van Isabelle werd zijn droom radicaal bijgesteld, had hij niet eens oog voor het *acqua alta* in zijn stad. Ik kende hem niet terug.

'Mijn droom is uitgekomen. Ze heeft tien ienie mienie vingertjes en tien ienie mienie teentjes. Het is een levend wonder.' Davide straalde, en praatte meer dan hij ooit had gedaan, al bestond de helft van zijn woordenschat ineens uit babygebrabbel. 'Da-da-da', en 'kieriekierie'.

Het is waar. Toen Isabelle er was, pakte ik mijn carrière weer op. Of nee, eigenlijk heb ik die niet eens onderbroken, met uitzondering van de drie dagen na de bevalling. Laat me maar fusilleren, zet me maar op de elektrische stoel. Davide protesteerde niet. Hij begreep mijn tweestrijd, dat dacht ik tenminste. Ik wilde zó graag. Zoveel jaren had ik gevreesd dat ik het niet kon, heb ik geknokt voor erkenning, keihard gewerkt om gehoord te worden. Al die jaren investering kon ik niet zomaar weggooien, zeker niet nu het succes eindelijk binnen handbereik was. En dus gaf ik die concertreeks in New York, stapte ik op het vliegtuig voor een cd-opname met een gerenommeerd orkest. Met pijn in het hart en zoogkompressen in mijn bh, maar ik ging. Hij ging gewoon door met vrij nemen of werkte thuis, hij kreeg alle ruimte van zijn baas. En ik... ik zag weinig van Isabelle. Ik hoorde van Davide dat ze last had van haar tandjes en dat ze haar eerste verstaanbare woordje brabbelde. Papa. Als ik had geweten...

'Frederique? Gaat het goed met je?'

Ik heb niet eens gemerkt dat Jacek naast me is komen zitten. 'Ja, goed, laten we het nog een keer proberen, akkoord?'

'Als je last hebt...'

'Het gaat wel. Jij bent speciaal hiervoor overgekomen vanuit Engeland, we moeten de tijd benutten.'

Ik voel voorzichtig aan mijn schouder. De pijn lijkt gezakt. Ik strijk mijn haren achter mijn oren, knipper een paar keer met mijn ogen en schraap mijn keel. 'Kom op, jongens, ik ben er klaar voor.'

Dat ben ik niet. Ik doe mijn best, maar het lukt niet. Ik weiger om het toe te geven, maar ik heb geen keuze. Vandaag zal ik geen gevoelige noot uit mijn viool kunnen laten klinken. Ik hoopte dat andere herinneringen aan Isabelle mijn leven lichter zouden maken. Dat het een positieve draai aan mijn leven zou geven, dat ik niet meer alleen aan haar ziekte dacht, en aan haar dood. Maar het is onzin. Elke gedachte aan haar is onverdraaglijk. Ik zie Jacek kijken, hij heeft het alweer in de gaten. Het is hopeloos. Ik ben hopeloos. Eén kort moment heb ik de neiging om mijn Stradivarius weg te smijten, ermee om me heen te slaan. In plaats daarvan komt er een felle schreeuw uit mijn mond. 'Het spijt me,' mompel ik. Ik hoor de wanhoop in mijn eigen stem. Alsof de duvel me op de hielen zit, leg ik mijn viool in de kist, pak ik mijn tas en loop weg. Weg van hier, weg van toen, van nu, van iedereen.

15

Davide komt laat thuis. Hij belde, een uurtje geleden. Werk, zelfs op de zaterdag. Ik raak er zo langzamerhand aan gewend en ik vind het niet erg. Minke is op bezoek, we zitten met een glas rode wijn op de bank en kijken naar een film. *The Mother.* Over een oudere vrouw die verliefd wordt op de minnaar van haar dochter. Gespeeld door een breedgeschouderde acteur.

'Wat een ontzettend lekker ding,' zegt Minke. 'Dat ik het verhaal lichtelijk ongeloofwaardig vind, neem ik op de koop toe.'

'Hij speelt ook James Bond. De beste tot nu toe.'

'Nou, in ieder geval qua achterwerk.'

Minke zegt dat ze ondanks de ongeloofwaardigheid nieuwsgierig is naar de afloop van het verhaal, maar ik kan mijn gedachten er niet bij houden. Ik denk aan Davide. Hij begint er slechter uit te zien, vind ik, en de frons tussen zijn wenkbrauwen lijkt steeds dieper te worden. Problemen met het project, zei hij, schouderophalend. Niets nieuws, vertelden zijn vermoeide ogen. Maar diep vanbinnen twijfel ik aan zijn uitleg. Ik probeer het van me af te zetten. Als ik niet aan Davide denk, dwalen mijn gedachten af naar oom Henri. En mijn tante. Ik wil naar haar toe, bij haar zijn, 's nachts zachtjes onder haar laken kruipen en dicht tegen haar aan schurken, zoals vroeger, zodat ik me niet zo alleen voel. Maar een ander deel van me kan niet wachten om het vliegtuig naar Venetië te pakken en het verdriet hier te laten.

Een uur later zitten we in een café vlak bij het Binnenhof. Ik moest eruit, ondanks het gure weer. Ik heb een glas cognac voor me staan, dat bijna leeg is. Minke neemt geen alcohol meer, ze wil morgen bijtijds aan het werk met een helder hoofd. Ik ben niet zo verstandig, ik heb het af en toe nodig, dit zwevende hoofd, dat alles kan vergeten.

'Nog een drankje?' De barkeeper wijst naar mijn lege glas.

Ik knik. 'Hetzelfde nog een keer.'

Hij vult mijn glas, met meer cognac dan hij zou hoeven doen, en ik negeer zijn knipoog. 'De beroemde violiste, toch?'

'Ik had niet gedacht dat u verstand zou hebben van klassieke muziek.' In de bar klinkt een soort muziek die ik niet begrijp. Er wordt meer gepraat dan gezongen en ik vermoed dat de zanger, tussen aanhalingstekens, zich daar misschien ook maar beter toe kan beperken. Dat lijkt me voor ieders oren prettig, en zeker voor de mijne.

'Heb ik ook niet,' antwoordt hij. 'Maar mijn vader heeft al uw cd's. Ik heb u hier nooit eerder gezien, wel? Woont u hier in de buurt?'

Ik wuif met mijn hand. 'Ik geloof warempel dat er nog een klant binnenkomt, wat leuk voor je,' en draai me dan opzij. 'Hij heeft jou niet gevraagd of je nog wat wilt,' zeg ik tegen Minke.

'Ik heb nog.'

'Sigaret?'

Minke schudt haar hoofd.

Thuis rook ik vrijwel nooit, tenminste niet binnen. Davide

heeft er een hekel aan, aan de gewoonte en nog meer aan de stank. Ik heb me jarenlang verre weten te houden van deze slechte eigenschap, maar sinds twee jaar haal ik de gemiste nicotine van die sigaretloze periode in een moordend tempo alsnog in. Niemand behalve Davide heeft er ooit iets van gezegd. Minke vindt het geen punt, ze is niet anders gewend. Even heb ik overwogen, eerder vanavond, om over het feestje bij Christine te beginnen. Ik heb het niet gedaan. Elke vraag over haar aanwezigheid nadat ik was vertrokken, voelt als een motie van wantrouwen.

'Druk met je werk?' vraag ik nadat ze een telefoontje heeft aangenomen, ik neem aan van een klant, omdat ik iets opvang over bomenrassen.

Ze knikt. 'Gelukkig wel. Ik was bang dat het rustig zou zijn tot het voorjaar, maar ik heb een groot project gekregen. Tuinen aanleggen bij een viertal nieuwe kantoren, ik mag mijn gang gaan, als het maar past bij de gebouwen. Ik leef me helemaal uit.'

'Lijkt me heerlijk. Dan hoef je tenminste niet bang te zijn dat je voor honderden mensen de mist in gaat.'

'Wat zeg je me nou? Jij, bang voor een fout? Frederique, laat me niet lachen.'

'Ik meen het. Steeds vaker. En ik ben als de dood voor een black-out. Misschien moet ik ook iets in tuinontwerp gaan doen.'

'Luister, ik weet dat je nooit iets anders hebt willen worden dan violiste. Je bent creatief, je hebt fantasie, maar... jij, met je delicate handen in de zwarte grond? Ik zie het niet gebeuren.'

'Ik vond het altijd een feest als ik mijn tante mocht helpen, al die kleuren in de tuin waren betoverend, maar ik vergiste me altijd in planten en onkruid...'

'Zie je wel, dat is niets voor jou. Je houdt te veel van je Mozart. Als jij een dag geen muziek hebt gehoord, heb je niet geleefd.'

'Ja...'

'Jammer dat je met Kerstmis niet hier bent,' zegt Minke. 'Ik zal je missen. Weet je nog dat we vorig jaar samen hebben zitten janken bij die oubollige Sissi-films?' Ze zwaait theatraal met haar armen in de lucht. 'O, *du Franzl, ich lieb' dich doch so sehr...*'

Ik grinnik. Als het om imitaties gaat, laat mijn vriendin dan maar schuiven. Ze had cabaretière moeten worden in plaats van tuinarchitect. Ik maak een proostend gebaar.

'*Nos iungit amicitia*,' zegt ze. 'Ons verbindt...'

'De vriendschap. Dankjewel. Minke, oom Henri gaat dood.'

'Wat?'

'Mijn oom. Hij is ziek en gaat dood. Tante Bernique heeft het me verteld, ik ben er geweest. Ik heb alleen niet met hem kunnen praten, hij sliep.'

'Wat een afschuwelijk nieuws.'

'Gisteren vertelde ik het aan de zakelijk leider van ons concours, en ik zag de verbazing op zijn gezicht. Een oom, en al zo oud, maak jij je daar druk om? Dan wil ik wel uitleggen hoe speciaal mijn oom en tante voor me zijn, maar op datzelfde moment denk ik: ach, ze willen het eigenlijk helemaal niet horen, en sla ik dicht.'

'Maar Davide dan?'

'Hij werkt. Zelfs in de weekenden. Ik weet niet wat het is, misschien is hij gewoon erg druk, maar ik heb het gevoel dat hij me ontwijkt. Ik probeer ook met hem over Isabelle te praten, ik geef toe dat het nogal onhandige pogingen zijn, maar hij verkiest een lijdzaam zwijgen. Alleen, dan denkt hij wel dat ik ineens iets bij haar graf wil zeggen. Op zo'n kerkhof, op een moment waarop mijn hoofd een warboel is van rondfladderende emoties. Bij zijn ouders doet hij vervolgens alsof er niets aan de hand is. Met een quasitevreden blik op zijn smoel proeft hij wijn, alsof we toch vooral het leven hebben opgepikt zoals het vroeger was. En ik geloof dat hij dat het liefste wil. Doorgaan alsof Isabelle er nooit is geweest.' Ik neem een trek van mijn sigaret en inhaleer diep. 'Praat jij wel eens met je zoontje? Ik bedoel, alsof hij bij je is, naast je loopt, weet ik veel?'

'Ja hoor. Elke dag, zou ik bijna zeggen. Jasper was pas drie en hij praatte nog niet veel, raar genoeg beperken onze gesprekjes zich nog steeds tot dat peuterniveau, maar hij pakt op onverwachte ogenblikken vaak mijn hand als hij merkt dat ik hem mis. Het geeft me kracht en ik geniet ervan, die kleine momenten van ons samen.'

Ik vraag het haar niet voor het eerst, maar ik houd van het antwoord. Het stelt me gerust. 'Zouden wij de enigen zijn met die afwijking?'

'Vast niet. Maar als het wel zo is, wat dan nog?'

'Isabelle begeleidt me als ik het podium op ga. Ik geloof dat ze ervoor zorgt dat ik alles uit mezelf haal, tijdens een concert.'

'Mooi toch? Kan het jou schelen hoe, als je maar presteert!' Ze is even stil en dan legt ze een hand op mijn arm. 'Maakt het uit dat die mensen die hun verantwoordelijkheid voor de dood van Isabelle niet wilden nemen, er niet meer zijn? Denk je niet, ergens: ze hebben hun terechte straf gekregen? Die vrouw, die huisarts met de diepe sneeën in haar duim, die erop wezen dat ze zich had willen bevrijden door die af te snijden? Denk je dan niet: oké, het is misschien luguber, maar tegelijkertijd vind ik het net goed, ze heeft zich moeten indenken hoe het zou zijn om een deel van jezelf te moeten missen?'

Ik kijk haar aan, neem een slok van mijn cognac en voel hoe die zijn weg vindt door mijn slokdarm. Ik knik, bijna ongemerkt. 'Als ik heel eerlijk ben? Ja.'

'*Suum cuique.*'

'Iedereen krijgt wat hem of haar toekomt. Ja, het zal wel. Zullen we gaan? Ik word gek van die rare muziek hier.'

Minke gebaart naar de barkeeper. Hij ziet niets.

'Afrekenen graag,' roep ik hard, om boven het lawaai uit te komen.

Hij hoort het en komt op ons toelopen.

Voor het café nemen we afscheid. Minke wil met me meelopen tot ik een taxi kan aanhouden, maar dat vind ik onzin. Het is nog niet zo laat in de avond dat de cafébezoekers lallend over straat lopen en bovendien heeft ze geen regenjas aan. Ik loop een tijdje doelloos rond, starend naar winkels, waarvan de meeste etalages nog verlicht zijn. Tasjes, mobiele telefoons. Nog een sigaret, een stukje lopen, slapen kan ik nu toch niet. Ik voel me dizzy. Rokend hang ik over een hekwerk en staar naar ontelbare miniatuurhonden in een vitrinekast. Dikke druppels kletteren op mijn hoofd. Pats, pats. Koud. Mijn jas is niet waterdicht, ik voel hoe de blouse eronder aan mijn huid plakt. Ik ontspan mijn schouders en zet mijn benen licht uit elkaar. Met mijn denkbeeldige strijkstok begin ik te spelen. Subtiel, mijn armen in een omhelzende beweging geopend. Mozart. *Eine kleine Nachtmusik*. Hoe toepasselijk. Tada-da. Ik begin bij het tweede deel, 'Romanza, Andante'. Simpelweg gezegd een soort loopritme, iets langzamer en serener dan het eerste 'Allegro'. Bij elke afstreek vloeit de spanning uit me weg. Heerlijk. Nat. Alle donkere gedachten weg laten vegen. Ik wil er niet aan denken. Wil er niet aan denken. Zinloos, juist dan denk je eraan. Focussen op iets anders, dat is een betere suggestie. Uiteindelijk zal iedereen weer gezond worden van lichaam en geest, als we maar openstaan voor de grote componisten. Niet dat geklungel van tegenwoordig, nu alles met een beetje stem onmiddellijk denkt dat de wereld aan zijn of haar voeten ligt en de miljoenen binnen zullen stromen. Muziek hoort vanuit het hart te komen en niet vanuit een spreadsheet met winstberekeningen. Ik moet hoesten. Wat sta ik hier ook, straks pakken ze me nog op. Ik moet een taxi aanhouden en naar huis gaan. Elke noot verdient het om perfect gespeeld te worden. Met minder neem ik ook geen genoegen. Ik moet niet ziek worden, niet met concerten in het vooruitzicht. Wat zullen ze denken als ik tussen twee loopjes moet hoesten! Dat is als vloeken in de kerk. In het begin was ik er wel eens bang voor. Dat ik tijdens een concert plotseling zou moeten hoesten, niezen, of een onbedwingbare behoefte zou krijgen naar het toilet te gaan. Waarvoor was ik eigenlijk niet bang, kan ik beter vragen, het duurde niet voor niets jaren voor het echte succes kwam. Niet waar, niet waar, dat lag niet aan mijzelf. Niet alleen.

Ik ben bang voor Davide. Daar, nu heb ik het zomaar echt gedacht. Zijn ogen. Die Italiaanse bruine ogen van hem, zwart zelfs, zoals hij me soms aankijkt. Lichtjes loensend, een teken dat hij oververmoeid is, maar vooral zo... zo... kwaad. Haat hij me? Ja, hij moet me wel haten, omdat ik erbij was toen ze ziek werd, en hij niet. Mijn spieren worden stijf, ik moet naar huis. Ik voel ze dagelijks op me gericht, de bewonderende ogen. Een vrouw die het heeft gemaakt. Zouden ze willen ruilen als ze wisten welk groot verdriet ik elke dag, elke minuut met me meesleep? Nee, ik zou het niet willen. 'Isabelle!' Ik roep haar naam, maar mijn geluid draagt niet ver, zoals ik had gehoopt, het blijft zielig tussen de druppels steken. Nee. Isabelles favoriete woordje toen ze twee was. Wil je een hapje macaroni? Nee. Isabelle, ga je mee naar de speeltuin? Nee. Goedemorgen! Nee! Sinds twee jaar is het nooit meer een goede morgen. Tussen de regendruppels voelen de tranen warm aan op mijn wangen.

Ik moet nu echt gaan.

Eenmaal thuis blijkt Davide nog niet terug. Ik zie dat het inmiddels tegen middernacht loopt. Hij zal zo wel een keer komen. Toch? Wat moet hij zo laat nog op dat saaie kantoor van hem? Is hij daar wel? Ik wil nog iets drinken en ik wil in bad. Zorgen dat mijn rillende lijf zich stil gaat houden. Mijn wijnglas staat nog op tafel en ik vul het. Eerst het bad laten vollopen. Halverwege de trap, als ik naar beneden wil om iets te eten te pakken, struikel ik plotseling, ik kan nog net de trapleuning vastpakken. Sjeesus, was ik bijna al die treden af gelazerd! Ik ben amper onhandig mijn evenwicht aan het zoeken als ik het onheil niet meer kan voorkomen. Het glas. Een glas vol rode wijn, ik voel hoe het uit mijn handen glipt, en ja hoor. Tok, tok, tok, de treden naar beneden, hoe is het mogelijk, het breekt niet eens, en dan alsnog op de natuurstenen vloer, het lawaai van brekend glas. Glas aan gruzelementen. En nu? Met mijn blote voeten de gok wagen? Wat een geweldige vlekkenzooi geeft slechts één glas op de beige loper. Zout moet erop. Of is dat met witte wijn? Wat kan het mij schelen. Je moet blijven vechten, Isabelle, toe nou, geef het niet op, we kunnen niet zonder je, wat zouden we zonder je moeten? Een nieuwe loper. Geld zat. Dat wel, aan geld geen gebrek, nee, het ontbreekt ons aan iets anders meneer, wij missen een dochter. Een wat? Een dochter. Al twee jaar. We gaan samen naar Disney World, in Florida, ik beloof het je. Je hoeft alleen maar even beter te worden, snap je? Hoor je me? Ik ruik de lavendel van het badschuim, strompel de paar bovenste treden op en zet de kraan uit. Het water in het bad laat ik weglopen. Wat moet ik in godsnaam in bad? Ik wil niet in bad. Die vrouw is vermoord in bad. Verdronken. Ik zing voor Isabelle. Mijn stem is lang niet zo mooi als die van mijn moeder vroeger was, maar de kinderliedjes lukken wel hoor, nee, geen punt. Ik zing over de spin Sebastiaan, en wat is dat, mevrouw Van Gelder, houdt u beren in de kelder? Ik wil... ik wil iets onmogelijks, iets wat alleen 's nachts in mijn dromen kan, en ja, dat is nu net zo jammer, dat droom ik dus nooit. Ook niet als ik er heel hard aan denk en mijn ogen sluit. Terug in de tijd. Kon ik maar terug in de tijd. Ik krijg alleen mijn rillende lichaam niet stil. Bang, ik ben bang, zo bang. Waar blijft Davide... Nee, hij moet weg-blijven, ik haat hem, omdat hij zwijgt. Omdat hij doet alsof we verder kunnen. Ik houd van hem, ik wil niet alleen verder. Ik... hij...

Frederique – 19 jaar

Het conservatorium is haar tweede thuis geworden. Frederique zit in het tweede jaar en ze geniet ervan om samen te zijn met gelijkgestemde zielen. De vwo-jaren zijn vergeten, of in ieder geval ver naar de onderste lagen van haar geheugen verdwenen. Hier is ze plotseling iemand. Geen schaduw meer, die bang is dat de zon zal verdwijnen. Dit is een stap dichter bij de droom die ze nog steeds koestert, om later mensen in vervoering te brengen met haar vioolspel. Hier is de lucht vol van muziek, snellen de dagen voorbij, al moet ze zo hard studeren dat er weinig tijd overblijft voor andere dingen. Ze vindt het niet erg, ze studeert met plezier en doet niets liever dan oefenen. Het is dagelijkse routine en ze zou niet anders willen. Dag in dag uit de snelle vingeroefeningen, stukjes Mozart, Beethoven. Haar vingers dansen lichter dan ooit over de snaren. Ze denkt nog regelmatig aan Boris' lessen, maar hard spelen is al lang geen wens meer. Boris had gelijk, dat wist ze ook toen al, alles draait om subtiliteit. Ze leeft zich in, speelt met haar hele lijf, en de docenten voorspellen haar een gouden toekomst. Voor het eerst lijkt het leven lichter.

Mits ze niet te veel aan haar moeder denkt. Ma spoort haar telkens aan nog harder te werken, al zweven de noten op de muziekstandaard voor haar ogen en valt ze om van de slaap. Als ma luistert, gaat het altijd mis, het is net alsof haar vingers dan verkrampen. Ze wil graag op kamers, maar volgens haar moeder is dat onzin, met het openbaar vervoer is de dagelijkse reis naar Utrecht goed te doen, en weet ze wel hoeveel werk het is om alleen te wonen? Als ze zelf eten moet koken, haar kleren moet wassen? Ze berust in haar moeders overduidelijke behoefte haar voorlopig bij zich te houden. Ma zal van gedachten veranderen als ze een jaar of twee jaar verder is, vast. Ze heeft nu geen keuze. Stel dat ze wil gaan, waar haalt ze het geld voor de huur vandaan? Ze kan een baantje zoeken, 's avonds in een café werken of zo, maar dat gaat zonder twijfel ten koste van haar spel. Nee, ze houdt het nog wel een tijdje uit. Bovendien geniet ze zo extra van de perioden dat haar moeder weg is. Dan heeft ze het hele huis voor zichzelf, terwijl ze voor het eten bij haar oom en tante aanschuift.

Deze middag steekt ze, gewapend met een grote bos van tantes favoriete bloemen, haar neus om de deur van het eenvoudige rijtjeshuis, waarin ze zoveel jeugdherinneringen heeft liggen.

'Frederique!' roept tante Bernique verrast. 'Wat leuk, je bent je oude tante en oom dus nog niet vergeten.'

'Oud? De duvel is oud,' zegt ze.

Tante lacht. 'Toe maar, een dikke bos rozen, meiske, dat was toch niet nodig geweest?'

'Bij jarig zijn horen rozen.' Ze omhelst haar tante. 'Tenminste wel bij jou. Van harte.'

Ze krijgt thee met zelfgemaakte taart, een extra groot stuk, ze heeft het wel gezien toen tante het mes erin zette. Zo meteen vraagt ze vast of ze wel genoeg groente en fruit eet.

'We repeteren voor een concert op het conservatorium,' vertelt ze. 'Jullie komen toch luisteren?'

'Waar is het?' wil oom Henri weten.

'In een van de oudste concertzalen van Nederland, en die is in onze school. Geen geintje. Het lijkt me gaaf om er te spelen. Jullie mogen natuurlijk gratis naar binnen.'

Er zal wel veel familie komen, zodat het spelen in een veilige omgeving betekent, maar toch. Ze bespeurt lichte zenuwtrekjes boven haar linkeroog als ze eraan denkt dat haar moeder misschien zal komen luisteren. 'Ik zit in een strijkkwartet. We spelen het kwartet in d-mineur, een muziekstuk dat Mozart schreef toen hij zeventien was. Zeventien, kun je je dat voorstellen? Twee jaar jonger dan ik nu ben.' Ze leert steeds meer van Mozart houden. Hoewel, leren, het houden van lukt vanzelf. Ze studeert zijn stukken, leest over zijn leven en sluit hem voor eeuwig in haar hart.

'Ik ben heel benieuwd.' Oom Henri steekt een sigaar op en moet hoesten.

'Zie je nu wel hoe slecht die dingen voor je zijn.' Tante Bernique kijkt alsof ze de sigaar het liefst uit zijn mond wil pakken. 'Toe, Frederique, vertel, hoe is het met de liefde? Heb je al een student het hoofd op hol gebracht?'

Ze lacht. 'Er was iemand,' zegt ze. 'Maar na een tijdje raak ik verveeld, ik kan er niets aan doen. En het kost zoveel tijd!'

'Je had een vriend? Wie was het dan, daar weet ik niets van.'

'Dat gaat jou niets aan,' zegt oom Henri, zodat ze geen antwoord hoeft te geven op haar tantes vraag. 'Die meid zal het ons heus wel vertellen tegen de tijd dat ze gaat trouwen.' Hij knipoogt naar haar.

Na een uur gaat ze naar huis. Een plastic tas met koekjes, een stuk taart en een bakje met gedroogd fruit rijker.

De volgende ochtend begint haar eerste les om halftien. Ze kijkt uit het raam vanaf de eerste verdieping van het voormalige ziekenhuis aan de Mariaplaats, een negentiende-eeuws gebouw dat lang door het leven ging als Sint Joannes de Deo. Ze gaapt. Vannacht kon ze maar moeilijk in slaap komen. De beelden van haar dode vader bleven op haar netvlies verschijnen, al deed ze verwoede pogingen ándere beelden van hem op te roepen. Ze heeft bijna geen herinneringen meer aan hem, behalve die van zijn levenloze lichaam, en dat haat ze. Uit alle macht probeert ze kleine momenten terug te halen, in gedachten te herhalen, om hem bij zich te houden. Pa hield van oude gebouwen. In Den Haag, waar ze haar eerste jaren doorbracht voor ze naar Voorschoten verhuisden, liep hij vaak rond met zijn blik op de gevels gericht. Waarbij hij altijd wel iets wist te vertellen. Ze herinnert zich niet meer wat, alleen dat ze graag haar handen in de zijne legde, en geen genoeg kon krijgen van die uitjes, waarbij al zijn aandacht voor haar was. Ze kan hem zich ook nog voor de geest halen terwijl hij zijn cello bespeelt, maar helemaal zeker is ze daar niet van, het is mogelijk dat ze die herinnering baseert op de weinige foto's van hem, waarop hij steevast met het instrument staat afgebeeld. Altijd in volle concentratie voor het spel, zich geenszins bewust van een camera die op hem is gericht, zijn lange vingers in schijnbaar onmogelijke poses. Hij had een volle bos krullend, blond haar, en een uilenbrilletje, dat hem een wat studentikoos uiterlijk gaf. Hij was al bijtijds kalend, achter op zijn hoofd, maar op die foto's zie je dat niet. Het enige wat ze nu nog steeds zeker weet, is dat hij haar wens om viool te kunnen spelen vanaf het begin serieus heeft genomen. Hij begreep als geen ander dat ze haar hart aan een instrument kon verliezen. Toen eenmaal duidelijk was hoe groot haar talent was, bleek ma echter de grootste stimulator.

Ja, logisch. Pa heeft het amper meegemaakt dat ze speelde. Waarom is hij er nu niet, ze is verdorie pas negentien, ze wil een vader aan de zijlijn die haar aanmoedigt en geen oude oom, al bedoelt hij het goed en houdt ze enorm van hem. Oom Henri doet het voor haar, omdat hij denkt dat ze het nodig heeft, haar er een plezier mee doet, en niet omdat het een automatisme is, zoals dat in een vader-dochterrelatie hoort te zijn.

Maar als ze speelt, vergeet ze alles om zich heen en daarom probeert ze 's nachts in gedachten te oefenen wat ze de volgende dag daadwerkelijk zal spelen. Laatst heeft ze op een avond samen met een studiegenoot in een café Sjostakovitsj' *Prelude* gespeeld, zomaar spontaan, en hoewel het niet foutloos ging, voelde ze de adrenaline door haar lijf stromen, toen ze merkte hoe ze elkaar versterkten in het spel en na afloop een staande ovatie kregen van het cafépubliek. Dat is wat ze wil. Kippenvel veroorzaken. Een verschil maken. Het maakte niet uit dat de meeste gasten een slok te veel ophadden. Ze moet nog beginnen, dit is allemaal spielerei. Na afloop bood de studiegenoot, die Jasper bleek te heten, haar een drankje aan. Ze accepteerde een glas wijn, praatte en lachte met hem, maar haakte af toen ze merkte dat hij na het tweede drankje ineens veel oog had voor haar decolleté en vroeg of ze zin had om mee te gaan naar zijn kamer.

'Waar je dus op moet focussen,' hoort ze de docent zeggen, 'is dat je je stukken niet alleen maar speelt zoals je denkt dat het hoort. Je moet je eigen fantasiewereld creëren en die in je spel tot uitdrukking brengen...'

De kritische woorden zijn niet voor haar bedoeld. Fantasie in haar spel leggen, daar zal het haar niet snel aan ontbreken. Ze kijkt naar de ontluikende bomen op het plein, voor het gebouw. Ze houdt ervan om zich voor te stellen dat ze in Mozarts tijd leefde, om zijn muziek ten gehore te brengen aan het hof van keizer Jozef II in Wenen, uitgedost in de overdadige jurken van die tijd. In haar fantasie is ze wereldberoemd en mag ze met de grootste dirigenten samenwerken.

'Frederique! Doe je mee?'

Wat? O, hemel. Ze knikt, en probeert haar aandacht erbij te houden.

'Opletten, je leert altijd, ook van de fouten van een ander.'

'Ja, meneer,' antwoordt ze. Ze zucht. Mozart. Dat was nog eens een genie. In die orde van grootte denkt ze niet. Vioolspelen is in haar ogen ook een kleinere kunst dan componeren. Het relatief kleine aantal echt grote componisten levert het simpele bewijs voor die overtuiging. Maar ze zal wel proberen de beste te worden in haar kunstvorm. Zou haar naam ooit in neonletters flikkeren, als aankondiging van een concert waar honderden mensen op afkomen? Speciaal voor haar?

16

zaterdag 28 november

In de verte klinkt geratel. Een onophoudelijk getik, in een onregelmatig ritme. Lisette was ver weg, in haar droom, vermoedelijk in Lapland, en dan het noordelijke deel van Zweden. Het was er koud, ze heeft het koud, ijskoud, misschien droomde ze van een van haar vakanties in Sarek. De laatste wildernis van Europa, een gebied dat je niet te licht moet opvatten, waar je alleen aan begint in een goede conditie. Het stikt er van de muggen, om de haverklap moet je ijskoude, snelstromende riviertjes doorwaden, en de hele vakantie sleep je je eigen, loodzware bepakking mee. Maar het is er stil. Drie weken lang niemand tegenkomen, met niemand hoeven praten, en 's avonds na een ijskoude duik in een rivier een paar goede slokken koskenkorva. Dan komt ze als herboren weer thuis. Waar komt nou dat geluid vandaan? Koud. Ze droomde niet van Sarek, het is hier ijskoud. Het zijn haar eigen tanden, die op elkaar klapperen. Geen levendige fantasie, maar harde realiteit. Met het besef van de kou dringen tegelijkertijd enkele andere dingen tot haar door. Ze zit tot aan haar borst onder water in haar dompelbad, naast de saunaruimte, haar handen zijn op haar rug vastgebonden met iets scherps dat in haar vlees snijdt zodra ze haar handen wil bewegen – wat op zich een kansloze missie lijkt – en er is iets op haar mond geplakt, wat haar belet om ook maar enig geluid te produceren. Ja, een soort hulpeloos gepiep, als een hond in doodsnood, maar het geluid draagt niet verder dan de ruimte. De gek die dit heeft gedaan, is niet dom. Ze kan haar hoofd vooroverbuigen, maar net niet zo ver dat haar gezicht het water kan raken. Het tape kan er niet af. Zou het enig effect hebben gehad? Dan kan ze schreeuwen, maar wie zou haar horen?

Koud, ijskoud, ze zit naakt in een houten ton gevuld met ijskoud water en kan geen kant op. Naakt. Verdomme. Iemand heeft haar kleren uitgetrokken. Haar lichaam gezien, het aangeraakt. Ze huivert. De vraag is in hoeverre degene die haar dit heeft aangedaan werkelijk psychisch gestoord is. Zal hij terugkomen en dingen met haar uithalen die ze zich niet wil voorstellen, of komt hij niet terug? Hoe is ze in godsnaam in deze situatie beland? Ze kan het zich niet herinneren, hoewel, wacht, ja, nu daagt er iets. Ze kwam thuis en meende dat ze iemand zag, een donkere schim naast de achterdeur. Voetstappen in het grind. Even voelde ze onrust in haar buik, angst misschien, tot ze zich realiseerde dat ze zich dingen inbeeldde, dat ze zich aanstelde en die nare ervaring van jaren geleden eindelijk eens definitief van zich af moest zetten. Ze was een schichtige bangerik geworden en juist de verhuizing naar dit eenzaam gelegen huisje moest een statement zijn: ik laat me nooit meer bang maken, door wie dan ook. Klaar.

Waarom? Wie? Ze beseft dat het geen grap is. Niemand in haar professionele omgeving zou het in zijn of haar hoofd halen om zoiets zieks uit te halen. Vrienden heeft ze amper, tenminste niet hier in de buurt, ze trekt nog steeds vaak naar Eindhoven voor haar sociale leven, voor zover ze daar tenminste aan toekomt. En Boudewijn, de enige collega-arts met wie ze af en toe uitgaat, heeft ze vanmiddag nog aan de telefoon gehad. Ze zouden elkaar volgend weekend zien, een korte trip naar Barcelona maken, en daar verheugden ze zich allebei op.

Moet dit een wraakactie voorstellen? Allemachtig, wat heeft ze het koud. Het kost haar moeite om haar lichaam stil te houden. Het klappertanden begint steeds opnieuw, als ze zich even niet concentreert op het in bedwang houden van haar bewegingen. Hoe koud is dat water eigenlijk? Ze heeft er nooit zo op gelet; de thermostaat is ooit ingesteld en de temperatuur was goed. Na een hete sauna perfect koud, maar nu...

Deze sauna is een wens die ze enkele jaren geleden in vervulling heeft laten gaan, een luxe die ze zichzelf permitteerde na haar promotie tot kinderarts in het Juliana Kinderziekenhuis. Daarvoor moest ze destijds verhuizen, want elke dag op en neer van Eindhoven naar Den Haag zag ze niet zitten, en toen de aanschafprijs van de kleine woning in het buitengebied erg meeviel, besloot ze onmiddellijk tot de aanschaf van deze sauna. Een klein, extra huisje. Het duurde vreselijk lang voor ze de vergunning ervoor kreeg, des te groter was het genot toen het ding eenmaal klaar was. Wie wil haar te grazen nemen? Ineens is er het besef. Het komt bij haar binnen als een blikseminslag. Het artikel in de krant. De moorden. Ook vrouwen. De niet-aflatende geruchten over de gruwelijke methoden; de een in haar eigen zwembad, de ander in bad... Dit kan geen toeval zijn. Ilse de Wit kende ze zelfs persoonlijk, ze is nota bene naar de begrafenis geweest, eergister. Al dat verdriet, die woede, het was afschuwelijk. Heeft de dader daar een volgend slachtoffer uitgezocht? Heeft iemand naar haar staan loeren toen ze de kist in de grond lieten zakken? Ilse was hoofd van de kinderafdeling, ze had vrijwel dagelijks contact met haar, als Ilse dienst had, liep ze de rondes met haar mee. Zoekt deze psychopaat specifiek naar vrouwen in de zorg? Waarom? Een overlijden van een patiënt? Is het een ouder van een overleden patiënt, misschien? Haar instinct zegt haar dat ze er wel eens dicht bij zou kunnen zitten. Ze voelt haar voeten niet meer. Ze heeft geen idee of haar tenen bewegen als ze haar hersens de opdracht geeft om ermee te wiebelen. Met de grootste inspanning perst ze geluid uit haar lijf, tot haar hoofd bonkt. Ze weet dat het zinloos is, maar zomaar opgeven is geen optie.

Het rillen is gestopt. Dat zou goed moeten voelen, maar ze hoeven haar niets uit te leggen over hypothermie. Het rillen stopt als het lichaam meer dan een paar graden is afgekoeld. Een rustige hartslag, langzame ademhaling. Haar lijf neemt drastischer maatregelen tegen de kou. Nog even en ze zal suf worden, vervolgens uiteindelijk wegzakken in een coma. In ijskoud water een kwestie van minuten, voor haar, omdat ze niet helemaal is ondergedompeld, misschien een kwartier? Halfuur? Een vriendelijke manier van doodgaan. Wie beweert dat? Dat geldt dan toch zeker alleen als je er als buitenstaander objectief over oordeelt. Hebben ze ooit marktonderzoek gedaan onder ervaringsdeskundigen? Waarom is er niemand om te helpen als de nood het hoogst is?

Het zal niet toch Boudewijn... Nee, hoe kan ze dat denken. Lieve, meelevende Boudewijn, die haar op handen draagt. Niet hij. Hij was een godsgeschenk, na dat... na die... Ja, benoem het nou maar gewoon, na die verkrachting, en dat is inmiddels alweer vier jaar geleden, Lisette, het wordt tijd dat je je niet instinctief terugtrekt als hij je aanraakt, al herstel je je altijd zo snel dat hij het niet eens merkt. Hoop je. Ze heeft zichzelf zo gehaat, voor ze kon toegeven dat ze slachtoffer was. Ze nam het zichzelf kwalijk, durfde geen aangifte te doen. Ze voelde zich zo vernederd dat ze haar mond dichthield. Als ze er niet aan dacht, er niet over praatte, dan bestond het alleen in haar hoofd. Wat zouden ze denken in het ziekenhuis als ze het te weten zouden komen? En o, als ze aangifte zou doen en het onvermijdelijke medisch onderzoek volgde, dan kon ze geheimhouding vergeten. Haar verhaal vertellen in een rechtszaal vol mensen, van wie sommigen haar de schuld zouden gaan geven? Ze werd misselijk bij de gedachte eraan. Dan had ze nog niet eens rekening gehouden met het feit dat ze haar belager onder ogen zou moeten komen. Ze dacht altijd dat ze zo sterk was. Plotseling schudt ze met alle kracht die ze in zich heeft heen en weer. Deze verdomde ton moet omver, zodat het water eruit zal stromen. Haar polsen zouden nu schreeuwend pijn moeten doen, maar ze voelt niets. Ze rukt en trekt, vloekt zoals ze nooit eerder heeft gedaan. Maar de ton zit onwrikbaar verankerd aan de grond en het lukt haar evenmin haar handen te bevrijden. Ze voelde het onmiddellijk, hoe stevig ze vast zijn gemaakt. Ze doet nog een ultieme poging. Er dringt een pijn tot haar door die haar bijna doet flauwvallen en in gedachten ziet ze haar polsen, tot op het bot opengereten. Zal ze nu doodbloeden? Ze zal hier toch niet echt... niet zo, niet zo... vernederend, ja, shit, dat is opnieuw het enige juiste woord. Er is geen god, anders zou die haar helpen, ze hoeft niets meer te leren in die categorie, ze weet wat het betekent. Had ze zich nou maar niet zo afgezonderd, iets aardiger gedaan tegen onverwachts opduikende buren die om een kop koffie en een praatje verlegen zaten... verlegen... zaten.

O, mam, heb je dat gezien? Dat reuzenrad op de kermis? Daar wil ik in. De wereld van boven bekijken, dat moet adembenemend zijn. De stilte daarboven, zo bewust gelukkig zijn, is dat voor mij ooit nog weggelegd? Of blijft hij telkens weer opduiken in mijn hoofd als ik mijn ogen sluit? Voel ik over tien jaar nog zijn ruwe handen die mijn benen uiteen rukken? Zeg het me, nu, want als dat zo is, maak ik er net zo lief nu onmiddellijk een einde aan. Mam? Waar ben je? Kijk dan omhoog, mam, hier ben ik, hoog boven in de lucht, in de zuurstokroze gondel. Hier! Iedereen roept dat er te weinig handen aan het bed zijn, maar ik moet mensen ontslaan. Weet je wel wat een klote-opdracht dat is? Ik wil kinderen beter maken en in plaats daarvan vul ik formulieren in. Formulieren. Papier in het reuzenrad verscheuren en dan de snippers langzaam naar beneden zien dwarrelen. Het ultieme gevoel van vrijheid, net als in Sarek. Het wordt zwart voor mijn ogen. De hemel is compleet dichtgetrokken. Weg zon, weg geluiden, iedereen schuilt voor de donder.

Ze kijkt om zich heen. Is ze even buiten westen geweest? Nee toch? Of wel. Nadenken is... Heeft ze haar auto wel op slot gedaan? Ze had Boudewijn moeten zeggen dat ze van hem houdt. Waarom heeft ze hem dat niet verteld? Waarom is ze niet bij hem gebleven, vanavond, dan had ze nu warm naast... Vanmorgen zei nog een patiëntje tegen haar, patiëntje, was een meisje. Wat leuk, een echte dokter maar dan in een spijkerbroek, met een T-shirt met een vette tekst. Ja, zeker, ze moet nodig die reis gaan boeken. De natuur in, de stilte opzoeken. Hoe leger, hoe liever. Alleen. Op zichzelf aangewezen. Redde zichzelf altijd. Ja. Ha, ha, wat een lachen. Het krioelde er van de lemmingen. Bij de konijnen af, ja, ha, ha. Krioelen. Loelende kremmingen. Ze vraten zich 's nachts door haar rugzak heen. Dat ze af en toe in colonnes naar zee trekken en zich massaal verzuipen? Isniewaar. Die beesten zijn heusniezodom. Maar wel knagen die dingen. Hoe heetten ze ook weer? Bij de konijnen af. Foei. Het bewegende water lijkt wel een vertraagde opname. Heerlijk... Water...

17

dinsdag 1 december

Ziek thuis. Ik haat het. Vroeger simuleerde ik nog wel eens of ik nam een pilletje van tante Bernique waarvan ik zeker wist dat ik ervan moest overgeven. En dan een dagje verwend worden. Diep onder de dekens, zodat de geluiden van buiten en tantes stofzuiger van heel ver leken te komen. Af en toe kwam ze zachtjes de trap op, kijken of ik sliep. Dan kreunde ik een keer en legde ze een koele hand op mijn voorhoofd of bracht ze me een kop soep. Dat was fijn. Maar nu komt niemand me geruststellen dat alles er morgen anders zal uitzien. Ik voel me hondsberoerd. Mijn hoofd lijkt honderd kilo te wegen en felle pijnflitsen schieten als bliksemslagen door mijn schouder. Nog nooit eerder heb ik het in deze mate gehad. Meestal werk ik door als mijn schouder opspeelt, maar dat is nu onmogelijk. Een avond buiten in de regen staan terwijl het tegen het vriespunt loopt, is niet handig geweest.

Davide was niet eens kwaad toen hij me zaterdagnacht aantrof, liggend op de grond van de badkamer. Tenminste, ik herinner het me niet. Vaag weet ik nog dat hij me in bed heeft geholpen en zondagochtend constateerde ik dat hij de loper had schoongemaakt. Ondanks zijn ongetwijfeld uiterst secure pogingen daartoe, vrees ik dat die vervangen moet worden. De vlekken zijn lichter, maar ook vele malen groter geworden.

Ik heb geprobeerd om te oefenen vanmorgen, puur om in beweging te zijn, het gevoel op te roepen en stiekem hopend op een wonder, maar mijn poging mondde uit in een fiasco. Zelfs vorige week, tijdens de repetitie met Jacek en de andere musici, kon ik me niet concentreren, en toen was de pijn lang niet zo erg. Ik kijk in de spiegel en constateer dat ik blij moet zijn dat ik vandaag geen fotosessie heb. Mijn lange haar hangt dof en lusteloos langs mijn hoofd, en als mijn moeder de wallen onder mijn ogen had gezien, zou ze me tot drie dagen slapen hebben veroordeeld. Zuchtend pak ik twee pijnstillers. Ik heb er al een paar op, maar nood breekt wetten. Als ik toch niet kan spelen, dan het liefst onderduiken in een roes van vergetelheid.

Het weer werkt ook niet mee in dit seizoen van de sterfelijkheid. Het zingen en dansen sterft af, schreef Vivaldi in zijn herfstsonnet. Dat geldt eigenlijk voor alles. Het is december, en niets wijst nog op leven buiten, zelfs de vogels lijken de moed op te geven. Regen, een gure wind en winterse temperaturen. Dit weer hadden we ook toen Isabelle stierf en we een koud omhulsel van water, bloed en botten mee naar huis namen. 'Je weet dat ik dat niet echt meende, toch, Isabelle?' mompel ik. 'Op dat moment was ik geschokt, mezelf niet, dat heb ik je verteld.' Thuis heeft Davide haar naar boven gedragen en in haar eigen bed gelegd. Ik heb haar toegedekt en legde knuffel Pip in de linkerhoek van het bed, zoals altijd. Ik streelde met mijn vingers over haar voorhoofd, over haar wangen. Ze lag erbij alsof ze sliep. Stap voor stap het afscheid accepteren, zei Davide, elke dag nemen zoals die komt. Ik kon me niet voorstellen dat er ooit een dag zou komen dat ik haar minder zou missen en eigenlijk is dat gevoel niet veranderd in twee jaar.

Ik zit op haar bed – net als toen, alleen nu is het leeg – in haar slaapkamer aan de voorkant van ons huis. Een lichte kamer. Isabelle wilde donkerrode muren, het compromis was één rode muur en op de andere muren een crèmekleurig behang, met in een terugkerend motief vrolijk spelende elfjes. Davide wilde vorig jaar het huis verkopen en een appartement in het centrum van Amsterdam huren. Dicht bij Schiphol, en geen tuin die hij moet laten onderhouden. Praktisch, leek het hem, en weg van deze meisjeskamer. Ik kan er geen afscheid van nemen. Niet van de posters aan de muur, de kleine kaptafel die Davide in Italië kocht, het bed met de knuffels die haar geur nog met zich mee dragen. Ik wil hier kunnen zitten, kunnen huilen, met haar geest en geur in mijn nabijheid.

Sommige mensen meenden dat ik vast erg blij was met mijn carrière, zodat ik iets zinvols te doen had. En ik leefde toch voor mijn muziek? Of ze ontweken me, dat was nog erger. Ik neem het mezelf nog steeds kwalijk dat ik Isabelle slechts mondjesmaat heb zien opgroeien, dat ik ben blijven werken, terwijl ik al die tijd met haar had kunnen doorbrengen. Mijn carrière kwam net van de grond, ik dacht de hele tijd: nog even deze cd, nee, dat concert kan ik niet laten schieten. Tot er zomaar ineens zes jaren voorbij bleken te zijn. Helaas, de tijd terugdraaien lukt niet. Ik heb er vaak genoeg over gedroomd, maar telkens weer gebeurde hetzelfde. Isabelle werd ziek en stierf.

De bel. De bel? En nu? Moet ik in mijn ochtendjas met een bonkend hoofd en een lijf vol spierverslappers open gaan doen? Ik gluur voorzichtig door een kier in het gordijn en zie dat het Van Aerendonck is. De inspecteur. Wat wil hij? Weet hij dat ik ziek thuis ben, heeft hij Davide al gesproken? Nogmaals het geluid van de bel, het geluid houdt ditmaal langer aan. Ik sleep mezelf naar beneden en open de voordeur. Zijn lange gestalte danst voor mijn ogen als ik hem gebaar binnen te komen.

'Ziek,' constateert hij.

'U hebt talent voor uw beroep,' zeg ik in een zwakke poging

tot een grap, die misschien was gelukt als ik erbij had kunnen lachen.

'Ik heb een paar vragen, het spijt me dat ik u onder deze omstandigheden moet storen.'

'Dat begrijp ik, maar wilt u alstublieft zachtjes praten? Elk woord dreunt in mijn hoofd door alsof iemand er met een hamer op beukt.'

'Mijn excuses,' fluistert hij.

Hij wil geen koffie, gelukkig, in plaats daarvan haalt hij uit zichzelf een glas water voor me. 'Ik wil wel even koffie voor u zetten,' biedt hij aan. 'Ik hoef echt niet, maar ik weet, als ik hoofdpijn heb, dan helpt maar één ding: een sloot koffie.'

Ik schud mijn hoofd. Voorzichtig, om zo min mogelijk te bewegen.

'Uw man vertelde me dat u thuis was. Mevrouw Van Ostende, ik heb wat vragen, omdat er een nieuw slachtoffer te betreuren valt.'

'Nog een?'

'Een derde, ja. Zondagavond kregen we helaas weer een melding. Een buurman vond het slachtoffer, eh, in een dompelbad, u kent het misschien wel, zo'n ijskoude tobbe die bij sauna's wordt gebruikt om af te koelen. Het ziet ernaar uit dat ze zaterdagavond is overleden.'

'Wat verschrikkelijk.' Ik merk dat ik weer iets volume in mijn stem kan leggen, de pijn is gezakt tot een draagbaar niveau. 'Maar wat hebben wij daarmee te maken?'

'De vrouw in kwestie was kinderarts. Lisette van Amerongen, zegt de naam u iets?'

Ik knik. 'Ook iemand die Isabelle heeft behandeld. Net als... als...'

Van Aerendonck knikt. 'Precies.'

'U, u denkt... u denkt toch niet dat...' Er moet sprake zijn van een misverstand. Davide en ik willen hier niets mee te maken hebben, geen bezoek van politie aan onze deur. Dit gebeurt niet echt. Ik wil aan iets anders denken, maar ik kan niets anders dan hem beduusd aankijken.

'Blijft u alstublieft rustig, het rechercheteam van dertig man sterk onderzoekt alle mogelijke linken tussen de drie slachtoffers. We gaan zelfs terug tot hun jeugd. Helaas kunnen we nog niets vinden.'

Het is mistig in mijn hoofd. Over Mozart bestonden ook allerlei misverstanden. Zou hij daaronder hebben geleden?

'Het onderzoek leidt helaas steeds weer in uw richting, daar kan ik niet omheen.'

Of componeerde hij vrolijk verder, zich niets aantrekkend van wat of wie dan ook? Hij beleefde een grote triomf met *Don Giovanni*, nota bene vlak na de dood van zijn vader.

'Kunt u mij vertellen waar uw man was, afgelopen zaterdag?'

Een alibi. Davide. 'Hij heeft gewerkt. Op kantoor. Davide ging 's middags weg en kwam laat in de avond pas terug. Er zijn problemen met het project.'

Van Aerendonck knikt. 'Ja, ja, het waterprobleem...' Hij kijkt bedachtzaam, zijn hoofd zo'n beetje schuin, in die typische houding van hem.

Ik houd van het divertimento in Es-majeur, waarin Mozart met slechts drie strijkers zijn ziel blootlegt. Zijn vader was een jaar daarvoor overleden en hij zat aan de grond. Dus misschien lukte het hem toch ook niet altijd zich af te sluiten voor de wereld.

'Hebt u iets bijzonders gemerkt aan uw man toen hij thuiskwam, of de ochtend erna, afgelopen zondag?'

'Hij was moe, ook zondag nog. Hij had waterige ogen, ik heb hem gezegd dat hij het rustiger aan moet doen.'

'Hoe is uw huwelijk?'

'Pardon? Wat heeft ons huwelijk ermee te maken?' Misschien gebruikte Mozart zijn diepste verdriet en emoties om tot grote hoogten te komen. Dat typeert dan toch de ware kunstenaar. Is mij dat ook gelukt? Heb ik mijn beste werk de afgelopen tijd gemaakt, de afgelopen twee jaar, na Isabelles dood? Wellicht kan ik daar pas over een jaar of wat over oordelen, of moet iemand anders dat doen. Wat wil die man nu weten, of wij gelukkig zijn? Waar bemoeit hij zich mee! Verlies maar eens een kind, dan kom ik over twee jaar vragen hoe het met jouw huwelijk is, barbaar. Het lef!

'Mevrouw van Ostende?'

'Sorry, u zei?'

'Het spijt me, ik wil niet harteloos overkomen. Maar ik probeer een indruk te krijgen van u en uw man, begrijpt u? En weet u wat ik denk? Ik denk dat u uw man in bescherming neemt. Verdedigt. Ik wil u niet bang maken, maar weet u zeker dat hij niets te maken heeft met deze moorden?'

'Hoe durft u! U stormt zomaar binnen, rakelt oud zeer op, ik voel me beroerd, en dan wilt u ook nog dat ik over mijn huwelijk ga vertellen, of, erger nog, mijn man ga verdenken van de meest gruwelijke moorden?'

'Elimineren van opties, daar draait het in mijn vak om. Soms is dat een vervelende klus, moeten we vragen stellen die we liever niet stellen.'

Het is even stil. Ik laat me niet verleiden de stilte te verbreken. Ik kan heel goed tegen stilte. Stilte zonder kinderstemmetje dat vraagt of de tv aan mag. Stilte zonder popmuziek met een dunne meisjesstem die probeert de hoogste tonen te halen.

'Er zijn geen getuigen die uw man op kantoor hebben gezien. Niemand heeft die avond gewerkt, alleen hij.'

'Als ik had geweten dat er iemand vermoord zou worden, zou ik met hem mee zijn gegaan.' Ik ben blij dat de pillen hun werk nu goed doen, zodat ik me lichtelijk bedwelmd, een beetje high voel. Anders was mijn hoofd nu zeker uit elkaar gebarsten.

'Nogmaals mijn excuses. Waar was ú eigenlijk, afgelopen zaterdag?'

'Hier. Thuis. Mijn vriendin was op bezoek. Later hebben we een taxi genomen. We zijn naar Den Haag geweest en hebben iets gedronken in een café vlak bij het Binnenhof.'

Hij bladert in een notitieboekje. 'De dame die u de vorige keer ook noemde?'

'Ja.'

'Minke de Pluij.'

Ik knik. 'We hebben eerst een film gekeken. Met in de hoofdrol de nieuwe James Bond. Maar het was geen Bond-film, niet dat u die in de gids gaat opzoeken. *The Mother*, ja, zo heette de film. Ik kan niet tegen films met zo'n titel, maar daar houden ze geen rekening mee hè, ik ben een ontmoeder-de. Zoiets. Er is geen naam voor. Een weduwe voor als je je man kwijt bent, maar voor het ergste wat er bestaat, verzinnen ze nooit iets. Dan houdt iedereen zijn mond. In ieder geval, we hebben de film niet afgekeken en hebben een taxi geno-men naar de binnenstad.'

Hij tikt met zijn pen op het papier. 'Ik heb de vorige keer haar gegevens genoteerd. We konden haar nog niet bereiken.'

'Ze werkt hard. Werken is haar medicijn, net als het mijne. Werk is het enige wat ze heeft, sinds haar zoontje dood is en haar man ervandoor is gegaan. Ze is ook een ontmoederde. Klinkt als ontmoedigd, onthoofd, ontzield; een ontzielde, dat zou ook wel mooi zijn, vindt u niet?'

'Heeft u een mobiel nummer van haar?'

Ik geef het hem. 'Mobiele telefoons vindt ze monsters. Ze heeft hem alleen voor haar werk. Nummers die ze niet kent, neemt ze niet op, ze heeft een keer last gehad van een hijger, dus geef ik u weinig kans.'

'Vertrouwt u uw vriendin?'

Ik twijfel even. Ik herinner me haar woorden over Christine, of ik stiekem ook vond dat ze haar verdiende straf had gekregen. En ik dan? Ik was het met haar eens! 'U kunt haar gerust van uw lijstje schrappen, voor haar steek ik mijn hand in het vuur, en dat wil heel wat zeggen als je daar je brood mee verdient, lijkt me. Minke is mijn redding geweest na de dood van mijn dochter. Ik zou alles voor haar doen en dat geldt andersom ook, daar ben ik van overtuigd. Hebt u nog meer vragen? Ik voel me niet goed, ik zou graag naar bed gaan en slapen.'

'Zou ze alles voor u doen?'

'Wie?'

'Uw vriendin.'

'Ja. Minke wel.'

'O.'

Wat nou 'o'. Is dat het enige wat een beetje inspecteur uit zijn strot krijgt tegenwoordig? Die lange zoekt het maar uit, ik weet het allemaal ook niet, maar ik weet wel dat toen ik hulp nodig had, ik het ook alleen moest uitzoeken. 'Weet u, ik heb het gelezen, geen idee meer waarin, het zal zo'n roddelblaadje zijn geweest. Over de dood van die huisarts. Dat ze haar eigen hand bijna heeft geamputeerd.'

'Haar duim. Informatie die per ongeluk is uitgelekt naar de pers, ja, helaas.'

Ik huiver.

'Zal ik toch even een kop koffie voor u maken?'

'Nee.' Geen koffie. Een glas wijn, en dan slapen.

'Nog één vraag. In welk café was u afgelopen zaterdag?'

'Geen idee. Modern met oud gemengd interieur, met een jonge, iets te vrije barkeeper en muziek die de naam niet verdient. En o ja, er hing een Matisse aan de muur. U weet wel, dat blauwe naakt, een abstracte vrouwenfiguur. Kopie, natuurlijk, of een print, maar het was de enige vorm van goede smaak die ik in het etablissement kon ontdekken. Wist u dat Matisse door een fout gelopen operatie in een rolstoel terechtkwam?

Ook een medische misser. Hij haalde er tenminste nog zijn voordeel uit, ik zou willen dat ik dat ook kon.'

'Een medische misser, eh, u bedoelt zoals bij uw dochter ook is gebeurd.'

'Ja, natuurlijk. Daar bent u toch nieuwsgierig naar?'

Daar geeft hij geen antwoord op. Hij schrijft iets op, ik kan niet zien wat. 'Waren er andere gasten?'

Ik schud mijn hoofd. 'Of ja, toch. Tegen de tijd dat wij weggingen, kwam er een jonger stelletje binnen. Hij was Surinamer, denk ik.'

Hij staat op. 'Ik zal u niet langer storen, ik zie dat u zich niet goed voelt.'

Ik wil ook opstaan, maar hij gebaart dat het niet nodig is. 'Ik kom er wel uit, geen probleem. Het spijt me dat ik u moest lastigvallen, ik hoop dat het snel weer beter gaat, want ik verheug me op het vioolconcours.'

Als hij bij de deur is, draait hij zich om. 'O ja, wat ik u nog wilde zeggen. Ik weet wie ik had willen zijn als ik de keuze had gehad.'

Ik kijk hem verbaasd aan.

'U vroeg het me de vorige keer.'

Ik doe alsof ik het me herinner.

'Gandhi.'

'De wereld biedt genoeg voor ieders behoefte, maar niet voor ieders hebzucht.'

'Die Gandhi, ja.'

'Dat is mooi.'

'En u?'

'Ik wil alleen maar slapen.' En daar is geen woord van gelogen. Ik ben doodop, terwijl de dag nog niet halverwege is.

18

donderdag 3 december

Ik voel me verwant aan Venetië. Niet alleen omdat mijn man er is geboren en getogen, maar omdat ik me steeds meer één voel met de stad, die met elke overstroming een stukje dichter naar de ondergang toe kruipt. Na een paar dagen goed ziek te zijn geweest, ben ik weer op de been. Maar net als Venetië voel ik me niet meer zo goed als ervoor. Alsof er iets van me is aangevreten, er minder over is van mijn doorzettingsvermogen. Een fractie minder levenslust. Alweer. De afgelopen nachten – en zelfs dagen – heb ik veel gedroomd over Isabelle. Deels zullen de medicijnen de oorzaak daarvan zijn geweest, soortgelijke ervaringen in het verleden wijzen daar zeker op, maar oorzaken boeien me matig. Het gaat om het resultaat, en hoe ik daarmee verder moet. Pillen wil ik niet meer. Over twee weken is het vioolconcours en dan moet ik spelen. Daarna reis ik af naar Venetië voor de laatste concerten in La Fenice. Spelen is voelen, en dat lukt niet met medicatie die dat juist wil voorkomen. Mijn schouder houdt zich op het moment redelijk rustig. Een fysiotherapeut heeft zich erop uitgeleefd en dat biedt soelaas. In ieder geval tijdelijk. Helaas is het lot van Venetië ook op mijn schouder van toepassing: elke keer dat ik die tot het uiterste belast, merk ik dat het herstel net niet meer volledig is. Ik moet mezelf niet voor de gek houden, nog een paar jaar in dit tempo doorgaan betekent het einde van mijn carrière als concertvioliste. Wat zeg ik, een paar jaar? Ik neem een slok wijn en knik als Davide me vraagt of ik er olijven bij wil. 'Lekker.' Keek hij me nu net een beetje raar aan? Waar denkt hij aan? Ik takel aanmerkelijk sneller af dan de stad van de lagune, dat wel, maar ja, een mens is ook in veel sneller tempo gebouwd. Het lichaam lijkt een ingenieus bedachte en tot in detail perfect geconstrueerde schepping, maar o, wat luistert alles nauw. Een kleine hapering in de fundering of foute invloeden van buitenaf en whop, weggevaagd van de kaart. Een kruisje achter de naam en dat was het dan.

Ik hoor een piep in Davides ademhaling. 'Heb je last van je longen?' vraag ik.

Hij knikt. 'Het wordt weer erger. Ik zal een extra puf nemen.' Hij verdwijnt naar boven, ik hoor zijn voetstappen op de trap. Verergert de astma door het herfstweer? Of door stress?

De ene mens leeft nog tien jaren voort in de herinnering van familie of vrienden, de ander misschien wel vijftig jaren, maar ooit is alles verdwenen. Genieën als Mozart en Einstein, die nog eeuwen na hun leven beroemdheid genieten, zijn een uitzondering. En dan nog, wat hebben ze er zelf aan? Vaak hebben ze bij leven niets anders dan pijn geleden. Als Van Gogh nu door een kiertje vanuit de eeuwigheid de wereld in kon gluren en kon zien hoeveel zijn schilderijen nu waard zijn, en dat iedereen zijn naam kent! Zou hij wensen dat hij even terug zou kunnen keren?

Het is een van de zeldzame avonden dat we allebei redelijk op tijd thuis zijn en Davide niet achter zijn laptop is gedoken. Terwijl ik mijn eerste glas wijn drink, doe ik mijn best om mijn gedachten af te leiden van Davide, aan andere dingen te denken, maar daar slaag ik slechts ten dele in. Bij vlagen malen de woorden van de inspecteur in mijn hoofd, als jeuk die je af en toe een moment kunt wegdenken, maar dan heftiger terugkomt, zodat je moet krabben. De tv staat aan, Davide lijkt geboeid te zijn, maar ik weet niet eens hoe het programma heet. Het is een talkshow, en er wordt gepraat over een boek, kennelijk een dat net is verschenen. Misschien is het een gevolg van afwisselend leven in twee landen; de tijd en energie voor klein nieuws ontbreekt me. Zelfs ingrijpende regeringsmaatregelen gaan vaak langs me heen, of ik haal Italië en Nederland door elkaar, als het nieuws tenminste niet met Berlusconi te maken heeft. Zijn nieuws past alleen bij hem, en bij geen enkele saaie, Nederlandse politicus.

'Jij nog?' Davide houdt een fles wijn in zijn handen.

'Graag.'

'Ik pak iets sterkers,' zegt hij.

Tien jaar delen we onze levens nu met elkaar. Bijna een kwart van mijn leven ken ik hem al. Zo lang heb ik het nooit uitgehouden met een vriend. Bij lange na niet. Zodra het er te serieus uit ging zien, zodra ik merkte dat ik me begon te hechten, rende ik er keihard vandoor. Een wijze les die ik getrokken had uit mijn jeugd, geleerd heb van de eerste twee mensen van wie ik onvoorwaardelijk hield. Bij Davide gaf ik me uiteindelijk over. Simpelweg omdat hij zich niet aan de kant liet zetten. Hij hield vol, zwijgzaam maar volhardend in zijn liefde, tot mijn weerstand brak. Hij beloofde me keer op keer dat hij er nooit stiekem tussenuit zou knijpen. Zou hij dat nog steeds menen?

Hij schenkt rode wijn voor me in. Zelf pakt hij een grappa. Vroeger reden we regelmatig naar Toscane, om daar vlak voor de terugreis de kofferbak te vullen met lokale specialiteiten. Die tijd en moeite kunnen we ons tegenwoordig besparen. Davide is dolgelukkig met een Italiaans winkeltje in Leiden, waar hij zijn eigen land kan blijven proeven. Hollandse kost als boerenkool en drop heeft hij nooit ontweken, hij heeft altijd gegeten wat de pot schafte in zijn studententijd, zegt hij, maar hij prefereert de Italiaanse keuken boven die van hier. Ik geef hem geen ongelijk, en daarom heeft het winkeltje een goede klant aan ons. Winkeltjes, specialiteiten, futiliteiten. Wat gaat er nu door zijn hoofd? Wat heeft hij de inspecteur verteld? Kan ik me daadwerkelijk voorstellen en tegen zo'n politieman zeggen dat hij iemand zou vermoorden? Mijn Davide?

Hij kijkt me aan. 'Wat is er?'

'Ja, eh, nee, niets... Ik... ik maak me zorgen over oom Henri.'

'Ben je bij hem geweest?'

'Vanmiddag. Hij zag er slecht uit. Erg slecht.'

'Hij hoort in een ziekenhuis, denk je niet?'

Ik knik. 'Ik heb het er met hem over gehad, maar hij wil per se thuis blijven. We hebben fijn gepraat, tot hij te moe werd.' En dat werd hij te snel, naar mijn zin. Als het lukt, zal ik elke dag even bij hem gaan kijken, desnoods tussen de repetities door. Vanwege mijn ziek zijn was ik vier dagen niet geweest, en vanmiddag schrok ik van zijn ingevallen gezicht. Hij sliep toen ik binnenkwam en een moment dacht ik dat hij al dood was. Toen ik wegging, heb ik daadwerkelijk afscheid genomen alsof het voor altijd zou kunnen zijn. En hij deed hetzelfde. Hij smeekte me om tante te blijven bezoeken. 'Als ik weg ben, heeft ze niemand meer behalve jou.' Zijn stem klonk zwak, mijn joviale en sterke oom Henri onwaardig. Ik zet mijn wijnglas op tafel om dicht tegen Davide aan te schuiven. Ondanks alles verlang ik naar zijn geur, zijn warmte. Maar als ik zijn afwezige blik zie, twijfel ik, bekruipt me opnieuw een vage onrust. 'Gaat het goed, met Mose?' vraag ik, in plaats van nu tegen hem aan te leunen.

'Niet echt. Ik sta te popelen om terug te gaan naar Venetië. Naar Padova, liever gezegd, om wat extra tests te doen.'

Vlak bij Padova, een plaats in de buurt van Venetië, ligt het onderzoekscentrum voor de waterwerken. Ik ben er wel eens geweest met Davide, zodat ik begreep waar hij mee bezig was. Dertig jaar geleden hebben ze daar de hele lagune nagebouwd in een hal van duizenden vierkante meters, zodat ze allerlei tests en experimenten konden doen voor de ontwikkeling van Mose. Een technisch verhaal waar ik niets van snapte, maar waardoor het probleem wel voor me ging leven.

'Ik heb gesleuteld aan de vormgeving van de scharnieren van de drijvende waterkering, omdat die nog niet helemaal voldeden aan onze wensen. De tekeningen zijn doorgestuurd naar het Centro en ik wil met eigen ogen constateren of de resultaten verbeterd zijn.'

'Wil je eerder terug?'

'Liefst wel.'

Hij wil hier weg. Alleen vanwege een paar schroeven? Of speelt er iets anders mee? Een moordonderzoek, bijvoorbeeld? Waarom zegt hij er niets over? Die inspecteur is toch ook bij hem geweest? 'Over twee weken is het vioolconcours.'

'Ik weet het. Daar wil ik graag bij zijn. Je hebt nog waterige ogen, vind ik. Het spijt me dat mijn gedachten gevuld zijn met computersimulaties en schaalmodellen, terwijl ze bij jou zouden moeten zijn.'

Zal ik nu... Ik schuif iets van hem weg en snuit mijn neus, die verstopt zit. 'Davide? Heb jij... ben je ook... je weet wel, die lange...'

'Van Aerendonck?'

Ik knik.

'Hij was een paar dagen geleden bij me op kantoor.'

'En?'

'Wat en?'

'Wat wilde hij weten?'

Davide haalt zijn schouders op. 'Hij zit vast met zijn onderzoek. Ik ben een van de verdachten die hij nog niet definitief kan wegstrepen van zijn lijstje. Of dat zijn wij. Hij is toch ook bij jou geweest?'

Ik knik.

'Een link met de drie vrouwen, de slachtoffers, die nader onderzoek vereist. Dat zei hij.'

Het is even stil. 'En?' vraag ik dan.

'Wat en?'

'Nou, wat heb je gezegd?'

'Ik heb niets gezegd. Wat zou ik moeten zeggen? Dat het toeval moet zijn? Dat hij iets over het hoofd ziet? Dat er iemand anders moet zijn, namelijk de dader, en dat hij dus verder moet kijken dan zijn lijstje lang is? Als hij gelooft in mijn onschuld, onze onschuld, dan kan hij die conclusie zelf trekken.'

Ik kijk hem polsend aan. 'Dat is nou weer zo typisch. Niets zeggen. Ga er maar vanuit dat anderen er precies zo over denken als jij.' Hij kijkt me aan met een blik die ik zo goed van hem ken. Met een uitdrukking die weinig te raden overlaat. Ik weet het allemaal wel, zegt zijn blik, ik weet waar het heen gaat en ik wil het er niet over hebben. Een zucht ondersteunt zijn mimiek en ik zie hoe hij zich in zijn nek krabt. 'Kijk verdorie niet zo. Zeg iets!'

'Zoals wat?'

'Weet ik veel. Iets. Ik kan er niet meer tegen, snap je. Dat ik verstandig moet zijn, me normaal moet gedragen, hoe dat er ook uit mag zien na het verlies van een kind. Ach, kom, na twee jaar wordt het toch eens tijd om te vergeten. Het leven gaat door, bla, bla, al die onzin! En dat jij zomaar door kunt. Ik snap er niets van. Niets.' Daarom haat ik je soms, wil ik er achteraan zeggen, maar die woorden krijg ik niet over mijn lippen. Ik sla met een vuist op tafel. Een dof, nietszeggend geluid. Ik heb zin om te schreeuwen. In plaats daarvan smijt ik een rondslingerend vakblad van Davide door de lucht. Het landt op de grond, naast de eettafel. Een volgende scheur ik kapot, wat me verduveld veel kracht kost door de dikte van de omslag.

'Frederique! Houd op. Dit is zinloos.'

'Alles is zinloos.'

'Dat is niet waar. Wij hebben elkaar.'

'Maar je bent er niet voor me, niet als het om haar gaat.'

'Wat moet ik dan? Hele dagen lopen roepen dat ik haar mis? Dat ik haar terug wil? Ik doe mijn best, Frederique, ik probeer te leven, van betekenis te zijn voor anderen.'

'Ja, voor iedereen behalve mij.'

'Dat is niet eerlijk.'

'Nee, jij bent niet eerlijk! Je zegt het wel, maar ik zie het niet, ik voel het niet. Je hebt een foto in je koffer van ons, van haar, en dat wist ik niet eens.'

Hij zwijgt. Alweer. Ik sta op. IJsberend. Door de open deur zie ik de vloerbedekking op de trap. De vlekken. Als ik me omdraai, zie ik hem zitten. 'Houd alsjeblieft eens op met dat krabben, ik zie de rode krassen al bloeden in je nek.' Ik ga voor hem staan, laat mezelf op de tafel zakken, zodat ik hem in zijn ogen kan kijken. 'Haat je me?'

'Wat?'

'Of je me haat. Omdat... je weet wel, toen ik zwanger bleek...'

'Hoe kom je daar nou bij? Wat haal jij je toch allemaal in je hoofd? Frederique!' Hij trekt me naast zich en slaat een arm om me heen.

'Ik krijg het maar niet warm.' Ik merk hoe mijn stem kraakt, en wankelt. 'Zelfs niet met wijn.' Ik wil me verzetten, weglopen, maar geen spier in mijn lijf luistert. Huilend schokt mijn lichaam tegen het zijne en ik zie hoe zijn overhemd langzaam nat wordt van mijn tranen en snot. 'En jij?'

'Natuurlijk mis ik haar ook.'

'Meen je dat?'

'Ja. Ik meen het.'

Waarom ben ik dan de enige met nachtmerries? De enige die nog met haar praat?

'Frederique, ik...'

Davide voelt zich ongemakkelijk, naast me, ik merk dat hij iets van me wegschuift. 'Je wilt nog aan het werk,' concludeer ik.

'Nee. Nee, ik... ik wil alleen dat je weet dat ik Isabelle niet zomaar vergeet. Ik, eh... ach kom, laten we onze tijd niet meer verspillen met onzinnige conversaties en zeker niet met ruzie.' Hij omarmt me, kust me in mijn nek. Zijn stem klinkt hees als hij me vraagt of ik me genoeg hersteld voel voor een lichamelijke inspanning.

'Ik heb vanmiddag ook al een paar uur gespeeld,' antwoord ik.

Hij is teder. Ik onderdruk de neiging om hem van me af te duwen, omdat nu genieten voelt als zwaktebod, een overgave. Als een verraad ook, tegenover Isabelle. Hij neemt de tijd, zoals ik het graag heb, tot ik bijna uit mijn voegen barst van ongeduld. Ik houd van hem. Het is allemaal zo bekend, tegelijkertijd voelt het alsof we elkaar voor het eerst aanraken. Zoekend, aftastend, voorzichtig en zacht, en voor ik het in de gaten heb, stromen de tranen over mijn wangen. Ik haat hem. Ik vecht tegen het verdriet dat als bloed door mijn aderen stroomt en wanhopig een weg naar buiten zoekt. Ik moet hem loslaten, maar hoe steviger ik die gedachte in mijn hoofd wil planten, hoe krampachtiger ik me vastklamp aan zijn lijf.

Frederique – 22 jaar

Plankenkoorts. Een spanning die bijna verlamt. Frederique heeft er weinig last van, hoewel ze nog niet op veel ervaring kan bogen. Ze heeft al aardig wat optredens achter de rug, daar zal het niet aan liggen, maar het ging dan toch over kleine gezelschapjes, en ze speelde nog nooit alleen, of als eerste violiste, zodat alle ogen op haar waren gericht. Maar vanavond is het dan eindelijk zover. Het Amsterdamse Concertgebouw. Ze loopt de hele ochtend al rond met een raar gevoel in haar buik dat ze nog niet eerder had. Een kleine dosis gezonde spanning is goed, weet ze, en ze heeft zin in de avond, die haar mentor van het conservatorium betitelt als haar eerste echte, grote optreden. Ex-mentor, moet ze zeggen, maar dat is wennen. Het is ook wennen om niet elke dag meer met haar viool onder de arm naar les te gaan. Aan de andere kant is ze dolblij dat ze is afgestudeerd. Met prachtige cijfers. En vorige week heeft ze een uitnodiging gehad om te komen spelen: een concert samen met het Berliner Philharmoniker symfonieorkest. Volgens haar moeder wordt het tijd voor een agent.

Zo onopvallend mogelijk kijkt ze door de spleet in de meters-hoge, dikke gordijnen, in een poging een glimp op te vangen van het binnenstromende publiek. Op de eerste rij ziet ze haar tante en oom, en als ze de lege stoel ernaast ziet, schiet er een pijnlijke kramp door haar lijf. De musici draaien warm, het lijkt een onmogelijke opgave voor de dirigent om ze straks allemaal in het gareel te krijgen, zo groot oogt de chaos op het podium. Langzaam vult de zaal zich. Mensen die vrijwillig hierheen komen om haar te horen spelen! En het orkest, natuurlijk, maar toch. Het was haar naam, die in grote letters stond aangekondigd. Frederique van Ostende speelt Tsjaikovski.

'Nerveus?' vraagt de dirigent, die naast haar is komen staan.

'Lichtelijk,' antwoordt ze.

'Dat is absoluut normaal en je hoeft je er niet druk over te maken,' zegt hij. 'Zodra je daar straks staat, zul je je goed voelen, en met een beetje geluk brengt dat beetje spanning je zelfs tot grote hoogten.'

Ze glimlacht.

'De repetities gingen meer dan voortreffelijk, je speelt zoals maar weinig violistes dat kunnen, Frederique, ik voorspel je een gouden toekomst, en ik heb alle vertrouwen in je op deze spannende avond.' Hij legt even een hand op haar arm. 'O ja. Even diep ademhalen wil ook nog wel eens helpen.' Hij knipoogt en loopt weg.

Ze trekt zich terug in haar kleedkamer. In de spiegel bespeurt ze weinig van haar zenuwen. Ze kijkt ietwat onwennig naar zichzelf door haar haar, dat tante Bernique vanmiddag feestelijk heeft opgestoken. Ze vroeg zich af of het stevig genoeg zou zijn. In haar spel is ze beweeglijk, gooit ze haar hoofd soms ineens opzij, of achterover, en zou haar kapsel het dan niet plotseling begeven? Maar de ingewikkelde constructie is nog steeds intact. Haar tante en oom waren zó trots. Ze bewaren elk krantenknipseltje over haar, ook zodat haar moeder alles dan kan lezen, als ze thuis is. Ma woont sinds een jaar bij tante Bernique en oom Henri. Dat was aan alle kanten handiger; ma kon haar eigen huis, waar ze al een tijdje alleen woonde, niet meer onderhouden en is vaak weg, bovendien is het huis van haar tante en oom groot genoeg. Ze willen graag dat ze elk weekend daar is – tante kookt toch lekker, je moet goed eten – maar het blijft bij een incidenteel weekend logeren. Logeren en niet thuiskomen, nee, ze heeft haar eigen stekje en dat is nu haar thuis. Ze heeft een bescheiden etage, maar dat kan haar niet schelen. Voor Utrechtse begrippen is het een balzaal en het zijn haar eigen vierkante meters. Ze heeft er het rijk alleen. Ze kan voor de tv neervallen met een fles wijn, een hele dag in pyjama rondlopen, een nacht doorfeesten. 's Nachts feesten doet ze echter weinig. De discipline die ze van jongs af aan heeft aangeleerd, zit er stevig ingebakken, als ze een dag niet oefent, voelt ze zich schuldig. En de vrienden die nodig zijn voor een feest ontbreken.

Terwijl ze haar mascara bijwerkt, herhaalt ze in gedachte enkele passages uit het eerste deel.

Het vioolconcert van Tsjaikovski. Een van de moeilijkste voor viool geschreven werken. Ze heeft zich er de afgelopen maanden meermaals op stukgebeten, de overmoed in het laatste deel vervloekt, maar nu is ze ervan overtuigd dat ze het kan. De perfectie is er, en ze hoopt dat ze haar eigen stijl ook heeft gevonden. Het gaat om de zelfbeheersing. Om durven. In haar vak praat ze over frasering, de juiste mate van vibrato, de juiste dynamiek. Eigenlijk komt het erop neer dat ze de ware aard van de muziek zelf moet durven laten spreken.

Er wordt op haar deur geklopt. 'Nog vijf minuten.'

Vijf minuten. Ze kijkt naar haar vioolkist. Zal ze zich gauw uit de voeten maken?

Flauwvallen en zeggen dat ze het niet kan? Welnee. Dit is wat ze altijd heeft gewild, waar ze als kind al van droomde. Ma die haar zo hard aanmoedigde...

Het orkest speelt eerst een ouverture. Ze is zo gefocust op haar eigen opkomen, straks, dat haar is ontschoten welke, maar ze hoort achter de coulissen hoe krachtig en vol het orkest speelt. En dan, eindelijk, klinkt het applaus. Ze mag op. De dirigent loopt op haar toe en begeleidt haar het podium op, en dan staat ze er zo ineens. Pal voor het orkest, op een paar meter afstand van al die mensen. Hij geeft haar een hand. Een ingetogen, bemoedigend applaus klinkt. Ze buigt, lichtjes, voor het publiek. Dan draait ze zich een kwartslag, naar het orkest en de dirigent. Zijn ogen spieden de musici af, alsof hij een oneffenheid zwaar zal bestraffen. Ze zou een speld kunnen horen vallen. Maar kennelijk is alles in orde. Hij dwingt gehoorzaamheid af, nu, en als hij zijn baton in de lucht houdt, staat iedereen op scherp. Een subtiele verandering in zijn gelaatsuitdrukking, zijn handen komen in beweging, en dan klinken de eerste strijkers. Rustig.

Het eerste deel, 'Allegro moderato', begint met een tere melodie. Een ogenblik is ze zich bewust van de mensen op de eerste rij, de enige die ze kan zien zitten, en meent ze de grijze jurk van haar tante te ontwaren, maar dan is haar focus enkel en alleen nog voor de muziek. Het orkest komt tot leven, toont passie, en als vanzelf wiegt ze mee met de muziek, laat ze zich meevoeren door de emoties. Melodieën en tempowisselingen volgen elkaar snel op – sneller dan haar lief is, soms, alsof de componist te veel ingrediënten heeft willen toevoegen aan zijn ratatouille, waardoor sommige smaken bijna verdwijnen – maar ze voelt aan dat ook het publiek op het puntje van zijn stoel zit en zich mee laat voeren. Ze voelt Tsjaikovski's pijn na het mislukken van zijn huwelijk, maar ze proeft ook zijn fascinatie voor het Zwitserse landschap in grillige stukken, ziet hem over het meer van Genève staren in vloeiende, rustiger delen. In het tweede deel, het 'Andante canzonetta', laat ze haar viool de weemoedige melodie zingen. Haar vingers glijden soepel over de snaren, ze laat haar instrument het verhaal vertellen en voelt hoe ze op zichzelf kan vertrouwen. Soms is het doodstil in de zaal, en ze merkt tot haar opluchting dat ze zelfs de stille passages intens kan laten klinken. Het derde deel is haar ultieme test. 'Allegro vivacissimo'. Vanaf het begin spat het temperament van haar instrument, en op enkele rustige intermezzo's na vliegt ze door de muziek als een vulkaan die uitbarst. Uitbundig, hier en daar als bezeten. Ze merkt amper dat de hitte van de lampen kleine druppeltjes zweet op haar voorhoofd veroorzaken. Of misschien komt het van de inspanning. Ze geeft zich helemaal, durft er gevoel in te leggen. Vlak voor het einde heeft ze een kort moment pauze, en dan stevent ze af op de finale. Razendsnel flitst ze met haar strijkstok over de snaren, laat ze haar vingers als elastiek over de snaren dansen. En dan, met een overweldigend slotakkoord is het ineens over. De klanken trillen nog na als het applaus al opwelt. Het is alsof ze wakker wordt na een inspannende droom, alsof ze in een andere dimensie verkeerde, en ze kijkt beduusd om zich heen. Maar dan breekt een bevrijdende lach door op haar gezicht. Ze heeft het gedaan. Het is gelukt. Ze heeft Tsjaikovski's vioolconcert de eer betoond die het verdient.

In de pauze neemt ze complimenten in ontvangst van de musici. Ze laat harten huilen en spreekt direct tot de ziel, zegt de dirigent. Ze lacht, voelt zich opgelucht en drinkt een glas water, waarna ze acuut naar het toilet moet. De pauze vliegt om, voor ze het in de gaten heeft klinkt de gong alweer.

De gong voor Mendelssohns vioolconcert. Waarmee ze de opening mag doen van het tweede deel van het concert. Daarna sluiten ze gezamenlijk af met de veertigste symfonie van Mozart, een stuk dat ongetwijfeld zelfs de grootste leek op het gebied van klassieke muziek zal herkennen.

Na een kort applaus staat ze direct op scherp. Geen introductie van het orkest, nee, ze mag direct aan de bak met de eerste passage die een flinke dosis virtuositeit vereist, waarna het orkest haar openingsthema herhaalt. Ze voelt zich al snel ontspannen, alsof ze opnieuw is geslaagd voor haar eindexamen. Ze speelt, geniet, laat de muziek leven, geniet van het moment. En dan ineens ziet ze haar zitten. Haar moeder. Ze is toch gekomen. Een gevoel van euforie overvalt haar, een besef van triomf. Kijk, mam, kijk, ik doe het, ik sta hier!

Tot ze ineens ziet dat haar moeder meebeweegt. Ma's handen wiegen mee. Haar ogen worden ernaartoe getrokken, ze wil het niet maar het gebeurt. Uit de maat. Het was vlak na haar vaders dood. De zolder. Zijn lichaam, dood. Waarom heeft hij in godsnaam zelfmoord gepleegd? Wat was er aan de hand, wat wilden ze haar niet vertellen? Uit de maat. Oefenen, goed oefenen. Waarom wilde hij niet meer bij haar zijn? Hij was toch trots op haar? Had ze harder moeten leren? De opgestoken vinger. In gedachten hoort ze het knisperen van een plastic bonbonpapiertje. Een blik van de dirigent. Ze ziet het vanuit haar ooghoeken. Enkele musici schuiven ongemakkelijk op hun stoelen. Net als ze het thema wil herhalen, in opmars naar het laatste gedeelte, voelt ze hoe haar vingers verkrampen. Het is een rustiger stukje, ze kan haar afgang even uitstellen, maar dan gebeurt het onherroepelijke. Het orkest speelt door, alleen klinkt het ongeveer als het inspelen voor het concert. Chaos. De dirigent kijkt haar stomverbaasd aan. Ze laat haar armen zakken. De viool bungelt als een nutteloos voorwerp naast haar benen en even, heel even voelt ze de behoefte het instrument uit haar handen te laten glippen en erbovenop te gaan staan. Misschien krijgt ze binnenkort een echte Stradivarius, ze komt ervoor in aanmerking dankzij haar zeer hoge niveau. Een viool die haar in bruikleen zou worden aangeboden met subsidie van een stichting, of een fonds, ze is het even kwijt. Ze twijfelt. Een seconde. Een seconde die eeuwen lijkt te duren. Een eeuwigdurende seconde waarin ze de doodse stilte in haar oren voelt suizen. En dan loopt ze weg.

Later die week wordt er gebeld. De uitnodiging van het Berliner Philharmoniker wordt voor onbepaalde tijd opgeschort. Zogenaamd omdat ze problemen hebben om de voorstelling met haar solistenpartij budgettair rond te krijgen. Maar ze weet wel beter.

19

zaterdag 5 december

Het is drukkend stil. Om me heen niets dan water, water... Een kort moment ervaar ik de rust van de stilte, maar dan is er plotseling de paniek. Water? Nee! Naar boven, naar boven! Duisternis. Troebel grijs. Mijn ogen zijn open, waarom zie ik dan niets? De longen barsten uit mijn lijf, mijn hart bonkt zwaar tegen mijn borstkas. Volg je intuïtie. Naar boven. Paniek. Ik kan niet zwemmen. Bewegen, naar boven, hoe dan ook. Mijn voeten zetten zich automatisch af, krachtig, zo snel mogelijk naar daar waar het minder duister oogt. Als ik maar niet... Nee, zie je wel, het wordt al lichter. Blauw, een prachtige kleur, hemelsblauw, een fantastisch woord. Gauw, maaien met mijn armen, omhoog, omhoog. Boven water komen, hoe simpel kan een verlangen zijn. Hoe noodzakelijk ook. Luchtbelletjes verlaten mijn mond, en als ik mijn hoofd eindelijk boven het water uitsteek, zuig ik mijn longen snel vol met zo veel zuurstof als ik in één hap binnen kan krijgen. De opluchting! Mijn hoofd bonkt wild op het ritme van mijn hartslag, alsof het elk moment kan exploderen, maar het geeft niets, er is lucht, reddende lucht! Wild maaien mijn armen, om mijn hoofd boven water te houden. Een fractie van een seconde was ik bang dat ik zou ontdekken dat mijn handen of voeten waren vastgebonden, zoiets, maar gelukkig, gelukkig, lucht! Wat is dat? Wie... nee, nee, niet duwen, ik, ik... ik vecht, probeer met mijn handen de zijne tegen te houden. Tevergeefs. Even hoor ik het watergespetter nog, en dan is er opnieuw die stilte. Verstikkend. Met alle kracht die ik in me heb, probeer ik me naar boven te werken, maar hij is sterker en ik staak mijn bewegingen. Energie sparen. Kan ik doen alsof ik opgeef en dan stiekem bij hem vandaan zwemmen? Zwemmen, hoezo zwemmen, ik weet niet eens hoe dat moet. Het lijkt eenvoudig, maar als ik water om me heen voel, verkramp ik totaal. Niet weer die angst. Nooit. Ik wil er niet aan denken. Die allereerste zwemles, toen ik bibberend op de betonnen rand van het bad stond met mijn roodgelakte teennagels. Uitleg van de badmeester. Hij werd weggeroepen. Enkele klasgenootjes gooiden me in het diepe, terwijl ik me gillend verzette. De longen die uit mijn lijf leken te scheuren, de doodse stilte toen ik onder water verdween, de zekerheid dat ik het daglicht nooit meer zou zien.

En nu? Davide, waarom doet hij dit? Hij houdt van me, hij draagt me op handen, verklaarde ooit dat zijn liefde voor mij groter was dan die voor zijn levensmissie om Venetië te redden van de ondergang. Wat is er gebeurd? Ik ben niet meer degene op wie hij verliefd werd, van wie hij ging houden. Isabelles dood heeft ons uit elkaar gerukt, hij haat het feit dat ik haar niet kan loslaten en daarom stoot hij me nu van zich af. Haat, liefde, een onmogelijk dilemma.

Ik worstel, maai met mijn armen door het water als een hond. Geen bodem onder mijn voeten, nu niet, nooit niet. Davide! Ik gil, hij moet me helpen en niet wegduwen. Alsjeblieft, heb geduld met me, ik hou van je, ik wil je niet kwijt. Waarom geef je het op? Waarom geef je mij op? Je hebt het recht niet, hoor je...

Wat is dat voor piep? Een piep, in het water?

Ik schrik op en in een reflex haal ik snel en diep adem, verbaasd om me heen kijkend. Goddank, het was maar een droom, hoe reëel het beeld van Davide die me onder water duwt ook leek. Onzin. Davide houdt van me. Ik zit naast oom Henri's bed, een apparaatje naast zijn bed brengt piepende geluiden voort en ik lig niet ergens onder in een stinkend meer te verdrinken. Bijna wil ik lachen om mijn eigen idiotie, maar de herinnering aan de droom is nog te vers, alsof die me zo weer te pakken kan nemen. Geen wonder dat ik enge dromen heb. Na een dag en een slapeloze nacht vrijwel onafgebroken bij oom Henri's bed zitten was ik doodop, en hangend in een stoel naast zijn bed ben ik uiteindelijk in slaap gevallen... Iets waar ik nu spijt van heb. Ik huiver als ik het beeld voor me zie van Davide die me onder water duwt.

Vlak na mijn laatste bezoek aan hem thuis durfde tante Bernique het niet meer aan om hem daar te houden, zelfs niet als ik thuishulp voor dag en nacht zou regelen. 'Hij is af en toe agressief,' zei ze, en ze was bang dat hij op een kwaad moment zijn infuus los zou trekken en door het huis zou gaan spoken, en dat zij een dergelijk mensonterend tafereel hulpeloos moest aanzien. 'Hij is een schim van zichzelf,' zei mijn tante, 'maar als hij van streek is, lijkt hij ineens over bovennatuurlijke krachten te beschikken.' En dus werd hij naar het ziekenhuis gebracht. Op een helder moment, onder protest. Mijn hart brak toen hij de ambulance in werd geschoven. Hij zou niet meer thuiskomen, en ik zag in zijn blik dat hij zich ook terdege bewust was van dat onomkeerbare feit. Later schikte hij zich in zijn onvermijdelijke lot. Naar het ziekenhuis. Naar de dood. Mijn lieve, sterke oom, die bami babi pangang van de afhaalchinees het lekkerste vindt, iets wat naar mijn mening in schril contrast staat met zijn liefde voor de opera. Alsof operaliefhebbers geen Chinees eten mogen lusten.

Uitgerekend op het moment dat ik enkele minuten zijn kamer heb verlaten om een beker koffie uit de automaat te halen – ik wil wakker blijven, nee dank u, geen dromen meer alstublieft – blaast oom Henri zijn laatste adem uit. Tenminste, ik denk het, als ik zijn kamer weer inloop. De stilte is anders, intenser, de kleuren in de kamer lijken nog grauwer. 'Ach, nee...' fluister ik. Terwijl ik me beduusd op de stoel laat zakken, kijk ik naar zijn bleke mannengezicht waarin voor elk jaar dat hij leefde een rimpel lijkt gegroefd. Ik heb ze bijna allemaal zien komen. 'Pa,' stamel ik. Ik had hem een keer zo moeten noemen, dat had hij prachtig gevonden. Waarom heb ik dat nooit gedaan? Ik heb ooit gedacht dat oom Henri zo lief voor mij was omdat hij dacht dat ik het nodig had, mij er een plezier mee deed. En intussen miste ik mijn echte vader. O, ophouden, toen was je een kind. Of was ik gewoon bang dat ik hem ermee zou kwetsen en hij me terecht zou wijzen? Ja, het is maar goed dat ik het niet heb gedaan. 'Pa,' zeg ik nog een keer. 'Ik hou van je.' Ik zoen hem op zijn bleke voorhoofd, waar zweetdruppeltjes op parelen en dan opent hij plotseling zijn ogen, en rond zijn mond verschijnt een glimlach. Daarna begint hij te rochelen, zo heftig dat ik om hulp wil schreeuwen. Hij schudt echter paniekerig zijn hoofd en knijpt in mijn hand, houdt die vast met een kracht die me verrast. Voor mijn gevoel duurt het eeuwen, die vreemde, nare geluiden uit zijn keel terwijl hij overeind lijkt te willen komen, maar dan ineens zakt zijn hoofd langzaam terug in de kussens. Hij doet nog enkele verwoede pogingen adem te halen, leven in zijn longen te zuigen. Ik voel zijn doodsstrijd en ik bespeur de angst in zijn ogen. Mijn lieve oom, die zo kon tobben als een van zijn studenten dreigde te falen bij een examen. Alsof het om zijn eigen vlees en bloed ging. Ik wil iets bemoedigends zeggen. Dat het ginds waar hij naartoe gaat mooier zal zijn, dat hij daar toch zijn hele leven zo trouw in heeft geloofd en nu eindelijk naar zijn verlosser mag. Maar er komt geen woord over mijn lippen, zo verbijsterd ben ik. Ik onderdruk de neiging om te reanimeren en blijf doodstil zitten, met mijn hand op de zijne. Tot ik een geluid op de gang hoor en me realiseer dat ik lang genoeg heb gewacht. Ik druk twee vingers tegen de binnenkant van zijn pols. Niets. Hetzelfde ritueel herhaal ik in zijn nek. Niets. Een aarzelende aai over zijn wang en dan loop ik wankelend de kamer uit.

Tante Bernique is naar het stiltecentrum gegaan voor een moment rust en een gebed, en een verpleegster zal haar gaan halen. Ik loop met een arts terug mijn ooms kamer in. Hij luistert met zijn stethoscoop en knikt, bijna ongemerkt. Mijn hart bonst hoog in mijn keel en ik haal diep adem.

En dan ineens staat mijn tante in de deuropening. 'Ik voelde het,' zegt ze, 'ik was onderweg hierheen en nu ben ik toch te laat.'

Ik sla een arm om haar heen, terwijl ik de tranen over mijn wangen voel glijden. 'Hij heeft zijn ogen niet meer opengedaan,' zeg ik. 'Hij gleed langzaam weg, heel vredig, terwijl hij een glimlach om zijn mond had.'

'Heeft... heeft hij niets meer gezegd?'

'Ik verstond het niet goed, maar ik meende dat hij iets prevelde over genadige ogen die hem uitnodigden mee te gaan.'

'Nu heeft hij eindelijk zijn rust,' fluistert mijn tante.

20

woensdag 9 december

Als ik de kerk binnenkom, hoor ik de eerste tonen, en natuurlijk herken ik onmiddellijk het *Requiem* van Mozart. Eén moment sta ik als aan de grond genageld. Ik ben bang dat ik zal verstijven, geen stap meer kan verzetten, en ik haal een paar keer diep adem. Gewoon het ene been voor het andere zetten en doorlopen. Tot mijn opluchting gehoorzamen mijn spieren. De muziek neemt me onmiddellijk zo in beslag dat ik de aanwezigheid van de inspecteur amper opmerk. Zijn naam wil me niet te binnen schieten en even later ben ik vergeten dat ik me een moment heb afgevraagd wat hij in godsnaam hier zoekt. Het *Requiem*. Mozarts laatste werk, dat hij op zijn sterfbed schreef en niet zelf voltooide. Zijn laatste minuten muziek. Oom Henri's laatste woorden. Zou hij de mijne nog hebben gehoord? Ik voel het kippenvel langs mijn rug omhoogkruipen en hoewel ik me had voorgenomen mijn tranen te bewaren tot ik alleen ben, lukt me dat niet. Ik wist niet dat ze deze muziek ook had uitgezocht, al heb ik haar de afgelopen dagen bij vrijwel alle voorbereidingen van de begrafenis geholpen en herinner ik me de namen van enkele andere muziekstukken die ze per se wilde horen. Het *Ave Maria*, natuurlijk, dat zelfs ter plekke zou worden gezongen door een vriendin van mijn oom, en de *Mondscheinsonate* van Beethoven. Maar het *Requiem*? Dit stuk werd ook gespeeld tijdens Isabelles uitvaartdienst. Ik had het zelf uitgekozen, eenvoudigweg omdat het zo prachtig is en niet mocht ontbreken. Lieve Isabelle, ik mis je, ik mis je, ik mis je, fluister ik in mezelf. Waar ben je? Kijk je nu mee? Ik voel je niet vandaag, heb je het soms met oom Henri op een akkoordje gegooid? Ik weet nog hoe doodstil het was in die af-geladen kerk, toen Davide en ik er achter de kleine kist van donker hout naar binnen schuifelden. Stijf van de medicijnen stond ik, om die tijd überhaupt te kunnen overleven, en ik ge-loof dat ik de hele dag niet in staat ben geweest om ook maar één volledige zin te formuleren. De muziek bereikte me, terwijl ik op mezelf neer leek te kijken van grote hoogte. Desondanks heb ik gespeeld tijdens de dienst, al kan ik niets zeggen over de kwaliteit van mijn spel. Of ik er met mijn zweverige hoofd wel genoeg gevoel in heb kunnen leggen, of dat ik de noten heb ge-produceerd zonder meer. Ik geloof dat ik met een paar musici in ieder geval het beeldschone liefdesduet heb gespeeld uit de opera *La Clemenza di Tito*, een lied dat me in al zijn simpelheid, zonder modulaties of bijzondere ritmiek, altijd intens, recht-streeks in mijn hart kon raken. Waarschijnlijk heb ik mijn eigen hart op dat moment tijdelijk buiten werking gezet, anders had ik de laatste klanken niet gehaald. Gelukkig heeft mijn tante me gezworen dat ze niet van me verwacht dat ik nu ga spelen. Ik heb niet aangedrongen en daar ben ik nu blij om. Ik had het met geen mogelijkheid voor elkaar gekregen.

De kerkdienst duurt lang. In gedachten oefen ik Mendelssohns *Tweede strijkkwintet* in Bes-majeur en probeer me Isabelles geur te herinneren. Die verslavende, zoete meisjesgeur. De pastoor pre-velt het ene gebed na het andere, en tussendoor probeert het ge-mengde koor mij ervan te overtuigen dat God de enige weg is. Als ik af zou gaan op hun neerslachtige gezichten zijn ze daar zelf allerminst van overtuigd. Maar daar hebben ze waarschijnlijk op geoefend. Neerslachtig kijken. Dat lukt mij nu vast ook als de beste. Ik heb het koud en ik weet zeker dat ik het niet warmer zal krijgen als ik nu drie wollen truien over elkaar aan trek. De kilte zit dieper dan alleen onder mijn huid. Of het nu hartje zomer is of het landschap verborgen gaat onder een meter sneeuw, ik heb het al twee jaar koud. Geen koude voeten, of handen, maar alsof de bodem van mijn ziel is bedekt met ijs.

Met een gevoel van opluchting, waarvoor ik me lichtelijk schaam, schuiven we na anderhalf uur de kerk uit. Naar de begraafplaats, waar het complete circus met wierook en gebeden nog eens dunnetjes wordt overgedaan. Een straffe wind blaast venijnig over de onbeschutte begraafplaats en als het even later ook nog gaat regenen, kan ik amper voorkomen dat ik over mijn hele lijf begin te rillen. Hoewel Davide en ik elk aan een kant van tante staan om haar te ondersteunen, heb ik het gevoel dat ik alleen overeind blijf omdat ik haar vast heb. Pas als we daarna koffie met broodjes hebben gehad en vele handen hebben geschud, keert de rust om ons heen en in mijn hoofd enigszins terug. Ik ben kapot, en ik zie aan mijn tante dat de dag ook haar zwaar heeft vermoeid.

Samen met mijn tante breng ik Davide weg. Hij heeft vanmorgen zijn koffer al gepakt, hij kan zijn vertrek naar Venetië niet langer uitstellen. Als hij voor het Centraal Station in Den Haag uitstapt, wil ik hetzelfde doen, maar hij zegt dat ik in de auto moet blijven.

'Je krijgt het nooit warm als je nu niet naar huis gaat en je bad vol laat lopen met heet water,' zegt hij, terwijl hij me de autosleutel geeft. 'Toe, ga maar. Nog een dikke week, en dan volg je me, toch?'

'Zo gauw het vioolconcours ten einde is, neem ik het eerste vliegtuig,' zeg ik.

'Ik bel je vanavond.'

Hij neemt me alsnog in zijn armen als ik toch uitstap om hem te kussen. Hoe vaak hebben we op soortgelijke manier afscheid genomen? Te vaak om de tel bij te kunnen houden. En toch, deze keer is anders. Ik weet niet precies hoe ik het moet omschrijven, maar er is iets. Iets wat ik niet ken, wat ik niet eerder heb gevoeld, iets dreigends. Op het moment dat ik me dat realiseer, maak ik me abrupt van hem los.

'Wat is er?' vraagt hij.

'Niets.' Als ik in zijn ogen kijk, zie ik onrust. Zit zijn werk hem zo dwars?

'Niets?'

Ik schud mijn hoofd. 'Het... het is deze dag.' Ik lieg, en hoop dat ik overtuigend genoeg ben.

'Lieverd, als je het echt niet aankunt, ga ik nu met je mee terug. Ik meen het. Je hoeft het maar te zeggen.'

Ik vraag me af of hij dat zo overtuigend zegt omdat hij weet dat ik hem zal laten gaan. Davide. Mijn lief. Waar heeft het geruststellende gevoel zich in mij verstopt dat we samen de wereld aankunnen? Dat we die wereld zullen veroveren, redden, rijker zullen maken? Dat gevoel hoort bij mijn leven van voor Isabelles dood. Niet van erna. Niet meer, nee, voor die tijd leefde ik, nu overleef ik. Geldt dat ook voor hem? Houden we elkaar alleen maar voor de gek door te doen alsof we een toekomst hebben? Ineens jaagt de gedachte samen met hem te zijn me meer schrik aan dan alleen hier te blijven. 'Nee, ga. Ik weet dat het belangrijk is. Voor jou, en voor je stad.' Ik zoen hem. 'Ik hou van je.'

Pas als ik de auto heb gestart en Davide niet meer zie in mijn achteruitkijkspiegel, realiseer ik me wat het was. Dat dreigende gevoel. In een flits drong het besef tot me door dat de dagen van onze relatie geteld zijn. Ik vraag me af of ik hem ooit weer zal zien, en waarom ik ineens zo zeker weet dat ons huwelijk voorbij zal gaan. Gaan we uit elkaar? Vertrekt een van ons beiden, of nog erger? De rillingen lopen over mijn rug, en ditmaal heeft dat niets met de kou te maken.

IV

Tweede kerstdag, 01.00 uur

Ze hebben eindelijk koffie. Met marsepeinen kerstkransjes zelfs. Inspecteur Van Aerendonck waagt zich niet aan de suikerbommetjes. Hij beperkt zich tot de koffie. Helaas is die inmiddels lauw, maar hij beklaagt zich niet. De collega's kijken hem hier toch al vreemd aan, alsof het onmogelijk is dat een medestadsbewoner iets zou hebben misdaan.

Hij excuseert zich een moment en loopt de verhoorkamer uit. Hij heeft geen idee hoe het staat met de criminaliteit in Venetië, aan het werktempo van de mensen hier leidt hij echter af dat er waarschijnlijk weinig gebeurt dat hun Italiaanse politiegenen prikkelt. Geen van hen lijkt geïnteresseerd in wat de Hollandse collega hier heeft gebracht, en zelfs Brunelli en de jongere agent van de boottocht zijn in geen velden of wegen te bekennen. Het is mogelijk dat zij nog volop bezig zijn met het onderzoek van de plaats delict, op het eiland San Michele. De eerlijkheid gebiedt hem te bekennen dat hij daar weinig fiducie in heeft. Afijn. Veel sporen op het eiland, met al dat water, zal hij sowieso niet krijgen, die mogelijkheid heeft hij na één blik op het oude graf vrijwel onmiddellijk verworpen. Nee, het komt hier aan op intuïtie en geduld. Geen bewijzen op basis van aangetroffen bloed met het DNA van het slachtoffer op het lichaam van de dader, niets van dat alles, maar doordachte verhoortechnieken tot de verdachte zal breken. Subtiele hints, kleine verborgen aanwijzingen, hier telt ervaring. Hij zucht. Dat klinkt allemaal indrukwekkend, maar het is intussen één uur in de nacht en hij heeft geen enkele vooruitgang geboekt. Integendeel. Ze hebben het over Frederique gehad, hoe de twee elkaar hebben leren kennen, Vianello heeft hem uitgelegd hoe het Mose-project zou moeten functioneren en hij is een stuk wijzer geworden als het gaat om de watergeschiedenis van deze stad. Prima, maar intussen heeft de Venetiaan geen steek laten vallen. Omdat die er niet is? In plaats van de verdachte langzaam in een hoek te drijven, voelt hij langzaam lichte twijfel in zijn lijf opkomen of de man schuldig is aan wat hem ten laste is gelegd. En dat precies op het moment dat hij schuld lijkt te willen bekennen. Misschien had hij toch de raad van zijn chef ter harte moeten nemen om een tijdje verlof te nemen. 'Draaf niet door als een paard met oogkleppen op, dit gaat je niet in de koude kleren zitten, Kees-Jan.' Hij hoort het de commissaris nog zo zeggen. 'Pas op dat het je werk niet beïnvloedt. Je weet het, één moment van onoplettendheid kan in ons vak fataal zijn.' Waarna zijn chef nog iets zei over eigenwijze speurders.

Hij zou met zijn collega Nijenbos naar hun stamcafé willen afzakken om de zaak te bepraten. Na een paar uur filosoferen zou hij er dan vast uit zijn. Niet dat Nijenbos hem de oplossing zou aanreiken, maar alleen al het praten erover werkt meestal zo verhelderend dat de antwoorden op alle vragen zich ineens glashelder aandienen. Maar nu? Is hij volledig de weg kwijt? Goed, de afgelopen tijd is hij er met zijn hoofd niet continu bij geweest, heeft hij zich zorgen gemaakt over Leonie. Alles wat hij altijd als vanzelfsprekend beschouwde, wankelt ineens, en dat heeft zijn werk nadelig beïnvloed. Hij neemt zichzelf niet voor niets kwalijk dat hij de dood van die De Pluij niet heeft voorkomen. Aangenomen dat het Haagse lijk als zodanig geidentificeerd zal worden.

Tot hij Vianello hier tegenover zich had, was hij in de vaste veronderstelling dat hij de Venetiaan onmiddellijk had moeten oppakken en fijnknijpen tussen zijn recherchevingers, net zolang tot hij piepend om genade had gesmeekt. Dan had die Haagse vriendin nu nog geleefd. En niet te vergeten zijn vrouw; Frederique. Dat dacht hij, verweet hij zichzelf. En nu?

Waarom pakt hij geen pen en papier en laat hij Vianello een schuldbekentenis ondertekenen? Dan kan hij naar huis, daar waar hij hoort te zijn. 'Weet u wat Frederique tegen me heeft gezegd?' zei Vianello, net voordat een Italiaanse collega hun gesprek verstoorde door met twee dampende koppen koffie binnen te komen. Een te prijzen initiatief, alleen de timing had niet slechter gekund. Tot zijn opluchting leek Vianello de interruptie amper op te merken. Hij rekende er vanzelfsprekend op dat de Venetiaan iets zou zeggen wat ontlastend zou zijn voor hemzelf, maar nee. Vianello knipperde een paar keer met zijn ogen, leek bedachtzaam na te denken over zijn woorden en zei toen dat Frederique hem vergaf.

Zijn vrouw vergeeft hem! Als zijn riem niet strak rond zijn buik had gezeten, zou zijn broek zijn afgezakt. Het lijkt of zijn jarenlange ervaring de draak met hem steekt. Net nu hij de zaak kan rondbreien, ontstaat er chaos in zijn hoofd.

Hij heeft Vianello nog niet verteld dat zijn vrouw in een diepe coma ligt. Zo benoemt de arts in het ziekenhuis de situatie. Het klinkt niet hoopvol, integendeel. Frederique is niet bij kennis geweest sinds ze haar uit die graftombe hebben bevrijd en de arts zegt dat haar hersenactiviteit is afgenomen. Hij is de draad kwijt. Hij zou een paar uur willen liggen, notities maken om alles op een rijtje te zetten, maar die tijd gunt hij zichzelf niet. Een coma. Zorgwekkend, zei de arts erbij, maar dat lijkt hem een typisch voorbeeld van een pleonasme.

Vianello, de universitair geschoolde technicus, die een ingewikkeld systeem als Mose kan bedenken, leeft in een andere wereld. Zijn eigen kracht ligt in de menselijke verhoudingen. Relaties, en hoe die ontsporen. Honderden zaken heeft hij in zijn carrière voorbij zien komen. In veel van die gevallen volgde het verloop hetzelfde stramien: het gaat van kwaad tot erger. Van het een komt onvermijdelijk het ander, alsof iemand de eerste van een rij dominostenen omgooit. Dat moet ook hier het geval zijn geweest. Ook al heeft hij geen raakvlakken met deze bijzondere verdachte, hij is ook mens, met zijn zwakheden. Vianello heeft op enig onverkwikkelijk moment, in een opwelling, die huisarts een duw gegeven. Kwaad, omdat de vrouw in zijn beleving een foute diagnose heeft gesteld bij zijn kind. Of te laat. Die actie heeft iets in hem losgemaakt. Gevoelens van wraak, twee jaar opgekropt, die zich ineens in alle hevigheid lieten gelden. Na de duw in het water knapte er iets bij hem, of hij hield het hoofd koel en koos bewust voor een lugubere moordmethode. En toen de huisarts eenmaal verslagen was, lonkte slachtoffer nummer twee. Als een haai die eenmaal bloed heeft geroken en niet meer te stuiten is, aan niets anders meer kan denken dan de prooi. En drie. Zij waren immers net zo schuldig, opnieuw in zijn ogen, aan de dood van zijn dochter? Vriendin Minke was een onvoorzien volgend slachtoffer. Ze wist te veel. De inspecteur kreunt lichtjes als hij met zijn handen door zijn haar woelt. Waarom wringt dit scenario en kan hij de vinger niet leggen op wat het precies is dat hem dwarszit? Het is toch alleszins mogelijk? Vianello beaamt het zelfs! Hij zegt het niet met zoveel woorden, maar zijn vrouw vergeeft hem, wat heb je nog meer nodig?

Het wringt. Je eigen sores, oude, denkt hij. Maar die gedachte verwerpt hij onmiddellijk. Moet hij dan toch rekening houden met de mogelijkheid dat het Haagse lijk niet geïdentificeerd wordt als Minke de Pluij, is zij hun dader en is Frede riques huidige toestand geheel en al aan haarzelf te wijten? Het kan. Hij kan het niet uitsluiten, en dat steekt. Bewijzen heeft hij nodig.

Hij loopt de verhoorkamer weer in en gaat zitten. De pauze was goed. Prima. Alleen te kort. Hij heeft zijn gedachten nog niet kunnen ordenen. Wat nu? De verdachte moet niet het idee krijgen dat hij te veel onder druk staat. Hij observeert vanuit zijn ooghoeken de man tegenover hem, die afwezig lijkt en met zijn lege koffiekopje speelt, en legt een hand op Vianello's arm om zijn aandacht te trekken. 'Davide? Mag ik Davide zeggen?'

Een afwezige knik.

'Kees-Jan,' zegt hij. 'Kees is ook prima. Davide, je vrouw ligt in coma, heb ik zojuist van de arts in het ziekenhuis vernomen. Het spijt me, ik hoopte op beter nieuws. Haar conditie is verslechterd, de hersenactiviteit is afgenomen, waren de letterlijke woorden van de arts. Ik neem aan dat je graag de waarheid wilt horen.'

Vianello zwijgt.

De inspecteur buigt voorover, probeert Davides blik te vangen. 'Davide, wat wilde Frederique je vergeven?'

Vianello kijkt hem glazig aan. 'Ik zou graag even naar het toilet gaan. Me opfrissen, als dat kan. Is er al nieuws over Frederique? Over haar tante? Vertelt u mij expres niets?'

'Heb je me niet begrepen? Davide, Frederique ligt in coma. Haar toestand is zorgwekkend, zegt de arts. Begrijp je me?'

'Word ik nu afgevoerd naar de gevangenis?'

'Alles op zijn tijd, Davide. Alles op zijn tijd. Maak je niet ongerust, ik blijf hier, ik houd je op de hoogte, goed?'

Davide knikt.

'En zodra je terugkomt, wil ik dat je me alles vertelt.'

Wat moet hij hier nu van denken? Dat deze man toneelspeelt, wil er bij hem al lang niet meer in. Maar verward is hij zeker. Onder begeleiding laat hij de verdachte naar het toilet gaan en zich opfrissen. Een collega komt in zijn beste Engels melden dat de tante van het slachtoffer wakker is en dat hij haar kan spreken. Hij laat Vianello over aan de collega, geeft instructies om hem te laten rusten, intussen kan hij met mevrouw Bernique Reijmers praten. Prima. Misschien is het goed. Even afstand nemen en de verdachte tijd gunnen om de gebeurtenissen tot zich door te laten dringen. Hij hoopt dat zijn beslissing positief zal uitpakken.

Een halfuur later is hij niet veel wijzer. Mevrouw Reijmers was compleet van slag door alles wat er is gebeurd, hoewel ze erg haar best deed om te helpen. Om haar aangetrouwde neef te helpen, liever gezegd. Ze vertelde iets over brieven. Brieven die ze aan Frederique stuurde, zelfs eenmaal per week, en dat Frederique die wellicht zou hebben bewaard. Hier? Of in Nederland? Dat wist ze niet. De bejaarde dame leek verward, daarna, en hij waagt te betwijfelen of alles in de volle omvang tot haar doordrong. Ze had, samen met haar man, ooit veel moeite gedaan om Frederique zelf op te voeden, zei ze, waarna ze een onsamenhangend verhaal vertelde over een verloren pleegkindje en meer oud zeer. Blijkbaar was Frederiques moeder vaak weg, maar op dat punt barstte de vrouw in huilen uit en hij besloot haar op een later moment nogmaals op te zoeken, mocht dat nodig zijn. Hij belt zijn collega's in Den Haag. 'Het kan me niet schelen dat het midden in de nacht is en nog minder dat het Kerstmis is,' buldert hij door de telefoon, als de collega protesteert tegen de nachtelijke opdracht. 'Doe het, nu!' Hij hoopt dat de brieven werkelijk bestaan en dat ze licht in de duisternis zullen brengen. Hij stuurt ook een van de weinige collega's die op het late uur hier nog aanwezig zijn op pad om Vianello's huis desnoods op zijn kop te zetten, op zoek naar de vermeende volgepende vellen papier. Brieven. Brieven die uitsluitsel geven. Dat zou mooi zijn. Prima zelfs.

21

woensdag 9 december

Tante Bernique heeft niets in de gaten. Of ze begrijpt iets van
de omvang van mijn zwijgen en verkiest de stilte omdat ze genoeg ellende heeft gehad voor één dag. Van het centraal station
in Den Haag naar Voorschoten is amper een kwartiertje rijden,
maar de wegen in de stad zijn afgeladen en ik dwing mezelf tot
opperste concentratie om ongelukken te voorkomen die ik aan
mezelf te wijten zal hebben. Niet aan Davide denken. Concentreer je op het verkeer. De veelheid aan bewegende mensen,
fietsen en auto's om me heen maakt me nerveus. Een drietal
met muziekapparaatjes uitgedoste jongens, hun hoofden kou-
welijk weggestopt tussen de schouders, stokdoof en levens-
gevaarlijk voor hun omgeving, steken net voor mijn auto over.
Wat een totaal gestoorde gedachten spoken in mijn hoofd! Als
er zich dan per se een flits moet aandienen met bovennatuurlijke krachten, waarom dan niet meteen volledige openheid van
zaken geven? Nou? Gefascineerd kijk ik even later, wachtend
voor een rood verkeerslicht, naar een oudere vrouw. Ze draagt
een donkergekleurd joggingpak dat haar omvang helaas niet
kan verhullen, met daaronder hooggehakte, felrode laarsjes. Als
ze lacht naar de man naast haar – eveneens geen liefhebber van

Armani of Gucci – zie ik dat ze amper tanden in haar mond heeft. Verpauperend Nederland in optima forma. Venetië mag dan letterlijk wegzakken, dit land doet er in abstractere vorm niet voor onder. Nee, niet aan Davide denken, en zeker niet die idiote gedachte terughalen. Onze relatie ten einde. Dat kan niet, dat mag niet. Nog even volhouden, en dan reis ik hem achterna. Het verbaast me hoeveel mensen met een mobiele telefoon in de hand achter het stuur zitten, terwijl ik meen te weten dat er een forse boete op staat. Ergens daartussen ben ik ook nog eens ongewild getuige van een kop-staartbotsing vlak naast me. Ik trek op en rijd weg als het licht op groen springt.

'Goh, wat een klap geeft dat,' zegt mijn tante.

Ik verwacht een opmerking, dat ze me wil laten stoppen, maar ze zwijgt. Naar Venetië. Daar zal ik kunnen vergeten, beter dan dat me dat de vorige keren is gelukt in de stad van de vierhonderd bruggen. Daar moet ik weer kunnen leven, in plaats van overleven.

Als we eenmaal de drukke stad uit zijn, word ik rustiger. De verwarming in de auto doet zijn werk en ik merk dat mijn lichaam zich enigszins ontspant. Ditmaal zal ik alles uit de kast halen, daar gelukkig zijn met Davide. Ik zal er blijven als hij terug moet naar Nederland. Ik wil hier niet meer zijn, niet in dit land dat alleen maar neemt. Mijn vader, moeder, Isabelle, en nu mijn oom. Kan ik mijn tante hier alleen achterlaten? Ze kan mee, ze is er al een keer geweest en genoot toen van de stad. Ik zal het met haar bespreken, maar niet nu. Later.

'Wat vond je van de dienst?' vraagt mijn tante. 'Ik kan me voorstellen dat het niet meeviel, je komt verder nooit in de kerk dus de laatste keer moet zijn geweest toen...'

'Indrukwekkend,' val ik haar in de rede. 'Ik schrok wel van Mozarts *Requiem*, moet ik je bekennen.' Hè, waarom begin ik daar nu over. Nu loop ik alsnog het risico dat ze over Isabelle begint.

'Het verbaasde me al dat je die muziek had uitgezocht,' zegt tante Bernique.

'Uitgezocht?'

'Ja. Je hebt zelf gevraagd of die erbij mocht, op het lijstje.'

Ik observeer mijn tante even vanuit mijn ooghoeken. Haar spitse profiel, de door ouderdom uitstekende jukbeenderen. Oude mensen horen vet op hun botten te hebben, dan zie je tenminste niet tot welke vorm ze over niet al te lange tijd zullen degenereren. Ik zwijg. In dit geval ben ik er niet van overtuigd dat ik gelijk heb als ik zeg dat ik het *Requiem* nooit meer zou uitzoeken, voor welke begrafenis dan ook. Oom Henri's dood heeft me de afgelopen dagen meer doen wankelen dan ik voor mogelijk had gehouden en misschien heb ik inderdaad Mozarts laatste compositie zelf uitgezocht.

Eindelijk, we zijn er.

Ik loop met tante mee, haar huis in. Nog steeds, na al die jaren, voelt het bijna als thuiskomen. Zelfs de geur van hout en sigaren in de kamer is onveranderd en brengt herinneringen naar boven aan avonden in pyjama voor de tv, op de bank naast oom Henri voor *Ti-Ta-Tovenaar*. Aan middagen oefenen op die ene moeilijke etude, die een vingervlugheid behoefde die ik nog niet bezat. Het is er aangenaam, dankzij een behulpzame buurman die de ouderwetse houtkachel alvast heeft opgestookt, en ik sta een tijdje besluiteloos warm te worden met mijn billen bijna tegen de kachel gedrukt terwijl ik mijn tante in de keuken hoor rommelen. Thee. Het antwoord op alle problemen. Thee en koekjes. De hitte dringt door mijn zwarte, wollen jurk heen en ik besef dat ik in de fik kan vliegen als ik nog langer zo blijf staan. Dan nog kost het me minuten voor ik de daad bij het woord voeg en naar de tafel loop. Zoveel onbekende en oude mensen als ik heb gezien en de hand heb geschud, vandaag, het duizelt me. Ze kenden me stuk voor stuk bij naam.

Bij een concert vind ik dat logisch, op een dag als vandaag eigenlijk niet. Davide. Ik moet naar hem toe. Hoe kan ik in vredesnaam functioneren met een verontrustende gedachte waarvan ik nu al weet dat die me zal bezighouden? Waar ik op zal kauwen, die me wakker zal houden of zal ontaarden in een nachtmerrie waar ik zwetend uit zal opschrikken?

We ontwijken allebei de immens lege stoel waarin oom Henri zat of lag, sinds de tijd dat hij zich, aanvankelijk met tegenzin, overgaf aan een middagdutje. Een donkerbruine, leren stoel die met een druk op de knop kan worden omgetoverd tot een ligstoel. Hij sliep erin, keek tv, en las de krant, meestal met potlood en papier binnen handbereik om aantekeningen te maken als iets in het nieuws hem aanstond, of juist helemaal niet. Vervolgens ging hij daar zijn commentaar op geven. Dan zat hij in diezelfde stoel en schreef zijn blocnotevellen vol, met driftige, felle uithalen. Hij sprak niet altijd over wat hem bezighield, maar zijn stukjes mocht ik lezen, al snapte ik er in het begin niets van. Later begreep ik dat hij zich inzette voor verbetering van het onderwijs, een missie die hem de laatste jaren nogal verbitterd had gemaakt, omdat hij het aan alle kanten zag afbrokkelen. Soms dacht ik dat zijn vingers jeukten om weer voor de klas te gaan staan om de kwaliteit persoonlijk op te krikken. De onbekendste essayist van ons land, noemde ik hem wel eens, omdat ik vond dat hij een titel verdiende.

Op het dressoir staan een tiental foto's. Een trouwfoto van oom Henri en tante Bernique, een van mijn moeder waarop ze donker de camera in kijkt, van ma en tante samen, en ook mijn leven ontbreekt niet. Ik ben zelfs ruim vertegenwoordigd, met een foto als baby en als peuter, in een poging de toetsen van de piano te vernielen, en ik zie ook een foto van mezelf als kind, ik schat van een jaar of zeven, terwijl ik viool speel. Mijn bolle kindertoet in een serieuze blik, zichtbaar in opperste concentratie. Zou mijn tante die ene foto nog hebben, van de peuter in hun armen? De foto die zo ineens weg was? Als we even later met thee en koekjes op de bank zitten, wint mijn nieuwsgierigheid het van mijn overtuiging dat ik oud zeer zal oprakelen, iets waar mijn tante nu niet op zit te wachten. 'Er is iets wat ik je altijd nog heb willen vragen.'

'Ja?'

'Die foto in jullie kamer. Je zei dat het een foto van mij was, als peuter in jouw armen, maar ik geloofde je niet. Alleen durfde ik er nooit meer naar te vragen.'

Tante Bernique kijkt me aan. Ik kan haar blik niet peilen, maar het is even stil, en ik heb al spijt van mijn vraag. Herinner ik haar op deze zwarte dag aan iets waar ze nooit over wil praten?

'Weet je dat echt niet?'

Ik schud mijn hoofd. Ze zegt het op een manier dat ik me afvraag of ik me schuldig moet voelen omdat ik iets belangrijks ben vergeten.

'Toen je er ooit naar vroeg, was je moeder erbij en wilde ik geen oude wonden openrijten,' zegt mijn tante. 'Ik heb altijd gedacht dat je het wel wist, dat jij en je moeder erover hadden gepraat, samen, maar dat je daar niets over zei omdat je me niet wilde kwetsen.'

'Kwetsen? Waarmee? Ik begrijp er niets van.'

'Oom Henri en ik hadden eindelijk, na jaren van hopen en wachten, een pleegkindje toegewezen gekregen. Een meisje, ze was net twee geweest.'

'Hoe oud was ik toen?'

'Je was zes jaar, denk ik. Ja, dat zal kloppen. Het was ongeveer een jaar nadat je vader, eh, nadat je vader...'

'Was overleden.'

Ze knikt. 'We hadden haar een paar weken in huis toen er iemand van het bureau kwam kijken hoe het met haar ging.

Met Maartje.' Mijn tante neemt een slok thee en ik doe net alsof ik niet merk dat ze iets moet wegslikken. Maartje? Een pleegkind? 'De vrouw was erbij op het moment dat ik Maartje verschoonde en ze zag blauwe plekken op haar mollige armpjes.'

'Blauwe plekken?'

'Ja. Eh, dat wil zeggen...' Mijn tante aarzelt, verschuilt zich opnieuw achter haar thee.

Wat wil ze me in godsnaam vertellen? Heeft ze dat kind mishandeld? 'Jullie waren op dat moment al een week bij ons. Jij, en je moeder. De verantwoordelijke instantie nam het hoog op en besloot Maartje bij ons weg te halen. We hebben hemel en aarde bewogen om haar terug te krijgen... helaas, tevergeefs.'

'Waarom?' Ik weet het antwoord ineens, door de manier waarop ze me aankijkt. Die verontschuldigende blik. Hoe kon ik ook maar één moment denken dat mijn tante iemand een haar zou krenken. Mijn tante, de verpersoonlijking van God op aarde.

'Ze dachten dat je moeder... nou ja, je weet het. Ze was toen net een maand of twee opgenomen geweest. Voor de tweede keer, sinds je vader stierf. Je moeder zweeg toen ik haar ermee confronteerde...'

Ik sta abrupt op, vergetend dat ik mijn halfvolle theekopje op schoot heb staan. Het porselein breekt gelukkig niet op de hoogpolige vloerbedekking, maar de thee veroorzaakt onmiddellijk een vieze, natte vlek op het lichtbeige tapijt. Ik pak een handdoek in de keuken en dep het vocht.

'Ik maak het straks wel schoon,' zegt mijn tante. 'Het geeft niets, de vloerbedekking is oud, net als ik.'

'Maar jullie moeten allebei nog jaren mee.'

Ze glimlacht en legt een hand op mijn arm. 'Het spijt me,' zegt ze, 'je vroeg ernaar. Henri wilde er nooit meer over praten, maar ik, ik had graag zekerheid gewild, begrijp je?' Ze kijkt me vragend aan.

Ik voel me verward. 'Heb je ooit nog iets... iets van haar vernomen?'

'Van Maartje?' Haar grimas oogt zuur. 'Nee. We mochten geen enkel contact meer zoeken, nooit. Ik hoop dat ze snel in een goed gezin terecht is gekomen waar ze gelukkig is geworden.'

'Waarom... waarom wist ik daar niets van?'

'Je was nog zo jong. Je hebt Maartje wel gezien, je was gek op haar en noemde haar je zusje. We hoorden je hele verhalen aan haar vertellen als ze in haar bedje lag. Weet je daar niets meer van?'

Ik schud mijn hoofd. Traag. En dan ineens treft het me als een bliksemflits, gevolgd door een oorverdovende knal. Ze zegt wel dat mijn moeder verantwoordelijk was voor die blauwe plekken, maar ze denkt dat ik het was. Ik! Hoe kan ze! Tegelijkertijd zie ik flarden van beelden, als vogels die even in je blikveld vliegen, een paar vreemde capriolen uithalen en vervolgens verdwenen zijn voor je het in de gaten hebt. Ik zie mezelf, zittend naast een meisje met wijd opengesperde ogen, op haar ledikant met een roze deken. Ik omhels haar. Zie je wel, niets aan de hand. Andere beelden tonen zich vaag, verdwijnen weer. Mijn moeder, met een apathische blik in haar ogen. Mijn tante, huilend. Het lukt me niet de schimmen vast te houden en ik merk dat ik me ertegen verzet. Niet nu, niet hier in deze kamer waar de sigarenrook van oom Henri nog bijna tastbaar aanwezig is. Ik moet hierover nadenken, straks, als ik alleen ben. Maartje. Blauwe plekken. Wat een onverteerbaar drama moet dit voor mijn oom en tante zijn geweest. Ik voel hoofdpijn opkomen. Wat gebeurt er toch? Het is deze dag, deze onmogelijke dag. Met een ongewild afscheid van Davide en een tante die herinneringen oproept die ik niet wil inkleuren. Mijn moeder. Nee.

Frederique – 27 jaar

Nadat Frederique was afgestudeerd aan het conservatorium nam ze volop deel aan talentenjachten en alle mogelijke competities. Voor een beurs om in het buitenland te studeren, voor een plaats in een orkest, voor het winnen van een podiumplek. Haar moeder zat steevast op de eerste rij, de ogen verwachtingsvol omhoog gericht, om een illusie armer weer huiswaarts te keren. Frederique bezat alle ingrediënten voor wereldsucces, werd er gezegd, maar als het erop aankwam, kozen de juryleden een ander. Als reden kreeg ze te horen dat ze soms verkrampte, zodat haar spel ineens inboette aan kwaliteit. Ze hadden gelijk, en het lukte haar niet om het euvel op te lossen, dat was misschien nog wel het meest frustrerend. Of haar moeder nu wel of niet meebewoog op de maat van de muziek of er net naast, dat maakte geen verschil. O, ze heeft haar moeder verwenst, vervloekt zelfs, na dat mislukte optreden in het Concertgebouw. Ze wilde bij een volgende kans op een podiumplek dat haar moeder thuis bleef, iets wat ma veel verdriet deed. Maar het maakte geen verschil. Ze bleef verkrampen, op onverwachte momenten. Of ze nu met pressie speelde of niet, in de beginfase of richting einde koerste, het gebeurde. Ma was er nog enkele keren getuige van, tot ze de afgang voor haar moeders ogen te gênant vond en alleen op pad ging. Het resultaat bleef hetzelfde. 'Nee, en bedankt voor je komst.'

Er werd thuis steeds minder over gepraat, en de laatste jaren laat ze de aankondigingen van competities meestal langs zich heen gaan. Ze probeert zich staande te houden, voelt zich alsof ze in een vacuüm terecht is gekomen. Keer op keer neemt ze zich voor haar leven een andere wending te geven. Zich in te gaan spannen voor een baan als docent aan het conservatorium, zodat ze tenminste nog enig respect zal afdwingen. Maar op het moment dat ze voor het imponerende gebouw staat, begint ze te beven en keert ze om.

Vanmiddag heeft ze gewerkt, ze heeft een baan in de grootste platenzaak van Den Haag. Parttime, anders houdt ze geen tijd over om te spelen. Dat doet ze voornamelijk thuis, en in mindere mate in tweederangs zaaltjes, waar ze soms wordt uitgenodigd om haar kunsten te vertonen bij een bijzondere gelegenheid. Voor een habbekrats en reiskostenvergoeding, luidt de afspraak meestal.

Het doet pijn dat ze het grote podium niet kan halen en dat ze zelfs niet genoeg verdient met haar muziek om zich een eigen huisje te kunnen veroorloven. De behoefte om zich in haar eigen, kleine wereld terug te trekken groeit. Ze voelt zich gelukkig als ze 's avonds alleen op haar kamer is met haar viool. Dan speelt ze de sterren van de hemel en droomt ze hoe het moet voelen om beroemd te zijn, om volle zalen in beroering achter te laten als ze het podium met opgeheven hoofd verlaat. Ze heeft even aan de zoete smaak van succes geproefd, maar te kort om zich die nog goed te herinneren, en als ze het op enig moment probeert, volgt er altijd een bittere nasmaak. Thuis betekent tegenwoordig de zolderkamer bij haar tante en oom in huis, waar ook ma woont. Ze kon niet eeuwig op haar studentenkamer blij-

ven hangen en ze voelde zich er al snel te oud en ongemakkelijk, tussen al die groentjes met hun verwachtingsvolle blikken.

Vanavond moet ze naar een feestje.

'Trek je dát aan?' vraagt haar moeder. 'En waarom steek je je
haren niet op, dat staat je veel mooier.'

'Wat is er mis met mijn spijkerbroek?'

'Niets, maar lieve schat, als je wilt dat leuke mannen je een
tweede blik waardig keuren, dan vind ik het geen gelukkige
keuze. En je hebt van die chique jurkjes, die ene, weet je wel,
die zwarte met dat rode topje?'

'Die was voor het optreden in Waalwijk.'

Haar moeder zucht, en rolt met haar ogen. Nogal overdreven.
Daar is ze goed in, alsof ze in feite wil zeggen: 'Ach ja, die optredens van jou, doe die maar in je spijkerbroek.' Dat zou ze
nooit hardop zeggen, maar daar zou ze misschien nog beter
tegen kunnen. Waar bemoeit ze zich nu weer mee? Ze moet verdorie naar een vrijgezellenfeestje. Iedereen wordt geacht in spijkerbroek te komen, met rood T-shirt, en ze krijgen ter plekke iets
voor eroverheen, of in het haar, ze weet het niet, maar haar collega van de afdeling 'Nederlandstalig' gniffelde verdacht. Ene
Leonie. Met een ringetje in haar neus en een tattoo op haar arm,
die ze trots aan elke klant laat zien. Ze wil het haar moeder uitleggen, maar bespaart zich dan de moeite.

'Zeg, ik heb vanmiddag in de krant gelezen dat er volgende
week een open podium voor talenten in klassieke muziek is in
Utrecht. Ik geloof in Vredenburg. Heb je je opgegeven?'

'Nee.'

'Waarom niet?'

'Ma!'

'Je moet volhouden, oefenen, ik heb toch al die jaren niet voor
niets zo mijn best gedaan voor je?'

Ma, haar best gedaan voor haar? Haar gepusht, zal ze bedoe-
len. Ze houdt zich opnieuw in. Niet meegaan in het klagen. Ze

heeft een hekel aan deze stemming van haar moeder. Toege-
geven, de uitgelaten jubelstemming die ze bij tijd en wijle kan
hebben, daar is ook niet mee om te gaan, maar daar kan ze in
ieder geval achteraf om lachen. Waarom zijn haar oom en tante
nu allebei weg? 'Ik moet gaan. Ze wachten op me.'

'Wie?'

'Mijn collega's. Het feestje, dat heb ik je verteld.'

'O ja. Dat feestje. Met die imbeciele collega's van je. Ik begrijp niet dat je daar je tijd aan verspilt. Vandaar ook die spijkerbroek en dat losse haar, je past je aan. Ik vind het wel een kleur
om hoofdpijn van te krijgen, dat T-shirt van je.'

'Nu moet je ophouden! Heb je de laatste tijd zelf wel eens in
de spiegel gekeken? Een beetje kleur zou jou ook niet misstaan.'

'W-wat?'

'Nee, niks. Laat maar. Het is goed, ik ga gewoon een avondje
uit.'

'Zie ik er zo slecht uit?' Haar moeder springt overeind van de
bank.

'Nee-ee, valt wel mee. Rustig nou maar. Ga lekker zitten, straks
komen de anderen weer thuis. Ik ben weg.'

Met een klap valt de deur achter haar dicht. Opgelucht haalt
ze adem. In ieder geval geen avond met haar moeder alleen,
zodat ze zich uiteindelijk weer dat kind van dertien zal voelen
dat niets goed kan doen in mama's ogen, in plaats van de zeven-
entwintigjarige jonge vrouw die ze is. Er moet iets gebeuren. Ze
kan er niet meer naar luisteren, naar die zogenaamd goede be-
doelingen die haar ongewild door de strot worden geduwd. Dan
moet ze maar een eigen stek zoeken, is haar moeders reactie, en
daar heeft ze feitelijk gelijk in.

Een kwartiertje met de auto en dan is ze in het bruisende centrum van Den Haag. Ze loopt haar favoriete bar binnen, bestelt
een glas cognac en loopt naar het achterste deel van het café,

waar het te donker is om gezichten te onderscheiden. 'Doe maar twee lijntjes, Jeff.'

'Zo? Twee in plaats van één? Iets te vieren? Heb je eindelijk die job als eh, wat was het ook weer? Gitarist?'

'Zoiets. Geef nou maar.'

'Rustig maar. Als jij het podium nog op moet, zou ik een keer ophouden met snuiven, dame.'

Iets te vieren. Alsof je dan die troep nodig hebt. Want dat het troep is, dat realiseert ze zich heus wel. Dom is ze evengoed, dat ze het gebruikt. Maar zodra ze haar weg vindt in de muziek, zal ze er onmiddellijk mee stoppen. Ze ontmoet Rudi. Rudi en de rest verstaat ze niet, met haren langer dan die van haarzelf, een wazige glimlach en een nog waziger leven. Zoiets als dat van haar. Ze twijfelt of ze met hem mee zal gaan, tot een laatste vezel trots in haar lijf beslist dat ze naar huis zal gaan. Onderweg moet ze de auto aan de kant zetten om haar maag te legen, helaas voelt ze zich daarna nog net zo dizzy. Als ze haar straat inrijdt, schrikt ze. Ziet ze dat goed? Ze knippert een paar keer met haar ogen, en dan veranderen de wazige blauwe vlekken inderdaad in uniformen. Politie voor de deur. Eén keer is ze aangehouden. Vorige maand. Gelukkig trof ze een agent die meer geïnteresseerd was in de kroeg waar ze was geweest, en of ze daar vaker zou komen, dan in het alcoholgehalte in haar bloed. Een tweede keer zal ze niet zo fortuinlijk zijn, vreest ze. Ze stapt uit, terwijl een van de agenten al op haar afloopt.

'Is er iets?' vraagt ze zo nonchalant mogelijk.

'Bent u mevrouw Van Ostende?'

'Jazeker.' Ze wil een grapje maken, maar beseft dat ze beter haar mond kan houden. De agent kijkt te serieus. Deze zal haar niet vragen naar welke kroeg ze is geweest.

'Uw moeder is net naar het ziekenhuis gebracht. Naar het Academisch Ziekenhuis in Leiden. Wij hebben opdracht om u...'

'Wat?' Ma naar het ziekenhuis? 'Is... hoe...'

'Ze heeft waarschijnlijk een hartaanval gehad en op het nippertje de telefoon kunnen pakken. We reden net onze patrouille toen we zagen dat ambulancemedewerkers de voordeur forceerden in een poging binnen te komen. Op verzoek van mevrouws zus en zwager hebben wij op u gewacht, zij zijn met hun auto achter de ambulance aan gereden en vroegen of wij...'

Ze bedenkt zich geen seconde en rent terug naar haar auto.

'Wacht! Wij moeten u...'

Ze hoort niet wat ze moeten. Geen tijd. Als een dolle stuurt ze haar auto de weg op. Het is mistig, op sommige plekken. In haar hoofd, ja, maar ook op de weg. Flarden van vroeger, van haarzelf als kind, spoken door haar hoofd. Haar vader, op die zolder. Moeder, die niets liever deed dan haar in chique jurkjes steken en 's avonds haar haren borstelen tot ze glommen. Ma... De mist wordt dikker. Verraderlijke brokken niemandsland waar ze voorgoed in zou willen verdwijnen. Waarom gaat die oude bak niet harder? Verdomme. Ze had thuis moeten blijven. Had ze die stomme smoes over dat feestje maar niet verteld en ma op de kast gejaagd. Ze weet hoe haar moeder reageert op kritiek. Harder, kom, ze moet opschieten. Waar het gevoel vandaan komt, weet ze niet, maar ze weet zeker dat elke minuut telt.

En dan, in een fractie van een seconde, voelt ze dat het misgaat. Het gebeurt voor ze kan reageren. Of ze even ergens anders naar heeft gekeken – in haar achteruitkijkspiegel? Reed er een auto achter haar? – weet ze niet. Maar ze merkt hoe de wielen van haar auto hun eigen gang gaan, hoe ze de macht verliest over het stuur. Twee wielen in de berm. Ze rukt aan het stuur, weg van de bomen langs de kant. Het lukt niet... het lukt niet... o god... ze sluit haar ogen. Waar blijft het leven, dat aan haar voorbij moet flitsen?

22

woensdag 9 december

Aan het einde van een donkere, gure dag die dat ook midden in de zomer zou zijn geweest, zit ik uiteindelijk alleen in mijn woonkamer wezenloos voor me uit te staren. Mijn tante wilde niet dat ik zou blijven, ze zou eraan moeten wennen alleen te zijn, dus dan maar onmiddellijk door de zure appel heen bijten, zei ze. 'Weet je het zeker? Je past toch wel goed op jezelf?' wilde ik weten. Ze wist het zeker en ja, ze zou goed op zichzelf passen. Ik beloofde haar hetzelfde te doen en snel te bellen. Ik was blij dat ze me niet vroeg te blijven. De behoefte om weg te gaan uit dat huis vol verdriet werd onbeheersbaar na mijn tantes verhaal over een zogenaamde dochter die geen dochter was. Ik weet niet wat ik ermee moet, maar één ding weet ik wel. Ze is sterker dan ik, en ook veel sterker dan mijn eigen moeder ooit is geweest. Na het verhaal dat ze me heeft verteld, ben ik daar nog meer van overtuigd dan ik al was. Ik hijs mezelf van de bank, slik een extra tabletje weg met water en neem me net voor Davides advies op te volgen en het bad vol te laten lopen als Minke voor de deur staat met een fles wijn.

'Ik dacht, je kunt wel een vriend gebruiken,' zegt ze, de fles omhooghoudend.

'Dat is lief van je.'

Pas als we hebben geproost 'op het leven dan maar', merk ik dat ik trek heb. Ik heb nooit begrepen dat iemand na een begrafenis een broodje kan eten, en ook ditmaal is het me niet gelukt zo'n gladde bol aan te raken. De handen die het mes erin hebben gezet, de plakjes kaas en ham erop hebben gelegd, zijn dezelfde handen die kort daarvoor misschien het colbert van de dode nog even recht hebben getrokken. Ik zie het voor me, en voor zover ik dan al zin had in eten, vergaat me die lust onmiddellijk.

'De dienst was mooi,' zegt Minke. 'Heel ingetogen, en wat knap van je tante dat ze het kon opbrengen iets over haar man te zeggen.'

'Oom Henri had gezegd dat hij graag wilde dat ze de mensen zou bedanken voor hun komst.'

'Mooi dat hij zo vredig is ingeslapen ook.'

In gedachten hoor ik de rochelende geluiden uit mijn ooms keel terwijl hij zijn armen hulpeloos naar me uitstrekt in een poging overeind te komen, onwillig de doodsstrijd op te geven. 'Ja,' zeg ik. 'Vredig, dat is precies het goede woord. Heb jij ook zin in een broodje oude kaas met pesto?'

Minke loopt met me mee naar de keuken en ik vertel haar aarzelend mijn tantes verhaal over Maartje. Over het kind voor wie ze mochten zorgen en dat hen daarna zo cru weer was ontnomen. En dat tante Bernique mijn moeder daarvoor verantwoordelijk achtte, tenminste, dat zei ze, maar dat ik iets anders vermoedde. 'Ik vond het zo raar, op het moment dat ze het vertelde leek mijn geheugen zich ineens te vullen met flarden herinneringen. Dat ik Maartje heb gezien, haar verhaaltjes heb voorgelezen en...'

'Raar? Nee hoor. Je herinnert je toch lang niet alles van voor je tiende jaar? En zelfs daarna blijft het geheugen een gatenkaas. De stomste dingen herinner je je soms, terwijl belangrijke

zaken aan je voorbij gaan. Wanneer had ik dat toch ook weer...
o ja, afgelopen voorjaar. Ik liep langs groene weilanden, tot er
ineens een tussen zat die vol stond met paardenbloemen. Heel
bijzonder, alleen dat ene weiland, en ook precies tot aan de afscheiding. Dat ligt aan de grond, natuurlijk, maar dat beeld
deed me aan iets denken, iets van vroeger, ik wist alleen niet
wat. Toen ik het later aan mijn moeder voorlegde, zei ze dat ik
vroeger panisch werd als ik een groot geel vlak zag. Dat herinner ik me dus helemaal niet, en ik heb geen idee waarom ik
bang was voor een stom geel vlak.'

'Mmm, lekker,' zeg ik, als ik een hap van mijn broodje heb
genomen en we ons in de kamer weer op de bank laten vallen.
'Je hebt gelijk, je vergeet alleen onze fantasie. Déjà vu, onze dromen, het brein haalt soms toch rare dingen met ons uit, hoor.
Proost! Fijn dat je er bent.' Ineens begin ik te beven. Ik kan me
niet beheersen, zelfs het klapperen van mijn tanden kan ik niet
onder controle krijgen. Minke houdt me stevig vast. Troosten-
de armen om me heen. 'Het is... allemaal... zo...'

'Ik snap het wel,' zegt ze zachtjes. 'Alles van twee jaar geleden kwam natuurlijk weer boven de afgelopen dagen. Rustig
maar, het gaat zo vanzelf weer over. Ik weet het, ik heb hetzelfde meegemaakt toen mijn vader stierf.'

Als Minke weg is, laat ik alsnog het bad vollopen. Haar spon-
tane aanwezigheid gaf me tijdelijk energie, maar nu de wijnfles
in de tas met afvalglas ligt, lijkt het alsof ik ineens een dubbele
dosis stilte voor mijn kiezen krijg. Ik zet de cd-speler aan en leg
er een schijfje van Mozart in. De stilte maakt plaats voor een
vioolconcert en even later lig ik in bad, bedekt door een dikke
laag schuim. Naast me, op het handdoekplateau, liggen een sigaret en een aansteker, ernaast staat een groot cognacglas. Mijn
overlevingspakketje.

Niet gespeeld vandaag. Gisteren ook al niet. Drie repetities gemist, zelfs. Mijn schouder profiteert van de ongeplande rust, maar ik maak me ernstig zorgen over kwaliteitsverlies en voel me schuldig. Zoveel mensen die veel geld betalen voor een toegangskaartje, wat als ik niet optimaal zal presteren? Wat als de kranten me met de grond gelijkmaken? Ik heb het ooit meegemaakt, als beginnend en uitzonderlijk talentvol beschouwd kunstenaar. O shit, nee, niet nu het *Requiem*! Heb ik die cd opgezet? Na de eerste tonen wil ik impulsief uit bad springen en een einde maken aan de muziek, maar ik bedenk me. Eigenlijk is het wel toepasselijk. Terwijl de sopraansolo en de tenoren elkaar afwisselen, laat ik een slok cognac in mijn keel glijden en voel hoe de alcohol mijn slokdarm in brand zet. *Quantus tremor est futurus, quando Judex est venturus*. Welk een angst zal er zijn als de Rechter zal komen. Ik sluit mijn ogen, druk met mijn vingers mijn oren dicht en laat me dieper in het bad zakken tot mijn hoofd onder water is. Opnieuw stilte, maar nu anders. Stilte die dichtbij is, zwart. Hoe zou het zijn als ik me nu niet meer beweeg? Ik voel het bloed door mijn hoofd suizen. Ik ben altijd bang geweest voor de duistere diepte van water. Wat zich onder dat oppervlak niet allemaal schuil kan houden! Zelfs een zwembad vond ik eng, omdat ik nooit het gehele wateroppervlak tegelijk kon zien. Wat als ik er in het ondiepe in zou gaan en aan de andere kant zou iets zich aangetrokken voelen tot mijn onhandig manoeuvrerende benen? Ik was er altijd van overtuigd dat er dan, op een onverwacht moment, iets glads... Proestend en met een heftig bonkend hart kom ik weer boven water. Het instinct is sterker dan ik zelf ben. Niet dat ik daaraan twijfelde. Ik heb vaker geprobeerd mijn instinct de baas te worden en dat is nooit gelukt. Het is een zonde, een doodzonde, volgens mijn tante. *Juste, Judex ultionis, donum fac remissionis ante diem rationis*. Rechter der gerechte wrake, schenk mij vergiffenis voor de dag des oordeels. Het koor zingt het, maar ik hoor het mijn tante ook nog zo zeggen. Ze hield vroeger van die

Latijnse, mysterieuze woorden, die ze voor het eten fluisterde, de handen gevouwen, terwijl ik stiekem mijn ogen opendeed en alvast een patatje in mijn mond stopte. De hitte van het water is eindelijk doorgedrongen tot elke vezel in mijn lijf, ik krijg het heet en als ik er zo uitga, zal ik een kwartier doorzweten. Ik geniet ervan. Ik laat nog wat heet water in het bad stromen en creëer nieuw badschuim door een harde straal van de douchekop. Na koud tot op het bot is dit pure verwennerij, en de door het vocht geribbelde huid van mijn vingers voelt grappig aan. Het koor zet het *Ave Verum Corpus* in. Ik heb geen idee welke cd ik heb uitgezocht, maar de vreemde combinatie van Mozarts werken verraadt een soort 'best of' cd, iets waar ik gruwelijk de pest aan heb. Voor nu moet ik het ermee doen, de wil ontbreekt om mijn warme water te verlaten, en in plaats daarvan steek ik de sigaret op. Ik inhaleer, alvast genietend van het kalmerende, zweverige effect dat er hopelijk snel op volgt. Even de ogen dicht en de vrolijke stofjes hun werk laten doen. Ik herinner me Isabelles vierde verjaardag. Wat zag ze er mooi uit, mijn meisje, in haar roze jurkje en met die donkerrode strik in haar haren. Ik hoefde 's middags om vier uur pas weg voor een optreden ergens in het land, en ik heb haar weggebracht naar school. Haar allereerste echte schooldag, want de peuterzaal vond ze toch maar kinderachtig. Apetrots was ze. Eindelijk groot genoeg. Ik weet nog dat ik dacht: kind, waarom wil je zo snel, de tijd vliegt al zo hard, blijf alsjeblieft nog even zo mollig, stel die groeispurt uit zolang je kunt. In een fractie van een seconde kan je zorgeloze leven een dramatische wending nemen, geloof me maar. 'Op jouw leeftijd had ik nog een jaar, lieve schat, toen werd ineens alles anders,' zeg ik, terwijl ik een slok van mijn cognac neem. Nog een keer diep inhaleren en dan leg ik mijn droge rechterhand met de sigaret erin over de badrand. Het zou jammer zijn als vocht mijn pret bederft. De kleuren in het schuim flikkeren als kerstlampjes, het is een bont spektakel in blauw, geel en rood, allemaal mini-regenbogen in mijn bad. Stuk voor stuk verdwijnen ze. Pats, weer eentje weg. Wie heeft ooit bedacht dat er een pot goud aan het einde van de regenboog te vinden zou zijn? De dingen die ze je laten geloven, als kind, werkelijk stuitend. Zo'n Sinterklaas! Pats, pats, ze verdwijnen in een moordend tempo, die ieniemienie vrolijke stipjes. Krijgen we ook nog de aria 'Non so più cosa son cosa faccio' waarin Cherubino zijn prille liefde betuigt. Uit *Le Nozze di Figaro*, natuurlijk. Mozart. De oude meester die mij de afgelopen twee jaar overeind heeft gehouden. Die eigenlijk mijn leven lang, sinds ik de muziek ontdekte, de vaste grond onder mijn voeten betekent. Symbolisch gezien dan, natuurlijk, niet dat ik letterlijk boven op hem sta! Als ik dat armengraf in Wenen zou vinden, waarin hij ligt, en de grond zou loswroeten... de stank ervan zou me... Stank? Allemachtig! Ik schiet overeind. Rook! Wat... Shit, mijn sigaret. Op de grond, en de badmat staat flink in de fik, ik zie dat er ook al wat vlammen aan het houten kastje onder de spiegel likken. Shit, shit. Ik sta op, maar doe dat te snel, en duizelig laat ik me op de rand van het bad zakken. Onhandig trek ik de handdouche uit de muursteun, zet de kraan aan en sproei water op de grond. Het vuur geeft zich niet onmiddellijk gewonnen, maar na een paar minuten geloof ik dat ik het sein 'brand meester' kan geven. Ik grinnik. Het instinct heeft weer gewonnen.

De volgende dag ben ik een wrak. Ik lig tot drie uur 's middags in bed, laat de telefoon rinkelen en doe alsof het geen dag is, ik niet eindelijk mijn repetities moet gaan bijwonen en de organisatie van het vioolconcours nodig gerust moet stellen. Ik negeer zelfs tweemaal de voordeurbel. Als ik eindelijk uit bed stap – noodgedwongen, want ik kan een toiletbezoek echt niet langer uitstellen – is het meeste licht van de dag alweer verdwenen. Door een spleet in het gordijn constateer ik dat het motregent. Het sombere weer past bij mijn stemming en ik besluit alsnog het gemis van de dag goed te maken. Ik neem een douche, trek een beige jurk aan waarvan Davide zegt dat die me flatteert, steek mijn haren op en maak me nog zorgvuldiger op dan ik anders altijd al doe, zodat ik er beter uitzie dan ik me voel. De badmat bij het grof vuil, en dan is het bewijs van een avond waar ik niet trots op ben bijna weggemoffeld. Ik zet het raampje van de badkamer open, zodat de vage brandlucht die er nog hangt plaats kan maken voor frisse decembergeuren, en ik ben van mening dat de schade aan het kastje te verwaarlozen is. Davide zal het zeker opmerken, maar hij zit in Venetië, dus is het verzinnen van een smoes allesbehalve actueel. Wie dan leeft...

23

vrijdag 18 december

Achter de schermen is het een drukte van belang. Nog één concert. De laatste dag van het vioolconcours in mijn stad. Den Haag. Ik leef al drie dagen in een roes, maar ik geniet van de verslavende werking van een evenement als dit, ondanks mijn slechte voorbereiding. Misschien had ik me terug moeten trekken, maar toen ik dat voorzichtig voorstelde aan Marjon, de zakelijk leider van het concours, ontketende ik zo'n paniekreactie dat ik haar onmiddellijk heb gerustgesteld. 'Ik zal spelen,' zei ik, 'ik vertrouw op mijn ervaring.'

Ik geloof dat ik dat inderdaad mocht doen. Het concours is een groot succes. De bezoekersaantallen overtreffen die van vorig jaar en de recensies in de dagbladen zijn unaniem lovend over het verrassende aanbod van nieuw talent en gevestigde namen. Godzijdank. Het concours leunt niet meer op mijn kwaliteit en dat is een geruststellende gedachte. Het weer werkt ook mee, na weken van regen en gure wind is het zwerk helderblauw, schijnt de zon en is het windstil. Het vriest en zoals vaak levert dat kalm weer op. De helderheid van buiten voel ik ook in mezelf. Sinds de start van het concours heb ik geen pillen meer geslikt en soms lijken de dagen van het afscheid van oom Henri slechts een nachtmerrie te zijn geweest. Helaas is dat niet het geval. Ik hoef maar naar mijn tante te kijken om dat zeker te weten. Ze zit op de eerste rij. Bleek, en haar lach is gemaakt, maar ze is er. Twee van mijn eerdere concerten in de afgelopen dagen heeft ze bijgewoond, en ik tref de laatste voorbereidingen om over een paar minuten de grande finale in te luiden. Een paar toonladdertjes, mascara controleren, naar het toilet.

Door mijn dagen afwezigheid vanwege mijn ziekte en oom Henri's overlijden heb ik weinig kunnen repeteren, aan de andere kant heeft mijn schouder kunnen profiteren van de lichamelijke rust. Dat hoopte ik althans. Gisteren begon het gezeur weer, en toen ik vanmorgen opstond, flitsten er pijnlijke steken doorheen. Als ik nu mijn arm de lucht in wil strekken, is dat pijnlijk. Ik roep voor één keer elke denkbare god op om me door het laatste concert te slepen.

Samen met de andere musici word ik koninklijk onthaald, met een staande ovatie. Kom op, Isabelle, fluister ik in mezelf. We gaan ze helemaal plat spelen, vanavond. Ons eerste stuk is van Vivaldi, zijn dubbelconcert in a-mineur. Zodra de eerste klanken van het 'Allegro molto' de zaal in dansen, voel ik dat ik leef, op een intense manier die niet te beschrijven is. Isabelle zit naast me en lacht, haar kinderlijk blije, zich van geen kwaad bewuste lach. Ze speelt voor dirigent, met haar duim en wijsvinger tegen elkaar aan gedrukt zwaait ze haar kleine arm in de lucht, perfect op de maat van de muziek. Mijn meisje is muzikaal, ze voelt precies aan waar ze kracht moet zetten, en waar ze moet inhouden. Bij Bachs concert voor drie violen in C-majeur vergeet ik de omgeving om me heen en laten we de muziek ons verhaal vertellen. Bij Bach hoef ik me niet te buiten te gaan aan romantische vingerzettingen of persoonlijke interpretaties. Bachs muziek wil geen individuele expressie, daarvoor is die te universeel en dat is juist de kracht van zijn werk. De sfeer blijft ook bij dit stuk constant, geheel in stijl, zonder een contrast dat kan zorgen voor plotselinge spanning of kwetsbaarheid. Bach gaat over tijdloze liefde, niet over een persoonlijke emotie. Het is niet mijn favoriete werk aller tijden, maar ik had ook niet graag vertoefd in een wereld zonder Bach. Ik merk dat het goed gaat. Ik geniet, ik leef, ik speel.

Maar dan, bij het Vierde Brandenburgse Concert in G-majeur, gaat het mis. Pijnlijke steken, meteen al bij het eerste deel. Hoewel de blokfluiten een belangrijk aandeel hebben in het 'Allegro', is ook de vioolpartij aanzienlijk. Het kost me moeite om mijn linkerarm hoog te houden en in het tweede deel, het 'Andante', haal ik de viool een paar keer onder mijn kin weg op de paar momenten dat de blokfluiten solo spelen. Dan kan ik mijn arm even laten hangen. Ik doe mijn best de pijn te negeren, weg te denken, maar het lukt niet. Het lijkt of de Stradivarius waarmee ik me altijd één heb gevoeld, een vijand aan het worden is. Loodzwaar weegt het instrument in mijn hand en ik merk dat mijn vingers af en toe verkrampen. Grijze vlekken zweven voor mijn ogen.

Ik zie Isabelle naar me kijken. Doorzetten, mam, zeggen haar ogen. Jurgis, een in Litouwen geboren contrabassist, die net als ik – en alle musici naast me op het podium – vrijwel continu de wereld over reist om te spelen, stuurt me met zijn blik dezelfde boodschap, in combinatie met een bemoedigende knik. Hij heeft een absoluut gehoor, ook die eigenschap delen we, en hij is bovendien erg gevoelig. Dat hij het als eerste opmerkt, is geen verrassing. Ik schud mijn hoofd. Het gaat niet, zeggen mijn ogen. Desondanks worstel ik door. Die verrekte schouder. Fragmenten van het ongeluk flitsen door mijn hoofd. Het moment dat ik klem zat in mijn auto en alles om me heen zo vreselijk stil was. Daarna de sirenes, de geagiteerde stemmen. De brandweer die verwoede pogingen deed om me uit het wrak te redden. Van de seconden voor het ongeluk weet ik echter niets meer. Of ik in een slip raakte, een beest wilde ontwijken, ik heb geen idee. De oorzaak, ja, die weet ik natuurlijk nog wel.

In het derde deel, het 'Presto', heb ik geen kans me te verschuilen, ik speel de eerste viool en vervul daarmee tegelijkertijd een leidende rol. Een blijk van waardering voor mijn spel, iedereen was het erover eens dat ik dit zou doen. Vier minuten, ik moet me erdoorheen werken. De pijn verbijten, wegslikken, hoe dan ook. Ik voel zweetdruppels op mijn voorhoofd en dat overkomt me nooit, zelfs niet onder hete studiolampen. Ik kan amper de neiging onderdrukken om het vocht voorzichtig weg te vegen, voordat het in straaltjes langs mijn slapen en wangen naar beneden zal glijden en mijn eerder op de dag zo secuur aangebrachte make-up verwoest. Mijn prestatie blijft ver onder mijn normale niveau, ik zie nu aan de anderen dat ze het ook in de gaten hebben. Ik mis het ongedwongen spelen, me kunnen overgeven aan de muziek. De subtiliteit en de verfijning ontbreken. Mijn muziekvrienden doen er allemaal een schepje bovenop, ter compensatie, en dat is hartverwarmend, maar ik hoop dat het onmogelijke nú zal gebeuren: dat ik door de grond zal zakken. Dat gebeurt niet, en de minuten gaan voorbij. Ze duren uren, maar ik haal het einde zonder in te storten.

Applaus. Het dringt amper tot me door, en in ieder geluid dat ik wel opvang, meen ik medelijden te bespeuren. We buigen. De anderen schuiven me iets naar voren, om een groter, aanzwellend applaus in ontvangst te nemen. Maar dat blijft uit. Net als de staande ovatie. Het publiek heeft het gemerkt. Heeft mijn passie gemist, mijn gebrek aan concentratie feilloos opgepikt. Ik verdwijn van het podium en kom niet terug voor een tweede applaussalvo, dat misschien wel zal wegsterven als ik te lang blijf staan. Nog een pijnlijk moment zal ik niet overleven, vrees ik, of mijn benen zullen alsnog veranderen in elastiekjes, zodat ik roemloos ten onder zal gaan.

Het is anders dan anders in de artiestenkamer. Geen felicitaties, geen enthousiaste toehoorders die me complimenteren. In plaats daarvan bezorgde blikken van mijn collegae musici. Jurgis vraagt hoe erg het is. 'Dat weet ik niet,' zeg ik. 'Gisteren begon het, maar mild. Ik had niet verwacht dat de pijn ineens zo fel zou oplaaien.'

'Weet je hoe het komt?'

'Een oude blessure die bij tijd en wijle opduikt en die zich nu blijkbaar enorm wil bewijzen.'

'Laat ernaar kijken,' adviseert hij.

Ik knik. Maar ik weet nu al dat ik zijn goedbedoelde raad niet zal opvolgen. Het is zinloos.

'Pas op voor spuiten,' zegt Eva, de Deense blokfluitiste.

Verdere woorden van troost en advies ontwijk ik door te zeggen dat ik me erg slecht voel en naar huis wil. 'Ik ga even mijn tante gedag zeggen en dan ga ik plat nadat ik een fles wijn soldaat heb gemaakt,' zeg ik, lachend. Als een boer met kiespijn, ongetwijfeld.

Ik krijg zoenen, en bemoedigende aaien over mijn rug, en dan kan ik eindelijk weg. In de toiletruimte ga ik voor de spiegel staan. Kleine verticale lijntjes lichter bruin ontsieren mijn wangen. Het lijkt alsof ik heb gehuild, en zo voel ik me ook. Het bijwerken van de make-up lukt niet goed, doordat mijn handen trillen. Ik sjor mijn vioolkist op mijn rug, sla de tas om mijn goede schouder en besluit onmiddellijk naar huis te gaan. Ik wil donker. Ik wil geen mensen, geen stemmen, niets.

De uitgang wordt versperd door de lange inspecteur. Dat is waar ook, ik heb hem in het begin van de avond gezien. Ik verontschuldig me als hij me aanklampt, kennelijk iets aan me wil vragen. 'Ik voel me erg slecht, het spijt me. Misschien bent u vanavond wel getuige geweest van het laatste concert dat ik ooit heb gegeven in dit land, dus u begrijpt dat ik hier weg wil.'

Hij lacht vriendelijk en neemt ongevraagd mijn tas van me over. Ik sla zijn hulp niet af. 'Ik zal u even naar uw auto begeleiden. Dus toch niet alleen maar wat oefeningen. U heeft last van uw schouder.'

Ik knik.

'Jammer,' zegt hij. 'Een spectaculair concours zou niet zo als een nachtkaars mogen uitgaan. Heel jammer. Ik heb mijn best gedaan, met mijn applaus, ik vond dat u beter verdiende en dat het publiek onterecht bleef zitten.'

'Je bent zo goed als je laatste performance, misschien geldt dat in uw vak ook wel. De ster van vandaag kan de pispaal van morgen zijn, zo werkt het nu eenmaal. Ik heb het allemaal al eens meegemaakt hoor, dus deze keer zal ik ook wel overleven.'

Hij aarzelt, merk ik, als ik met een korte klik de autodeuren van het slot heb gehaald, mijn vioolkist op de achterbank heb gelegd en aanstalten maak in te stappen. Hij geeft me mijn tas. 'Ik wilde u nog wat vragen stellen.'

'Morgen?'

'Doet u dan wel open?'

'Dat beloof ik.'

'Eén korte vraag voor ik ga?'

Ik kijk hem polsend aan. 'Nou?'

'Ik weet nog steeds niet wie ú had willen zijn, als u had mogen kiezen. Dood of levend.'

'Tja. U mocht er naar raden, toch?'

'Ik wilde gokken op Mozart,' zegt hij.

Ik stap in, sluit de deur en start de auto. Hij loopt weg. Ik rijd naast hem op en laat het autoraampje naar beneden zoeven. 'Mozart is niet eens zo slecht gegokt,' zeg ik. 'Maar ik kies toch voor God, met geloof en al erbij. Dan zou ik met een simpele knip van mijn vingers kunnen beslissen over succes en mislukking, over leven en dood.' Ik rijd weg, en in mijn achteruitkijkspiegel zie ik dat hij me nakijkt.

Frederique – 27 jaar

Frederique verwacht een klap. Een harde klap, en daarna de duisternis. Maar nee, geen leven dat in een flits aan haar voorbij trekt, gevolgd door de genadeslag, het enige wat ze ervaart, is de stilte. Haar oren suizen, alsof ze aan zee staat, verder dringt er geen enkel geluid tot haar door. Ze blijft aan het stuur trekken, alsof die inspanning haar hang naar het leven moet bewijzen. Plotseling is er de schok onder haar lijf. De auto, die reageert op haar smeekbede om naar links te draaien. De volgende seconde merkt ze hoe ze om haar eigen as draait, een tweede keer, en dan staat de auto abrupt stil. Het lijkt of ze zweeft, slechts een ogenblik, en dan stoot haar lichaam tegen het portier. Een felle pijn schiet door haar bovenlijf en nestelt zich in haar linkerschouder. Verdwaasd kijkt ze om zich heen. Schrikt, als er een hoofd voor het zijraam opduikt. Een man, geruststellende woorden. 'Ik moet naar het ziekenhuis,' zegt ze. 'Mijn moeder... ze is... ze heeft... er is iets mis. Alstublieft.'

Tot haar grote opluchting stelt hij geen vragen, maar komt hij in actie. Hij ondersteunt haar, helpt haar in zijn auto. Een schreeuw van pijn, ze grijpt naar haar schouder.

Hij blijft staan. 'Ik mag je niet vervoeren.'

'Jawel. Het moet. Geen tijd, geen tijd.'

'Oké, rustig. Ik breng je,' zegt hij. 'Mits jij je zo min mogelijk beweegt.' Hij start de auto en rijdt weg. 'Ik zag je schuiven, dame, allemachtig, volgens mij heb jij een engel op je schouder vandaag. Zij het op je rechter, dan, waarschijnlijk. Het Academisch?'

'Ja.' Ze bedaart. Hij rijdt snel, maar ze voelt zich veilig en ze slaakt een zucht van opluchting. 'Mijn moeder heeft een hartaanval gehad, de politie stond voor de deur.'

'Waarom brengen die je dan niet even?'

Ze kermt van de pijn als ze haar schouder onverhoeds beweegt.

'Eigenlijk had ik je moeten laten zitten, misschien maken we nu juist iets kapot. Heb je geen hoofdpijn? Wie weet heb je ook een hersenschudding, of een fractuur.'

'Nee, nee, ik...'

'Moet naar het ziekenhuis. Ja, geen punt. We zijn er bijna.'

'Wie bent u eigenlijk?'

'Bram Hielkema. Ik kom net uit de avonddienst, ik werk in een verzorgingstehuis. Volgens mij had jij nooit mogen rijden, ook al begrijp ik dat je zo snel naar je moeder wilt. Voor 't zelfde geld hadden ze jou van een boom moeten schrapen.'

Ze knikt. 'Ik weet het. Het was stom.'

Vijf minuten later helpt hij haar naar binnen bij de afdeling eerste hulp. 'Je moeder moet hier ook zijn binnengebracht,' zegt hij. 'Ik zal met je meegaan, volgens mij kun je nog steeds een paar stevige benen gebruiken.' Hij ondersteunt haar aan de rechterkant, terwijl ze zelf haar pijnlijke linkerschouder ontlast. Ze probeert de heftige pijnscheuten te negeren.

De man van wie de naam haar is ontschoten, maar die ze dankbaar is, wenst haar sterkte en zegt dat ze naar die schouder moet laten kijken. Ze knikt. Bedankt hem. Natuurlijk. Schouder. Haar hart bonst in haar lijf. Een zuster begeleidt haar naar moeders kamer. Piepende monitoren, groene lijntjes op een apparaatje dat schommelende getallen laat opflikkeren. Haar oom en tante sluipen zacht de kamer uit als ze binnenkomt. 'Ze heeft op je gewacht,' fluistert tante Bernique. Er rollen tranen over haar tantes wangen.

Haar handen voelen klam aan en ze staat te trillen op haar benen. Geen flarden van vroeger meer in haar hoofd, dit is de realiteit. Ze slaakt een kreet van pijn als ze haar bovenlichaam voorover wil buigen om haar moeders gezicht te zien, en zodat ma haar kan zien. 'Ma? Ik ben het, Frederique.'

Haar moeders ogen gaan open. Godzijdank. Ze zal beter worden, een hartaanval betekent niet automatisch doodgaan. Hoe heeft ze zo paniekerig kunnen zijn?

'Frederique.' Ma's stem is bijna onverstaanbaar. De magere, blauwdooraderde hand grijpt zoekend over het witte laken.

'Hier,' zegt ze, terwijl ze ma's hand op de hare legt. 'Knijp maar. Je wordt weer beter, alles komt goed.'

Haar moeder glimlacht. 'Ik heb vroeger ook geprobeerd om mijn verdriet te vergeten door in hogere sferen te leven, maar geloof me: het werkt niet. Je moet volhouden, hoor je. Beloof je dat?'

Hoe weet ma... Ze knikt. Vanzelfsprekend.

'Je moet je niet schuldig voelen vanwege je vader.'

'Ssht, je moet niet zoveel praten. Dat kan later, je moet uitrusten.'

Ma schudt traag en bijna onmerkbaar haar hoofd. 'Kan niet. Pijn. En moe. Het was mijn schuld, Frederique, mijn schuld.' Haar moeder kucht, wat een immense inspanning lijkt. Het doet haar pijn om ma's worsteling aan te zien. 'Ik hield van een ander,' zegt ze, met een krakende stem. 'De violist, herinner je je die nog, of had je alleen oog voor het instrument? Je vader kon het niet verkroppen.'

Een arts komt de kamer binnen. Controleert een infuus, checkt de cijfertjes op het scherm. Zijn blik is veelzeggend, hij legt even een hand op haar arm en verdwijnt.

'Het had niets met jou te maken,' zegt haar moeder. Tussen elk woord hijgt ze. 'Hij hield van je. Ik ook... ik... Pas later realiseerde ik me hoe stom ik was geweest. Ik hield van je vader...'

'Het is goed, ma. Ik begrijp het. Maak je niet bezorgd, ik red me wel. Geloof me. Ma?'

Een zwakke oogopslag. 'Ik hou van je...'

Nee! Nog niet, niet op deze manier. Ze wil praten, vertellen, uithuilen. Mama... toe, niet doen, niet weggaan, net als vroeger, blijf toch, ik smeek het je. Waar ga je naartoe? Waarom mag ik niet mee? Ik zal voor je spelen, ik heb goed geoefend, ik zal mijn mooiste jurkje aantrekken en er niet mee naar buiten gaan, het niet vies maken, mijn haren in een staart, dat vind je toch zo mooi? Snikkend laat ze haar hoofd op de vale deken zakken. Pijn vlamt door haar lijf, en ze weet niet zeker of de oorzaak daarvan haar schouder is of haar hart. Voor zover ze nog effect merkte van de cognac, en de coke die ze eerder die avond heeft gesnoven, is dat nu in ieder geval verdwenen. Het besef van verlies dringt hard tot haar door als ze de felgroen gekleurde cijfertjes ziet dalen. Er moet hulp komen, haar moeder kan hier niet zomaar opgeven, wegglippen, dat kan niet. Het mag niet. Als ze in de spiegel kijkt, schrikt ze van haar eigen doodsbleke gezicht. Zweetdruppels parelen op haar voorhoofd, haar mond is verkrampt in een pijnlijke grimas. Ze klampt een zuster aan. 'U moet iets doen,' zegt ze. 'Iets doen...' En dan verandert de wereld om haar heen in een grijze mist.

De afgelopen dagen heeft ze in een roes geleefd, volledig uit het lood geslagen door de onmacht om te beseffen, om het onvermijdelijke tot haar door te laten dringen. Maar nu heeft ze geen keuze meer. De kist, voor het altaar, laat niets over aan de fantasie. *Gloria in excelsis Deo*. Volgens het boekje komt haar tante hierna aan het woord, en dan moet zij. Haar moeder is dood. Geen kans meer om iets goed te maken, geen kans meer om te laten zien dat ze het echt wel kan. Ze konden niets meer doen. Haar moeder was te zwak voor een operatie. Ma's hart heeft het opgegeven. Niet zo ineens, dat is het enige wat haar is bijgebleven van het gesprek met de behandelend arts. Haar moeder kampte al langere tijd met lichamelijke problemen, ze was kind aan huis bij het Academisch. Ze schaamde zich dat ze daar zo weinig van wist, maar tante Bernique zei dat ma niet wilde dat ze zich zorgen maakte. Niet nog meer mankementen, ook ma zelf wilde er eigenlijk niets van weten, als ze haar tante mag geloven.

Ze loopt met haar arm in een mitella, nadat een specialist had geconcludeerd dat de pezen in haar schouder een flinke optater hebben gekregen. Rust, luidt het advies, anders kunnen de geirriteerde pezen gaan ontsteken. Inmiddels kan ze haar arm weer redelijk optillen zonder misselijkmakende pijn.

'... fijn dat u op deze voor ons allen zo trieste dag bij ons wilt zijn.'

Haar tante. Met een zakdoekje om de tranen te drogen die onherroepelijk zullen stromen, maar tegelijkertijd met een vaste stem, die krachtig en helder klinkt in de kerk.

Tante Bernique heeft gevraagd of ze wil spelen op haar moeders begrafenis. Haar eerste impuls was om 'nee' te zeggen, maar ze zal het toch doen, omdat ze vindt dat het zo hoort. Ma had het gewild, dat weet ze zeker, net zoals ze het prachtig had gevonden als er veel musici van vroeger, met wie ze heeft gewerkt, bij de ceremonie aanwezig zouden zijn. Het voelt als een proeve van bekwaamheid. Lange tijd heeft ze niet voor publiek gespeeld, ook al telt ze slechts rond de dertig mensen in de kerkbanken.

'... was mijn jonge en enige zusje. Ze kwam ter wereld op een hete zomerdag in juli, ik weet nog dat de schilders die ons huis van donkergroen helder wit maakten niet konden doorwerken, zo heet was het. Ik was dolblij met de nieuwe baby, ook al schreeuwde ze soms het hele huis bij elkaar. Ik verheugde me op hutten op zolder, waarin we stiekem tot 's avonds laat zouden kletsen, en ik kon niet wachten tot ze groot genoeg zou zijn om cowboytje te spelen in het bos. Maar hutten en cowboys waren aan Veronie niet besteed. Ze las. En zong. En had medelijden met alles wat kwetsbaar was. Ik herinner me dat we een zielige dierenfilm op tv keken. Ze ging er klakkeloos van uit dat alles wat ze zag echt was gebeurd en raakte nooit meer een stukje vlees aan...'

Wat kan ze anders spelen dan de aria die haar moeder – en zij zelf als gevolg daarvan ook – het allermooiste vond van alle zeshonderd werken van Mozart? Vanmorgen heeft ze geoefend met Ida, een oudere vrouw met een prachtige stem, die haar voor het eerst sinds ma's dood aan het huilen kreeg.

'... zou voor u graag een gelukkig, evenwichtig leven van haar hebben geschetst, maar Veronies levensweg was allesbehalve vrolijk en licht, en helaas wilde ze niets weten van een God, op wie ze mocht terugvallen. Ik denk dat haar gelukkigste tijd de jaren waren waarin Frederique werd geboren en ze de ontwikkeling van dat prille leven, waarvoor ze zich zeer verantwoordelijk voelde, kon meebeleven.'

Daarom was ze zo vaak weg. En gelukkig? Met die andere man natuurlijk. Het is ongelooflijk, en ze heeft amper nog de tijd en het geduld gehad om moeders biecht op haar sterfbed te bevatten, maar dat heeft ze onthouden. Ze moet zich niet schuldig voelen over haar vaders dood, dat was ma's schuld, niet de hare. Ma ging vreemd met de violist. Ze zou woedend moeten zijn, maar het is stil in haar. Donker.

'... een strijd om te overleven, vaak zag ze het niet meer zitten en werd ze een tijdje opgenomen, om daarna vol goede moed de draad weer op te pakken.'

Nee, nee! Ze wil niet naar die flauwekul luisteren. Waarom moet haar tante hier in vredesnaam zo'n verhaal houden?

'Dat haar zangtalent net niet groot genoeg was om een glanzende carrière op te bouwen, heeft haar veel pijn gedaan en daar ligt de grootste oorzaak van Veronies verdriet en haar teleurstelling in het leven. Dat haar dochter Frederique wel een uitzonderlijk talent bleek, zij het op de viool, heeft haar daarentegen erg gelukkig gemaakt.'

Ze buigt haar hoofd, wil niet dat mensen haar nu zien. In godsnaam, laat tante Bernique haar mond houden. Een mooi gedicht was goed geweest! Naast alles waar ze geen invloed op heeft, wil ze juist haar herinneringen zelf kunnen inkleuren. Met mooie, levendige zomertinten, fel en opvallend.

'Vanuit deze kerk begraven worden, dat wilde ze wel, gelukkig, en ik ben ervan overtuigd dat, door haar levensverhaal hier nu te vertellen, ze alsnog liefdevol opgenomen zal worden in Gods armen.'

Even later staat ze voor het altaar. Met aan haar linkerhand de sopraan, daarnaast de kist. Ze kan nog steeds amper geloven dat haar moeders lichaam daarin ligt. Ze heeft het gezien, er is geen reden voor twijfel, maar het idee is zo afschuwelijk dat ze er amper aan kan denken.

Geen extra instrumenten, ze verzorgt in haar eentje alle muziekpartijen, voor zover dat kan. De begeleiding is daardoor op enkele momenten kariger dan eigenlijk hoort, maar de overtuiging dat ze samen met Ida eenzelfde emotie kan oproepen, blijkt te kloppen. De perfecte akoestiek in de oude kerk doet de rest. Al bij de eerste sextsprong omhoog kruipt het kippenvel over haar armen.

Ruhe sanft, mein holdes Leben,
schlafe, bis dein Glück erwacht!
da, mein Bild will ich dir geben,

schau, wie freundlich es dir lacht:
Ihr süßen Träume, wiegt ihn ein,
und lasset seinem Wunsch am Ende
die wollustreichen Gegenstände
zu reifer Wirklichkeit gedeihn.

Het simpele menuet beroert de aanwezige mensen meer dan
ze had gedacht. Ze voelt het tot in haar tenen, en de adrenaline
stroomt door haar lijf, zoals ze die in lange tijd niet heeft gevoeld.
Dit is wat ze altijd voor ogen heeft gehad. Hoe heeft ze het zo
lang zonder kunnen doen? De zuivere en heldere stem van de
sopraan in combinatie met haar gepassioneerde spel werkt betoverend, en als de laatste noot is weggegleden over de hoofden
van de aanwezigen en slechts nog in het geheugen doorklinkt,
blijft het opvallend lang stil.

Later, als de kist in de grond is verdwenen en ze met koffie een
poging doet om iets van de onwerkelijkheid weg te spoelen, komt
er een man naast haar zitten. Hij stelt zich voor als Pieter
van Bree, een oud-leerling van haar moeder. 'Met grote tussen-
pozen heb ik geloof ik slechts tien of twaalf zanglessen van haar
gehad,' vertelt hij, 'maar haar persoonlijkheid heeft diepe indruk
op me gemaakt, op de een of andere manier zong ik daarna
altijd voor haar als ik moest optreden. Dan zag ik haar strenge
blik, of ik zag voor me hoe ze goedkeurend, met haar ogen
dicht, wiegde op de maat van de muziek. Niet altijd even perfect, maar ze had 'soul', snap je?'

Ze knikt, wensend dat hij snel vertrekt.

'Ik wil je vragen om een auditie te komen doen,' zegt hij. 'Ik
was onder de indruk van je spel en dat overkomt me niet zo
vaak, dat mag je best weten. Ik ben producer.'

In slow motion, lijkt het, echoën die laatste woorden na in
haar hoofd. 'U bedoelt... of ik...'

'Ik wil graag meer van je horen, en als mijn intuïtie me niet in de steek laat, zal ik je een platencontract aanbieden. Ik ben al langer op zoek naar een klassiek talent, maar niet zo'n jong, nietszeggend ding, maar iemand als jij. Je hebt een verhaal dat je via je muziek vertelt. De markt is er rijp voor, en ik weet ook al welke cd we samen gaan maken.'

'O?'

'Vivaldi's *Jaargetijden*. Het complete concept ligt al klaar. Het wordt een megahit, let op mijn woorden. Maar dit is niet het moment om daarover door te draven, het spijt me. Je moeder... bel me, akkoord?'

Pas als ze zijn kaartje in haar colbertjasje steekt, merkt ze dat haar mond nog steeds openstaat. Even twijfelt ze. Vivaldi? Geen Mozart? Maar dan staat ze op, en accepteert een glas champagne. Al moest ze *'Vader Jacob'* spelen!

Een halfjaar later speelt ze voor het eerst als concertvioliste – uitgerust met een heuse Stradivarius voor onbeperkte tijd in bruikleen – in de Royal Festival Hall in Londen. Ze heeft zich nog nooit zo opgelucht gevoeld. Zonder enige hapering, zich overgevend aan de muziek, heeft ze haar eerste avondvullende concert gegeven. Voor het eerst ervaart ze, zonder drugs, hoe het voelt als je de hele wereld aankunt.

Een criticus die haar het succes gunt, zat gedurende het hele concert met het zweet op zijn rug achter in de zaal, althans dat vertelt hij haar later, als hij haar feliciteert. 'Ik heb het altijd in je gezien,' zegt hij. 'Ik heb voor je zitten duimen. Geniet ervan, je hebt het dubbel en dwars verdiend, en ik ga een mooi stuk schrijven over deze fantastische avond.'

'Dank u,' zegt ze, terwijl ze de neiging onderdrukt de man te omhelzen.

'Kun je verklaren waarom je jaren geleden telkens struikelde op belangrijke momenten? Zit ik er ver naast als ik beweer dat het iets met je moeder te maken had?'

Ze kijkt hem aan. En glimlacht. 'Welnee, mijn moeder was mijn grote voorbeeld. Mijn tante bagatelliseerde het nogal, tijdens haar speech, maar mijn moeder was in werkelijkheid een fenomenale zangeres...'

24

maandag 21 december

Stuk. Dat is het enige woord dat van toepassing is. Mijn carrière, mijn schouder, mijn leven. Ik heb een specialist geraadpleegd, er zijn foto's gemaakt, en het ziet er niet best uit. Rust heb ik nodig, of althans, mijn schouder. Niet belasten. Ab-so-lu-te rust. Rust. Bijna een anagram van 'stuk'. Anders is een operatie onvermijdelijk, en de herstelperiode daarvan kan lang duren, de vraag is of ik dan ooit een uur achter elkaar viool kan spelen. En dus loop ik met mijn arm in een mitella. Net als bijna twintig jaar geleden toen ik de gehate kwetsuur opliep tijdens een oerstom auto-ongeluk dat ik alleen mezelf kan verwijten. Oorzaak: verloren gewaande hoop en opgekropte frustraties, oftewel alcohol en coke. Al die jaren heb ik me gered met oefeningen en kleine pauzes tussen concertreeksen, maar de tijd van milde aanpassingen lijkt nu voorgoed voorbij. Ik heb mezelf de laatste tijd voor de gek gehouden door te denken dat het vanzelf over zou gaan, dat de tijd wonden zal helen. Dat geldt misschien voor de oppervlakkige exemplaren, maar die van mij zitten diep.

Bewust heb ik vanmorgen onmiddellijk de krant in de oud-papierbak gedumpt zonder dat ik er een letter in heb gelezen.

Ik wil de kritieken over mijn laatste concert niet lezen, ik kan wel raden wat ze over me schrijven.

Zo goed en kwaad als het gaat, met één onbruikbare hand, pak ik mijn koffer. Ik heb zin om mijn kleren kapot te scheuren, de koffer uit het raam te gooien en in bed te gaan liggen tot er uiteindelijk niets meer van me overblijft. Geen pijn meer, geen angst om te verliezen. Waarom heeft niemand ooit de moeite genomen een handleiding te schrijven voor het leven na verlies van een kind? Ik heb mijn best gedaan, maar ik voel dat het niet langer lukt om op mijn tenen te lopen, om te doen alsof ik het waardeer, dit leven.

Wat moet ik inpakken? Eigenlijk heb ik niet veel nodig, mijn garderobe in Venetië is nog groter dan die hier boven in mijn kasten. Een paar crèmes die ik ginds niet kan kopen, mijn medicijnen, leesbril, nieuw ondergoed voor Davide, dat hij heeft vergeten mee te nemen en graag wil hebben, de accu van mijn mobiele telefoon, de roman die ik lees en meer boeken voor eenzame avonden, en vanwege dezelfde reden enkele dvd's met films die ik nog steeds wil zien. En drie kilo drop, niet te vergeten. Een kilo voor elke week. Dat is alles, verder is er hier niets wat ik daar niet kan kopen of wat niet al aanwezig is in ons appartement. En toch ga ik door. Ik stouw de hele koffer vol, en een tweede, alsof ik van plan ben een halfjaar weg te blijven. Een schrijfblok en mijn favoriete pen, fotocamera, cd's, mijn laptop, parfum, enkele sieraden die ik graag draag. De schoenendoos met Isabelles spulletjes. Ik kom eraan, Isabelle. Misschien blijf ik wel bij je. Ik zet de computer aan om te controleren of mijn vliegtuig op de geplande tijd vertrekt. Sinds gisteren is ons land verstopt onder een wit sneeuwtapijt, en elke keer als ik naar buiten kijk, is het tapijt dikker geworden. Een fraaie expressie van Moeder Natuur waar ik altijd kinderlijk blij van kan worden en ik heb er met plezier in gewandeld, maar ik hoop dat het mijn vertrek niet vertraagt.

Ik vul de middag met een bezoek aan tante Bernique, en terwijl ik de minuten aftel tot ik eindelijk op het vliegtuig kan stappen, verzeker ik haar dat ze welkom is om de kerstdagen met ons in Venetië door te brengen. Ze twijfelt en praat over een verre nicht die haar heeft uitgenodigd en alleen is.

'Maar wat zou je nu het liefst willen?' vraag ik haar. 'Je moet niet altijd andermans wensen voorop stellen, denk nu maar eens aan jezelf en vraag jezelf: wat is mijn wens. *Mea vota*, tante, *mea vota*!' Achter mijn ogen dringt zich een zeurende pijn aan me op. Alsof een vuist hard tegen mijn schedel drukt.

'Wij vierden Kerstmis altijd samen, hè?'

'Goed zo. Je komt gewoon bij ons.'

Op oom Henri's computer reserveren we een ticket voor haar, waarmee ze de dag voor Kerstmis naar Venetië kan vliegen. Ik leg haar uit dat vliegen tegenwoordig simpeler en sneller is dan ooit en schrijf een paar dingen voor haar op. 'En als je iets wilt weten, dan bel je maar. Ik pik je op van het vliegveld, goed?'

Gelukkig is het goed, en ze belooft me morgen al een brief te schrijven.

Als ik weer thuis ben, regel ik een taxi die me naar het vliegveld brengt. Ik overweeg even te gaan liggen als ik de deurbel hoor. Dan pas schiet me te binnen wie me op de valreep nog met een bezoek wenst te vereren. In de gangspiegel constateer ik dat plukken van mijn opgestoken haren slordig langs mijn hoofd vallen en dat er vlekjes mascara onder mijn ogen zitten. Frederique, doe eens wat aan je uiterlijk! Ik hoor het mijn moeder zeggen, alsof ze naast me staat. Ik doe de deur open en kan me met geen mogelijkheid herinneren hoe hij heet.

'Ik was u helemaal vergeten,' zeg ik, in een poging tot glimlachen. 'U hebt geluk, ik sta op het punt te vertrekken, maar ik heb nog wel even. Koffie?'

Hij knikt.

'Toch geen nieuw slachtoffer te betreuren, hoop ik?' vraag ik hem als hij even later langzaam in zijn espresso roert.

'Nee, dat gelukkig niet. Maar het onderzoek zit muurvast. Vandaar ook dat ik u nogmaals moet lastigvallen. Die vriendin van u, Minke de Pluij, kunnen we nog steeds niet bereiken.'

'Dan had u op de begrafenis van mijn oom moeten komen,' antwoord ik. 'Daar was ze. En daarna was ze hier om me gezelschap te houden toen Davide was vertrokken.'

'O ja, uw man is al in Venetië. Ik heb zijn kantoor gebeld en daar kreeg ik inderdaad te horen dat hij weg was. Ook hem had ik graag nogmaals gesproken.'

'Waarom?'

'Om dezelfde reden dat ik u ook weer opzoek. Om te checken of u echt niets hebt gezien, die vrijdagavond op het feestje van uw huisarts. Ja, uw vriendin die er nog was toen u wegging. Maar verder? Is u nog iets te binnen geschoten dat mij verder kan helpen? Misschien lijkt het voor u een onbelangrijk detail, maar dat kan voor mij erg belangrijk blijken. Een telefoontje, een stem, iets, wat dan ook?'

Ik peins, en schud mijn hoofd. 'Het spijt me. Zoals ik al eerder zei, ik had wat alcohol gedronken, champagne, wijn, en daar wordt het geheugen niet echt beter van, zal ik maar zeggen.'

Hij zucht. 'Bent u er nog steeds honderd procent van overtuigd dat uw vriendin niets te maken heeft met de moorden?'

Ik kijk hem aan. Twijfel.

'Die twijfel zag ik ook in uw ogen tijdens onze vorige ontmoeting. De waarheid, mevrouw Van Ostende.'

Ik zucht. 'Nee, dat ben ik niet.'

Daar kijkt hij van op. 'Wat zegt u?'

'Nee, daar ben ik niet honderd procent van overtuigd.'

'O nee? Ik bedoel, hoezo dat? U wilde uw hand voor haar in het vuur steken, toch?'

'Dat heb ik inderdaad gezegd, en ik ben niet helemaal eerlijk geweest. Dat wil zeggen, op dat moment meende ik het wel, maar na die tijd ging ik toch twijfelen. We hadden het erover, ziet u, 's zaterdags in het café. Ze vertelde me, dat als ze de kans krijgt de man die haar zoontje heeft aangereden overhoop te knallen, ze geen moment zou twijfelen. Zo zei ze het. Ze had alle begrip voor die Duitse vrouw, ooit, die de moordenaar van haar dochter in de rechtszaal doodschoot, weet u dat nog?'

Hij knikt. 'Haar zoontje is dodelijk verongelukt?'

'Die man reed met zeventig kilometer per uur door een woonwijk.'

'En dus, zou uw vriendin, eh, Minke, zou ze dit voor u gedaan kunnen hebben?'

'Minke is mijn vriendin, ik vind het vreselijk om dit te moeten zeggen, maar... er was nog iets.'

'Ja?'

'We hadden het over de gruwelijkheid van die eerste moord, dat Christine, onze huisarts, zo ongeveer haar eigen duim eraf had willen snijden in de hoop te kunnen ontsnappen. Dat klopt toch?'

Hij knikt.

'Toen zei Minke eerst dat ze het luguber vond, maar later zei ze dat die vrouw ook ervaren moet hebben hoe het zal voelen als je een deel van jezelf moet missen. Snapt u dat ik daar kippenvel van kreeg?'

Hij wrijft zijn hand over zijn kin. 'Ik denk dat ik haar dringend moet spreken.' Hij schuift zijn koffiekopje van zich af. 'Hoe ziet uw vriendin eruit?'

'Kort, donkerblond haar met blondere plukjes. Felblauwe ogen. We zijn echte tegenpolen, zelfs qua uiterlijk. Ze is veel kleiner, en nogal iel. Maar sterker dan u zou denken, ze trekt met het grootste gemak volwassen struiken uit de grond.'

'Hmm.' De inspecteur bladert in zijn notitieboekje. 'We hebben het adres nagetrokken dat u opgaf en dat staat niet op naam van een De Pluij.'

'Ze huurt het tijdelijk van iemand, omdat ze een ander huis heeft gekocht, maar dat is nog niet vrij. Dat is toch niet strafbaar?'

'Dat interesseert mij op dit moment niet. Ik wil uw vriendin spreken. Wat we wel hebben gevonden, is het café waar u samen bent geweest, die zaterdag waar u het net over had, inmiddels ruim twee weken geleden. De barkeeper herinnert zich alleen u gezien te hebben...'

'Alweer zo een!' Ik glimlach, waarop hij me niet-begrijpend aankijkt. 'Ja, sorry. Minke zou er een minderwaardigheidscomplex van krijgen, als ze het hoorde, gelukkig is ze daar het type niet voor. Het komt vaker voor dat mensen zich alleen mij herinneren, zelfs als ze bijvoorbeeld nog persoonlijk met Davide hebben staan praten! Eigenlijk is het te zot voor woorden. Alleen omdat ik toevallig beroemd ben. Mensen weten soms niet eens hoe vervelend dat voor de ander kan zijn, met wie ik samen ben. Dan groeten ze alleen mij, begrijpt u?'

'Hmm.' Hij wrijft even peinzend over zijn kin. 'U heeft ook gelogen over uw schouder. Alleen wat oefeningen, zei u, na de repetitie die donderdagmiddag in Den Haag.'

'Ik heb mezelf voor de gek gehouden, mezelf wijsgemaakt dat het vanzelf weer over zou gaan. Wilt u me dat pakje kerstkransjes even aangeven? Ik neem het mee naar Venetië, als we weer terugkomen kan ik denk ik geen kerstdingetje meer zien, laat staan opeten.' Ik vertel hem dat mijn schouder serieus beschadigd is en als ik geen rust neem ik mijn verdere carrière in de muziek kan vergeten. 'Ik heb twee concerten in La Fenice, met Kerstmis, die kan ik niet cancellen, dus ik probeer de schouder nu zo veel mogelijk te ontzien. En na kerst... wellicht een halfjaar pauze. Ik kan me niet voorstellen dat ik dagen achtereen niet zal spelen, ik heb amper een herinnering van vroeger waarin geen viool voorkomt.' Ongewild springen ineens de tranen in mijn ogen en ik erger me groen en geel aan dat moment van zwakheid. Met een ongeduldig gebaar veeg ik onderlangs mijn ogen, sta op en zet mijn koffiekopje in de afwasmachine. 'Verder nog iets? De taxi die me naar het vliegveld brengt, kan hier elk moment zijn.'

'Verder nog iets... Dat zal ik u vertellen. Het liefst had ik u meegenomen naar het bureau om u wat foto's te laten zien, van de slachtoffers. Maar de chef ging niet akkoord. Ik moet een gegronde reden hebben om u in die mate te confronteren met deze misdaden, zegt hij.'

'Wat helpt het u als ik naar foto's kijk?'

'Misschien herinnert u zich dan iets, of maakt het emoties bij u los die u nu niet met mij deelt. Ik kan natuurlijk niet hard maken dat u iets met deze moorden te maken hebt, maar ik heb sterk het gevoel dat u iets voor mij verzwijgt. Misschien beschermt u uw echtgenoot, heb ik gedacht. U en uw vriendin, die misschien wel een maandje in het buitenland zit, en met wie u een pact hebt gesloten om de verdenking van uw man af te leiden.'

Ik voel zijn priemende ogen, die proberen om mijn gezicht tot open boek om te toveren. Zijn stem klinkt ineens zakelijker, harder. Een nieuwe methode? Omdat hij met de oude niets opschoot? Ik verlaag me niet tot een antwoord.

'De associatie met het water. U weet dat het eerste slachtoffer, Christine van Eshuis, is verdronken in haar eigen zwembad. En ik heb u ook verteld over Lisette van Amerongen, het derde slachtoffer, dat in een dompelbad is aangetroffen. Het tweede slachtoffer, Ilse de Wit, is in haar eigen bad vastgebonden, daarna is de kraan opengezet, zodat er een laf straaltje uit kwam, waardoor het een uur duurde voordat ze uiteindelijk verdronk. Water. Water! Uw man die bestrijding van water tot zijn levensvervulling heeft gemaakt. Het is me net iets té toevallig, begrijpt u?'

'Ja, ik begrijp het. Maar het lijkt me vergezocht.'

'Maar hoe weet ik zeker dat u me niet iets op de mouw speldt? U neemt het niet zo nauw met de waarheid, wel? U hebt nogal eens stof doen opwaaien met fantasieverhalen over uw leven. Over uw moeder, bijvoorbeeld. Die volgens u een beroemde operazangeres was, maar in werkelijkheid niet toegelaten werd tot het conservatorium en van de ene in de andere depressie terechtkwam.'

'En dat is nu precies de reden dat niemand daar ook maar iets mee te maken heeft. Het gaat om mijn muziek, en het zou nergens anders om mogen gaan, zeker niet over mijn moeder! Ik haat het als haar naam zo te grabbel wordt gegooid.'

'Nou...'

'Nee, u hoeft het niet goed te praten. Iedereen heeft onmiddellijk een mening over je als je een keer opgenomen bent geweest. Het is zo laag, en o, zo makkelijk. Weet u wat ze vroeger op school over mij zeiden? Dat kind van die gestoorde moeder en die vader die zichzelf heeft opgehangen.' Mijn hart gaat tekeer in mijn lijf. 'En dan zeiden ze het tenminste nog! Veel erger waren die blikken, zonder woorden. Want ik zag het altijd in hun ogen, als ze het wisten.' Ik probeer te kalmeren. Rustig ademhalen. Een kort getoeter, voor de deur. De taxi. Ik moet aan Venetië denken, aan Davide, een ander leven, weg van hier.

'Hoelang blijft u weg?' wil de inspecteur weten.

'Drie weken. Vlak na oud en nieuw komen we terug.'

'Ik zou u dan graag nog eens willen spreken. En mag ik uw adres en telefoonnummer in Venetië?'

'Ik zal u mijn mobiele nummer geven en het adres.' Ik wuif door het raam naar buiten, tot ik zie dat de chauffeur me in de gaten heeft. Eén minuut, gebaar ik naar hem, door mijn wijsvinger op te steken en naar mijn horloge te wijzen. Ik schrijf de gevraagde informatie op voor de inspecteur en geef hem het papiertje. 'Sorry, ik moet nu echt gaan, anders mis ik mijn vliegtuig.'

'Ja. Ik zal u even helpen met de koffer.'

Hij loopt met me mee naar boven en draagt de koffers voor me de trap af. 'Hoelang blijft u weg, zei u, drie weken? Dan sjouwt u flink wat mee.'

Ik haal mijn schouders op. Wat heeft hij daarmee te maken?

Samen met de chauffeur hijst de lange inspecteur mijn koffers in de taxi. 'Ik wens u een goede reis,' zegt hij. 'Als ik u of uw man nodig heb, weet ik u te vinden, ook in Venetië, daar kunt u op rekenen.'

Voor ik instap, geef ik hem een hand. 'Succes met uw onderzoek. Als ik heel eerlijk mag zijn, ik heb bij geen van drieën ook maar een greintje medelijden gevoeld toen u me over hun dood vertelde. Misschien waren ze goed in hun vak, maar niet in het geval van Isabelle, en om die reden hadden ze ontslagen moeten worden. Die Ilse de Wit, die in tranen was, later, toen de zaak in het ziekenhuis werd behandeld? Het waren krokodillentranen. Zij was het ergste. Ze zei dat ze het erg vond, maar dat zei ze alleen omdat het goed stond, in de tegenwoordigheid van haar meerderen.' Ik stap in. Van Aerendonck sluit het portier voor me. Ik laat het raampje zakken. 'Weet u,' zeg ik, 'eigenlijk moet ik u iets bekennen. Ik zei u daarnet dat ik kippenvel kreeg toen Minke tegen me zei dat het slachtoffer in dat zwembad in een poging om haar duim af te snijden ook had ervaren wat het is om een deel van jezelf te moeten verliezen. Dat was niet gelogen, van dat kippenvel, maar tegelijkertijd realiseerde ik me dat ik datzelfde ook heb gedacht, toen ik het hoorde. Is dat verkeerd van me?' Ik wacht zijn reactie niet af en laat het raampje dicht zoeven. 'Rijden maar, en liefst snel, want mijn vliegtuig vertrekt over een uur.'

'J'wel, m'vrouw,' hoor ik voor me.

25

Voor het eerst zie ik ertegen op om Davide weer te zien. Ik ben bang. Bang voor de blik in zijn ogen. Met klamme handen volg ik de veiligheidsinstructies van de stewardessen. Hoe uitgeknepen de vluchten ook zijn, dit ritueel blijft. Gelukkig. Ik zou de hele vlucht doodsangsten uitstaan zonder die uitleg van redmiddelen. Eerst zelf het als speelgoed ogend mondkapje op, dan pas je kinderen helpen. Zouden ze van tevoren een afweging hebben gemaakt? Luister, mevrouw de pr-dame, deze tekst is slechts voor 1 op de 25,6 mensen als pijnlijk tot zeer pijnlijk te beoordelen, en dus kiezen we voor deze omschrijving. We kunnen toch niet bij elke veiligheidsmaatregel rekening houden met de tere zieltjes van onze passagiers? Anderhalf uur tussen te veel mensen met hun verkoudheidjes, schimmelziektes, vette haren en ander onheil. Stom dat ik geen boek in mijn tas heb gestopt.

Ik voel de knieën van mijn achterbuurman in mijn rug duwen en herinner me luxe vluchten in de businessclass. Intussen hangt een meisje van een jaar of vijf voor mij over haar stoel heen en kijkt me nieuwsgierig aan, de mond iets open, een lichtblauwe knuffel in haar linkerhand en elastiekjes met lieveheersbeestjes aan de uiteinden van haar vlechten. Ik wil iets aardigs zeggen, in plaats daarvan staar ik slechts terug terwijl mijn maag zich omdraait. Isabelle had precies zulke frutsels voor haar staartjes. Ik probeer de zwarte stippen te tellen, maar het kind beweegt en ik ben de tel kwijt. Even denk ik dat ze naast me zit, mijn kleine meid, terwijl ze verdiept is in een boekje of kleurt met de potloden die ze van de stewardess heeft gekregen. De verdraaid macabere truc die mijn geest verdorie nu alweer met me uithaalt. Ik kijk naast me, tegen beter weten in, en zie geen meisje, maar een oudere man. Ik sluit mijn ogen. Ik zal yogaoefeningen doen terwijl ik hier zit, me de houdingen zo sterk inbeelden dat het voelt alsof ik ze daadwerkelijk uitvoer. In gedachten hoor ik Theo's warme stem. Haal rustig en diep adem vanuit je buik, en laat die adem via je ruggengraat langzaam weer naar buiten gaan. Ga ergens naartoe waar je je thuis voelt. Een mooie plek, waar je jezelf kunt zijn. Een strand? Ruik dan de zilte zee, proef het zout op je lippen en voel met je tenen hoe koud het water is.

Ik kies voor de plek waar ik op dit moment naartoe ga met een snelheid van ruim achthonderd kilometer per uur. Toscane. Toscane in de herfst is vele malen boeiender van toon dan de drie overige seizoenen bij elkaar. Het verval biedt een interessanter beeld dan de groei. Achter het verval schuilt het verhaal van het leven. Zo werkt het in de natuur en bij de mens.

Een paar uur later rijd ik daadwerkelijk door het Toscaanse landschap. Ik voel me bijna kinderlijk opgewonden als ik de drukte van Florence achter me heb gelaten en in mijn huurauto eindelijk de cipressen en de heuvels bespeur. De huurauto stond keurig voor me klaar op het vliegveld van Florence. Davide is sinds gisteren bij zijn ouders in Greve. Zelf heeft hij een binnenlandse vlucht genomen vanuit Venetië en zijn vader heeft hem opgepikt van het vliegveld.

Ik wil zelf rijden. Niets is zo ontspannend als mijn aandacht focussen op scherpe, steile bochten en me laten verrassen door het uitzicht na een volgende bocht. Natuurlijk ken ik de omgeving, maar het is hier zo weids dat ik een leven lang nodig heb om alles te ontdekken. Soms rijd ik zomaar een zandweggetje in, onwetend waar het heen zal kronkelen, maar dat maakt het nou juist intrigerend. Seppo zou dat nooit doen. Zijn auto zou onder het fijne, stoffige zand komen te zitten, maar, erger nog, hij zou de controle uit handen geven. Waar komen we uit? Rijden we niet juist de verkeerde kant op, weg van Greve? Davide lijkt wat dat betreft op zijn vader, ook hij wil het liefst zelf dirigeren, in plaats van zich door wie of wat dan ook te laten leiden.

Hij klonk gefrustreerd, aan de telefoon, en hij gaf toe dat zijn werk op het moment meer irritatie dan voldoening geeft. Het probleem waarvoor hij met spoed naar Venetië moest, laat zich, net als andere technische tegenvallers, niet zo een-twee-drie oplossen, en de bezwaren van Mose-haters groeien hem boven het hoofd. Hij heeft tot na Kerstmis vrijaf en hoopt op briljante invallen, juist door afstand te nemen. Maar hij klonk niet alsof hij daar zelf veel vertrouwen in heeft.

Op de top van een heuvel zet ik de auto stil en stap uit, in een onbedwingbare behoefte de laatste Toscaanse herfstlucht op te snuiven. Morgen begint de winter, maar als ik op het weer afga, lijk ik midden in de herfst te zitten. De afgelopen weken hier zijn nat geweest, maar nu zijn de weergoden het Toscaanse landschap goed gezind. Aan de rand van de heuveltop staar ik de diepte in. Horizontale, houten boomstammetjes, leunend op dikkere soortgenoten, moeten overmoedige toeristen tegenhouden. De lage najaarszon straalt met alle kracht die ze in zich heeft en verwarmt de lucht. Dit platteland is mooier voor de toeristen dan voor de inwoners, die zich de seizoenen rond uit de naad werken. Daar ben ik me terdege van bewust. Ik weet ook dat er veel in het geruststellende heuvellandschap niet meer authentiek is door de vele omheiningen, schuttingen en laurier-hagen waarmee de bevolking haar problemen lijkt te willen be-grenzen, dat het pleisterwerk in de oude stadjes weggehakt is ten gunste van de sierlijker ogende bakstenen en dat er steeds meer souvenir- en kledingwinkeltjes opduiken. Aan de andere kant blijft de provincie me intrigeren, zoals die dat deed vanaf de eerste kennismaking. Ik houd van dit land en zijn muzikale historie, al was het alleen al omdat hier de ontwikkeling van de opera is begonnen, in gang gezet door een groep kunstenaars en geleerden die in Florence samenkwamen om de Griekse tra-gedie te doen herleven.

Ik trotseer de houten afscheiding om over de rand te kijken en constateer dat die afscheiding er niet voor niets is gemaakt. Als ik nog één stap naar voren doe, stort ik onherroepelijk de diepte in. Misschien zou mijn val gebroken worden door een van de talrijke cipressen, maar er zou een leger beschermen-gelen nodig zijn om zo'n landing te overleven. Het hoogtever-schil is adembenemend en ik merk dat ik duizelig word, terwijl de aantrekkingskracht van de diepte tegelijkertijd toeneemt. Gehaast zet ik een stap terug.

'Mámááá,' hoor ik in de verte schreeuwen. Een langgerekte, ietwat zeurderige 'a' zoals Isabelle die kon produceren. Ik sta als aan de grond genageld. Ze zit naast me als ik speel, soms is ze zo echt dat ik denk dat ik haar zoete meisjesgeur kan opsnuiven of dat ik de zachte fleecestof van haar truitje kan aanraken, maar dit... dit geluid raakt me tot op het bot. Het kan niet, en in-tussen speur ik tussen de bomen, zet aarzelend weer een pas naar voren. Ik verlies mijn evenwicht, en één ogenblik zie ik mezelf tuimelen. Enkele steentjes verdwijnen over de rand van de afgrond. Ik herstel me, haal diep adem en zak op de grond. Wat doe ik in godsnaam zo dicht bij de rand van een afgrond, terwijl ik al nerveus word als ik uit het raam van een eerste ver-dieping kijk? Maar ik zag daarnet echt iets bewegen, tussen de bomen. Iets roods. Isabelles jasje met de twee dobbelsteentjes aan de rits. Doe niet zo idioot. Alsjeblieft. En toch, haar stem... Resoluut sta ik op en draai weg van de afgrond. Terwijl ik naar de auto loop, echoot Isabelles stem in mijn hoofd.

Na aankomst pak ik mijn koffer uit, drink een kop koffie met Arianna.

'Loop alsjeblieft naar de wijngaard,' zegt ze als ik mijn koffie opheb en zeg dat ik een stukje wil gaan wandelen. 'En haal Seppo en die man van je over mee naar huis te komen. Over een uur is het eten klaar. Als je Seppo de keuze laat, hangt hij de godganselijke dag met zijn neus tussen die druiven,' zegt ze, 'zelfs als ze al lang zijn geoogst en in flessen wachten op hun eindbestemming.'

'Die eindbestemming is ons glas, natuurlijk,' zeg ik.

Ze kijkt me polsend aan. 'Je moet dit niet verkeerd opvatten, ik bewonder je schoonheid, dat weet je, maar, *mia bella figlia*, je ziet zo bleek, alsof je maanden geen buitenlucht hebt ingeademd en de griep hebt gehad. Je moet deze dagen hier maar eens goed uitrusten, *sì*?'

Ik knik. 'Ik was ziek.' Ik wrijf over mijn schouder, die eindelijk niet meer zo pijnlijk zeurt, en ongewild gaan mijn gedachten naar het bedroevende einde van het vioolconcours. Ik meende dat ik een artikel heb gezien in de krant – hij lag bij een medepassagier in het vliegtuig op schoot, aan de lay-out te zien leek het me *de Volkskrant* – over mijn mislukte performance, maar ik heb me acuut omgedraaid en geen enkele poging ondernomen om te weten. Laf, ontwijkend, onrealistisch, ik weet het. Het zij zo. Ik steek mijn kop in het zand en dat voelt heerlijk rustig.

Als Davide me ontdekt, terwijl ik tussen de kale druivenranken door in zijn richting loop, komt hij me tegemoet. We omhelzen elkaar, en hij informeert hoe mijn reis was. 'Loop mee,' zegt hij, 'we houden een kleine wijnproeverij. Mijn vader heeft er nu een losgetrokken, die moet je proeven.'

'We hebben zijn nieuwe wijn toch al geproefd?' vraag ik verbaasd.

'Deze nog niet, en die is tien keer beter.'

Even later word ik als altijd stevig omhelsd door Seppo. 'Ciao, *bella*,' zegt hij. 'We moeten zeker naar huis komen, *sì?*'

Ik glimlach. Zijn vraag is het resultaat van vijftig jaar huwelijk. Iets wat Davide en ik nooit zullen beleven, denk ik er automatisch achteraan.

Seppo begint onmiddellijk uit te leggen hoe het zit met zijn blijkbaar spectaculaire wijn en ik vang iets op over een perfect terroir, een uitstekend microklimaat en handmatig oogsten. Ik begrijp alle consternatie niet, maar dan vertelt Seppo dat hij een riservawijn heeft.

'Een riserva, Frederique,' knikt Davide. 'Honderd procent Sangiovese, met een beetje Colorino voor kleur en tannine.'

'Met een rijke body, eh... *come faccio a dire che...* complex van smaak en een prachtige, dieprode kleur,' beaamt zijn vader. 'Ze heeft na twaalf maanden rijping in Frans eiken *barriques* uit de Limousin en acht maanden in stalen tanks nog een kleine twee jaar in de fles gerust.'

'En dat proef je,' zegt Davide.

'Hier, proef zelf,' zegt Seppo, terwijl hij een bodempje wijn voor me in een glas schenkt.

'Je bent een stiekemerd, pa, dat je deze voor me verborgen hebt gehouden. Hij is geweldig!' zegt Davide.

Ik probeer me enigszins aan de traditie van het proeven te houden. Eerst ruiken, de wijn in het glas laten walsen, maar als ik merk dat Seppo en Davide me amper opmerken, neem ik een grote slok, waarna het glas bijna leeg is.

Seppo heeft de afgelopen vijftien, misschien wel twintig jaar elke beschikbare minuut, zijn onvoorwaardelijke liefde en bergen energie in deze hobby gestoken, weet ik. Ik heb meermaals gezien hoe hij de wijnranken koesterde, net zoals Arianna haar kruidentuin vertroetelde. Hij was continu in de weer met buisjes, die eerder op hun plek leken in een ziekenhuislaboratorium. Ik heb hem geobserveerd, terwijl hij Isabelle uitlegde waar die buisjes voor dienden, en waarom hij rozenstruiken aan de uiteinden van de wijnranken had gepot. 'Om ze te beschermen tegen kleine rode spinnetjes.' Ik hoor het hem nog zeggen, intussen Isabelle in haar buik kietelend, waarop mijn dochtertje het uitgierde van de pret.

'Robijnrood, overgaand in granaatrood,' meent Davide.

'Ze is prachtig van kleur, vind je niet?'

'Ja.'

'Nu, vertel, wat vind je van de smaak?' wil Seppo weten. 'Wat proef je?'

Davide herhaalt het ritueel van ruiken, walsen en proeven, dat hij voor ik kwam vast al heeft geoefend. Zijn vader kijkt gespannen toe.

'Evenwichtig en vol van smaak. Soepel maar ook complex, een uitstekende lengte.' Hij glimlacht. 'Als je maar weet dat ik hier een paar doosjes van meesmokkel naar Venetië, pa, als jij dat zelf niet doet.'

'Welke smaken?' dringt Seppo aan.

'Een rijkgeschakeerd bouquet met...' Davide hapert. Neemt opnieuw een slok.

'Tot zover had ik het ook wel geraden, zelfs zonder proeven,' zeg ik, grijnzend. 'Het gaat natuurlijk om de echte smaken, schat. Bramen? Kaneel? Pepers? Nou?' De wijn is lekker. Heel lekker zelfs. Maar om nu te zeggen wat ik precies proef? Ik rook, dat is niet bevorderlijk voor mijn smaakpapillen, en, trouwens, ik let meestal meer op het alcoholpercentage dan op de druivenrassen.

'Ik weet het niet,' bekent Davide. 'Ik proef wel zachte tannines en een subtiele bittertoets in de finale, maar... bessen?'

Zijn vader schudt zijn hoofd. 'Zitten je de smaakpapillen nog in de koffer, *mio figlio*? Ah... de tonen van rijp fruit, specerij, zachte houtinvloeden, en een fijne, florale toets, hoe kun je die niet proeven? Bosbessen, bramen,' hij kijkt mij even aan, 'Frederique, misschien moet ik mijn proeverijen met jou houden!'

De frons tussen Davides wenkbrauwen verdiept zich.

'Kom, heren, ma staat op springen in de keuken, ik moest jullie ophalen.'

'*Sì*,' knikt vader. 'Het wordt tijd dat we gaan. Het is de hele dag mooi weer geweest, maar nu komen de donderwolken snel dichterbij. Laten we opschieten.'

Davide zwijgt op de terugweg, stuurs voor zich uit kijkend. Hij heeft in ieder geval geen oog, lijkt het, voor de afstervende natuur om zich heen. In gedachten speel ik het Herfstconcert van Vivaldi. Over een paar dagen moet die als nooit tevoren in La Fenice de mensen op het puntje van hun stoel houden. Als ik de eerste klanken hardop neurie, spreidt Seppo zijn armen en maakt een pirouette, die me doet vrezen dat hij niet op zijn oude mannenbenen zal kunnen blijven staan.

Met dansen en zingen vieren de boeren het veilig binnenhalen van de oogst in hun schuur. Beneveld door Bacchus' drank vallen ze in Morpheus' armen. Het zingen en dansen sterft af als kalmerende koele briesjes het jaargetijde uitnodigen om zorgeloos te ontspannen. Bij dageraad staan de jagers klaar voor de jacht met hoorns, geweren en honden en geschreeuw. De prooi zoekt dekking en zij volgen het spoor. Het gewonde dier, panisch door het lawaai, zoekt tevergeefs een uitweg en sterft.

'Bravo,' roep ik, mijn arm door de zijne stekend, vooral om te voorkomen dat hij meer vreemde capriolen zal uithalen, die kunnen resulteren in een gebroken heup.

'Ah, ik verheug me op je concert met Kerstmis. Wat een sensatie moet het zijn om naar die prachtige klanken in dat magnifieke operatheater te kunnen luisteren. Bij een dergelijke prestatie verbleekt zelfs mijn wijn.'

'Nee hoor, *caro papà*, die drinken we gauw op voordat het zover komt,' zeg ik.

Ondanks de overheerlijke lasagne, waarbij mijn schoonvader een mooie wijn serveert, krijg ik vrijwel geen hap door mijn keel. Ik ben een naïeve dwaas. Toscane is prachtig, maar de verandering van omgeving heeft weinig tot geen effect op mijn gemoedstoestand. Toen ik vanmorgen in het vliegtuig stapte, waren mijn handen klam, en dat zijn ze nog steeds. Davide ontwijkt me, zijn ogen staren in een verte waar ik hem niet kan bereiken. En ik heb het koud. Het is alsof ik met het dalen van de temperatuur, de afgelopen weken, gelijke tred houd. Seppo stookt het haardvuur geregeld op, maar de warmte lijkt niet tot me door te kunnen dringen.

Als Davide zich mompelend al voor het dessert verontschuldigt, hij gaat naar bed want hij voelt zich doodmoe, zegt hij, kijkt zijn moeder hem bezorgd na. Ik zou Davide moeten volgen, per slot van rekening hebben we nachtenlang zonder elkaar doorgebracht, maar ik blijf zitten. Seppo heeft *De vier jaargetijden* van Vivaldi opgezet. Een virtuoze uitvoering van het Italiaanse ensemble Concerto Italiano van Rinaldo Alessandrini. 'Zachtjes,' zegt hij, 'stoort je dat niet?'

'Nee hoor, kan ik alvast weer horen hoe het ook alweer moet,' antwoord ik, met een geforceerde glimlach. Zijn hoofd knikt lichtjes, ritmisch op de muziek. De herfst, hoe toepasselijk. Het heldere, springerige geluid in het eerste deel, het 'Allegro', stemt hem altijd positief, zegt hij, ook al moet Vivaldi op dat moment een flinke regenbui in gedachten hebben gehad. 'De cyclus van de vier vioolconcerten mag dan door sommigen als tamelijk versleten worden beschouwd, ik geniet ervan,' zegt Seppo. 'Ik denk dat het komt door mijn liefde voor Italië, waarin de jaargetijden belangrijker zijn dan het jaar zelf, en mijn zwak voor de componist, die arm en vergeten overleed, zonder muziek op zijn begrafenis. Ik leg regelmatig een roos bij zijn geboortehuis in onze stad.' Binnen de kortste keren valt zijn hoofd schuin opzij, rustend op zijn schouder, en snurkt hij lichtjes in het flikkerende licht van de vlammen.

Ik zie Arianna vertederd kijken, en een steek van jaloezie flitst door mijn lijf. Ik zet mijn lege glas op tafel. 'Ik zal ook eens aanstalten maken,' zeg ik, hoewel ik nu al weet dat ik geen oog zal dichtdoen.

'Ik vind het moeilijk,' zegt mijn schoonmoeder.

Moeilijk? Wat? Ik hijs me uit de kussens van de oude twee-zitter. Hier heb ik geen zin in.

'Of ik nu wel of niet iets over Isabelle mag vertellen. Ik loop op eieren om alles wat met Isabelle te maken heeft te vermijden, in de angst dat er iets – of iemand – zal exploderen bij het noemen van haar naam. Vanavond kijk ik in Davides ogen en zie ik niet de zoon die ik had. En bij jou kamp ik met hetzelfde dilemma. Zwijgen of niet? Ik heb het vreselijke gevoel dat Isabelle ook tussen jullie in staat, als een muur waar geen van jullie beiden overheen kunnen kijken, laat staan doorheen kunnen komen.'

Ik kijk naar de foto's van Isabelle op het donkereiken kastje, vlak naast de schouw. Ingelijste foto's van mijn dochter als baby, als peuter en kleuter, die er vorige keer nog niet stonden. Een uitnodiging tot reactie? Een provocatie, zelfs?

Ik sta op. 'Natuurlijk mag je over Isabelle praten,' zeg ik. 'Alleen, liever niet nu, ik ben ook hondsmoe, dus ik ga Davide achterna.' Aarzelend geef ik haar een zoen, hopend dat ze niets meer zal vragen of zeggen.

Een paar minuten later sta ik buiten en steek een sigaret op. Wat zal Davide antwoorden als mijn schoonmoeder hem die-zelfde vraag stelt?

V

Tweede kerstdag, 02.00 uur

'Brieven,' zegt inspecteur Van Aerendonck. 'Stapels brieven. Niet hier, tenminste tot op dit moment daarover geen uitsluitsel, maar in jullie huis in Nederland is een doos vol gevonden. Van Frederiques tante. Davide, wil je daar iets over zeggen? Het zal dagen kosten voor de collega's met iets zinnigs op de proppen komen. Wil je zo lang wachten, wakker liggend op een hard matras?'

De man tegenover hem haalt zijn schouders op. 'Kan tante Bernique dat niet beter zelf doen? U gelooft mij toch niet, is het wel?'

'Geef nou gewoon antwoord,' verzucht de inspecteur, 'en maak het ons allebei niet zo moeilijk, akkoord? Des te eerder kunnen we gaan slapen. Het is inmiddels twee uur, en ik verlang naar een glas whisky.' Whisky en een bed. Een bed, daar zegt hij zoiets. Dat zal ook voor hem een matras in een van de cellen worden, of linea recta naar huis, als de verdachte eindelijk met de waarheid op de proppen komt. Een reservering in een hotel? Hij heeft er niet aan gedacht, zijn collega's als hij ze goed inschat nog minder, en hij vermoedt dat elk hotel hier deze dagen sowieso tot de nok toe gevuld is. Het zij zo. Prima.

Des te meer reden om nu een doorbraak te forceren. Hij moet naar huis, naar zijn Leonie. Hij zal het nooit toegeven, maar hij voelt daadwerkelijk fysieke pijn in zijn lijf bij de gedachte aan haar. In zijn borst, om precies te zijn. Een kramp, die op onverwachte momenten opspeelt. Het kan hun laatste Kerstmis samen zijn, en hij zit 1300 kilometer van haar vandaan. Waarom heeft hij deze klus in godsnaam niet uit handen gegeven aan een van de collega's? Hij maant zichzelf bij de les te blijven. 'Deze tante Bernique, Davide, waarom schreef ze Frederique zo vaak?'

'Tante Bernique was altijd bang voor een erfelijke factor in de familie, die verantwoordelijk was voor nogal wat psychisch leed, en ik vermoed dat de wekelijkse brieven sturen haar manier was om Frederique zekerheid te geven. Frederiques moeder bleek erg labiel na de dood van haar man, hetzelfde was een generatie daarvoor met de moeder gebeurd van haar moeder en dus ook die van Bernique. Ik weet er verder niet zo veel van, ik heb zelfs Frederiques moeder niet gekend, wij ontmoetten elkaar toen haar moeder al een jaar of zes dood was. Een hartaanval, meen ik, mede te wijten aan de vele medicijnen die ze slikte.'

'Is Frederiques tante verward?'

'Misschien nu, daar kan ik niet over oordelen. Voor zover ik haar ken, is ze uitermate helder van geest.'

'Goed.' Hij schuift zijn stoel iets dichter naar die van Vianello. 'Vertel me dan nu eindelijk wat Frederique je heeft vergeven. Je bent me nog steeds een antwoord op die vraag schuldig, weet je nog?'

Zijn mobiele telefoon rinkelt en hij vloekt in zichzelf. Het nummer van het bureau in Den Haag. 'Een ogenblik alsjeblieft.' Hij loopt de verhoorkamer uit en beantwoordt de oproep. 'Ja?' is zijn ongeduldige reactie als het stil blijft aan de andere kant van de lijn.

'Inspecteur Van Aerendonck?'

'Ja!'

'Flipse hier. Dat lijk van u? Die dame uit het water langs de Mauritskade?'

'Ja-a?'

'Ze had een extreem hoog alcoholpromillage in haar bloed. Sectie heeft uitgewezen dat ze nog leefde toen ze te water is geraakt. Afijn, we tasten nog in het duister, maar er is geen match met vermiste personen. Gebit niet geregistreerd, haar dna komt niet voor in de database. We vermoeden een zwerfster, en dus geen lijk voor u, dat wilde ik er maar mee zeggen. Geen overeenkomsten met uw dames.'

'Een zwerfster? En die Minke de Pluij dan? Heeft niemand haar naam kunnen traceren? Zo'n vrouw moet toch ergens geregistreerd zijn.'

'Misschien niet onder haar eigen naam?'

'Hmm.' Ze was gescheiden, misschien is De Pluij haar mans naam, natuurlijk heeft die gedachte ook door zijn hoofd gespeeld.

'Dan is het zoeken naar een speld in een hooiberg, nietwaar?'

Ja, snotneus, dat hoef jij me niet te vertellen. Geïrriteerd beeindigt hij het gesprek. Hij loopt de verhoorkamer binnen en verontschuldigt zich voor het oponthoud. 'Waar hadden we het over? Die tante van Frederique. Juist ja. Vond je haar verward? Nee, dat vond je niet, toch?'

Davide schudt zijn hoofd. 'Tot voor kort maakte ze op mij altijd een kordate indruk. Een dame die erg bij de tijd was, het nieuws volgde en interesse had in haar medemens. Sinds haar man overleed, kan dat veranderd zijn. Maar ik las de brieven niet. Soms las Frederique er een paar zinnen uit voor, als het zo uitkwam en een brief bijvoorbeeld bij de zaterdagpost kwam, terwijl we nog aan het ontbijt zaten. Eerlijk gezegd vond ik dat haar tante overbezorgd was. Frederique had zo haar eigenaardigheden, bij vlagen, maar ze was artieste, en ook toen ik haar pas kende had ze die al. Ze hoorden bij haar. De onzekerheid of ze haar vorige prestatie nogmaals zou kunnen herhalen, het verdriet als een optreden een keer niet zo ging als ze graag wilde. Het maakte haar tot de bijzondere vrouw die ze was, voor wie ik ben gevallen en van wie ik ben gaan houden. Van wie ik nog steeds houd en zal blijven houden.'

Een Italiaanse collega onderbreekt het gesprek door binnen te komen met twee borden pasta en de inspecteur telt tot tien om een kwade reactie te voorkomen. Verdorie! Net nu Vianello over zijn vrouw vertelt.

Zwijgend eten ze hun pasta, waarbij hij opmerkt dat de ietwat loensende blik van de verdachte in een duistere verte lijkt te staren.

'Davide,' zegt hij zodra Vianello is uitgegeten, 'je had het over Frederique.' Hij praat zo zacht dat de woorden de stilte bijna niet aantasten. 'Vertel het me, Davide, toe, vertel het me.'

De Venetiaan zucht, en schudt zijn hoofd. 'Ze heeft zichzelf opgesloten in die graftombe,' zegt hij, met een stem die elk moment lijkt te kunnen breken. Hij strijkt met een wanhopig gebaar door zijn donkere haren. 'Ik heb mijn uiterste best gedaan om haar te redden, mijn uiterste best.' Hij recht zijn rug, en haalt diep adem. Zijn stem klinkt duidelijker als hij verder vertelt. 'Ze wilde niet gered worden. Frederique had last van haar schouder. Haar carrière was afgelopen, vreesde ze, als ze geen lange pauze zou inlassen en ze was ervan overtuigd dat de mensen haar dan snel zouden vergeten. Er staan elke dag nieuwe talenten klaar om mijn positie over te nemen, zei ze, de concurrentie ligt op de loer. Ze was steeds minder overtuigd van haar eigen unieke kwaliteit. Zeer onterecht, als u het mij vraagt, en dat heb ik haar meermaals duidelijk proberen te maken. Die missie is overduidelijk niet geslaagd. Maar ik heb haar niet vermoord, dat zou ik nooit, nooit kunnen. Ik houd van haar, meer dan van wat ook op deze aarde.'

De inspecteur knikt, terwijl zijn ogen onafgebroken Vianello's blik zoeken en zijn bewegingen volgen. Voorovergebogen schouders, handen die hij niet stil lijkt te kunnen houden. Vertelt de verdachte de waarheid? Liegt hij? Het is moeilijk te zeggen, in te schatten. Aan inschattingen heeft hij niets. 'Davide, we moeten het ook over je dochter hebben.' Hij slikt een laatste sliert spaghetti door en het is even stil. 'Je dochter, Davide.'

'Isabelle.' Vianello's stem slaat over bij het noemen van de naam.

'Ik heb de laatste weken uiteraard het nodige gelezen over de tragische gebeurtenissen die geleid hebben tot de dood van Isabelle en de moeilijke periode daarna. Wil je daar alsjeblieft mee ophouden? Straks kan ik de EHBO-kist gaan zoeken.'

'Pardon?' Vianello kijkt hem verbaasd aan.

Van Aerendonck wijst naar zijn nek. 'Dat krabben. Ik zie al bloed aan je nagels.'

De Venetiaan lijkt zich dan pas te realiseren wat hij aan het doen is en vouwt zijn handen voor zich ineen op tafel.

'Isabelle,' dringt de inspecteur aan.

'Frederique drong aan op een rechtszaak, maar na een onafhankelijk onderzoek binnen het ziekenhuis hebben we daarvan afgezien. Misschien moet ik zeggen dat ik haar heb overgehaald geen verdere stappen te ondernemen. Een intern onderzoek wees uit dat niemand ook maar het minste te verwijten viel. Het dossier is inmiddels gesloten. Eh, ik zeg nu wel dat niemand iets te verwijten viel, maar dat is natuurlijk niet waar. Ik heb die vrouwen stuk voor stuk verweten dat ze hun werk niet goed hebben gedaan. Een jaar lang ben ik ermee bezig geweest om alles voor te bereiden...'

Voor te bereiden? Dus het is toch deze Venetiaan die hij moet hebben. Een ouderwets telefoongerinkel klinkt en de inspecteur haalt met de schrik in zijn benen de mobiele telefoon uit zijn colbert. Telefoon op dit uur? Dat kan maar één ding betekenen.

26

dinsdag 22 december

Zonder de geringste emotie op zijn ongeschoren gezicht vertelt mijn schoonvader dat er te veel wilde zwijnen in de omgeving zijn. Als hij geen vallen zou zetten en elektriciteitsdraad om de wijngaard had geïnstalleerd, hadden de veelvraten zijn druivenoogst vernield. En dus kost het hem geen enkele moeite een zwijn met een welgemikt schot tot avonddiner te promoveren – of degraderen, het is maar vanuit welk perspectief ik het bekijk. Ik herken de blik in zijn ogen, die ineens vurig fanatiek wordt als hij zijn ribbroek in jagersgroen aan heeft getrokken. De eerste keer dat mijn handige schoonpapa de metamorfose van keurige conservator tot woeste jager onderging, kon ik niet geloven dat hij een en dezelfde was.

De jacht is pas vanaf begin december open voor wild zwijn, volgens Seppo, dus lopen er vast en zeker een paar mooie exemplaren voor ons rond, meent hij. Onderweg zullen we moeten opletten dat we de vallen ontwijken, maar onze alerte blikken richting grond moeten volgens Seppo ook paddenstoelen kunnen opleveren. Hij kent zelfs enkele plekken waar we met wat geluk truffels kunnen opgraven.

'Hier is je *fucile*,' zegt Seppo, terwijl hij me een geweer aanreikt.

Ik heb ooit wat schietles van hem gehad, maar ik ben geenszins van plan wat voor beest dan ook in mijn vizier te nemen. Een andere is voor Davide. 'Wees voorzichtig. Ik weet dat Davide in aanleg een uitstekend schutter is die geen onnodige risico's neemt, en ook jij, Frederique, weet wat je in handen hebt, maar het is geen alledaagse bezigheid, dus wees je bewust van het dodelijke wapen dat je bij je draagt. Jullie jagen uitsluitend op fazanten, akkoord?'

Davide knikt, zie ik.

We hebben gisteravond geen woord gewisseld. Toen ik in bed kwam, sliep hij, of eerlijk gezegd vermoed ik dat hij deed alsof, omdat hij nogal lag te woelen. De moed ontbrak me om iets te zeggen en ik durfde hem niet aan te raken. Het is raar, we hebben niet eens ruzie gehad. Was dat maar het geval, dan hadden we iets gehad om uit te praten. Hij lijkt zo gesloten als een oester en zijn blik is net als gisteren somber en ongeïnteresseerd. Later luisterde ik naar zijn zachte gesnurk, zijn in- en uitademen, geluiden die me zo vertrouwd in de oren klonken, maar tegelijk ook zo vreemd.

Ik kijk naar hem in zijn zwarte leren jack en mis onze klik. Deze man is een vreemde voor me en ik vraag me af of dat alleen mijn perceptie is of dat zich in hem daadwerkelijk een persoonsverandering heeft voltrokken. Waarom dan? Of ben ik nu een typisch geval van de pot verwijt de ketel?

Het is droog, deze ochtend, maar daar is ook alles mee gezegd. De nevel hangt nog over de velden en de statige cipressen tekenen zich slechts vaag af tegen de mistige hellingen.

'Ik heb wel gezegd dat ik van Toscane houd,' zegt Seppo, 'maar vergeet niet, dit is in wezen een hard, allerminst toegankelijk gebied.'

'Jullie leven in ieder geval met de seizoenen, die altijd weer terugkeren. In Nederland tellen we de jaren, en die gaan slechts voorbij.'

'Ah, daar zeg je een waar ding, en het seizoen dicteert wat er op tafel komt, en dat is in dit geval wild zwijn. Of op zijn minst fazant, nietwaar, Davide?'

Davide mompelt iets onverstaanbaars, zijn blik op de grond gericht.

'Zwijn aan het spit,' zegt Seppo. 'Mits het droog blijft, die kans acht ik helaas erg klein.' Hij loopt voorop, glibberend en glijdend zoekt hij een weg tussen de bomen en struiken. 'Je hoeft niet stil te zijn, we willen die zwijnen juist in beweging krijgen. En herten zien we niet, daarvoor moeten we 's avonds het bos in.' Seppo, stoer gekleed in een camouflagejas, het geweer over zijn schouder, staat stil. 'Hoogstens hoor je ergens een mannetje loeien vanwege de bronsttijd.' Hij klapt een paar keer in zijn handen en enkele vogels schrikken op.

Ik heb nooit begrepen dat hij camouflagekleuren draagt terwijl we wel lawaai mogen maken. Seppo negeert ook steevast de bordjes *divieto di caccia*, verboden te jagen. Maar het hoort bij mijn schoonvader, zodra hij het woeste jachtvirus in zich voelt stromen. Het is ook wel erg Italiaans, regels opstellen om ze vervolgens te negeren, te omzeilen of er eindeloos over te discussiëren.

'Als het wild zwijn niet komt opdagen,' zegt Seppo, 'dan zetten we in op een fazant. Die ga ik stoven, met rozemarijn en zwarte olijven. Dan kan mama er een mooie pasta met verse paddenstoelen bij maken. Dus ook letten op de *funghi*, graag. Een *funghi trifolati*, de *funghi* gebakken in de pan, met look en peterselie. Ah, *bellissimo*.'

Luisterend naar de culinaire plannen van Seppo probeer ik mijn laarzen in zijn voetstappen te zetten. Pasta met paddenstoelen zonder vlees zou me net zo lief zijn. Als mijn aandacht even naar de omgeving gaat, struikel ik acuut over een boomwortel die boven de grond uitsteekt.

'Pas op,' waarschuwt Seppo. 'Kijken waar je loopt.' Hij helpt me overeind en is dan afgeleid. 'Een goede plek om te struikelen, *mia figlia*, een heel goede plek.' Seppo hurkt en plukt een aantal forse paddenstoelen.

'We moeten niet te ver afdwalen,' zegt Davide, 'er komt een massa slecht weer aan. Regen, zeker, misschien zelfs sneeuw.'

De grond is nu al amper begaanbaar, Davide heeft gelijk. Ik moet er niet aan denken hier te stranden. Hoewel Seppo zijn weg lijkt te kennen, lijkt het mij een peulenschil om hier hopeloos te verdwalen. Ik zou nu al niet meer weten hoe ik thuis moet komen, zeker niet als deze wereld ook nog wordt bedekt door een wit sneeuwdek.

'Stop,' zegt Seppo, een arm in de lucht stekend. Hij draait zich half om en pakt zijn geweer. 'Ik meende iets te horen.'

Ik heb de neiging keihard 'rén' te gillen. Hoe realistisch is Vivaldi's herfstsonnet... *De prooi zoekt dekking en zij volgen het spoor. Het gewonde dier, panisch door het lawaai, zoekt tevergeefs een uitweg en sterft.*

Seppo is een voortreffelijk schutter en ik hoop dat zijn ogen nog steeds in orde zijn, zodat hij het beest goed raakt en het onmiddellijk sterft. Ik wacht gespannen af, maar er gebeurt niets. Ik zie hoe mijn schoonvader door zijn verrekijker loert. Dan ontgrendelt hij zijn geweer en begint plotseling te schreeuwen. Enkele fazanten vliegen uit de struiken, een meter of dertig verderop. Hij schiet, een moment klinkt er een schrille doodskreet, en dan is het stil. Ik huiver. Seppo maakt een overwinningsgebaar. 'Ik zei het je, stoven!' grijnst hij. Met zijn vingertoppen tegen zijn getuite lippen toont hij zijn tevredenheid, als een chef-kok. '*Fagiano* is het fijnste wild,' meent hij. 'Blijven jullie hier staan, ik ga hem voorzichtig halen, ik wil geen fazant eten terwijl ik hinkend op één been kerm van de pijn. Wees alert.' Seppo verdwijnt langzaam tussen de struiken.

'Ik wil ook een prooi,' hoor ik Davide zeggen, en met ferme passen loopt hij weg.

'Blijf hier,' zeg ik, 'blijf bij me,' en ik veracht mijn smekende toon. 'Stik ook maar,' mompel ik erachteraan, als hij niet reageert. Heeft hij me niet gehoord? 'Dan zal ik een zwijn omleggen, wacht maar af.' Ik loop in de tegenovergestelde richting waarin Davide is gegaan, maar na enkele aarzelende stappen draai ik me om. Met dit weer hier verdwalen lijkt me een zeer waarschijnlijk maar ongewenst scenario. Met elk weer, eigenlijk. Ik voel mijn tenen niet meer, zo koud zijn mijn voeten intussen, en ik realiseer me dat ik bij Arianna had moeten blijven. Maar het begrip in haar ogen dreef me weg.

Ik zag het aan haar. Zullen we erover praten, wilde ze zeggen. Je moet door, jij en Davide allebei. Ja, ik moet door, ik heb nog zo veel om voor te leven, tel je zegeningen, alle dooddoeners heb ik honderden keren gehoord en mezelf ingeprent. Maar ik weet niet hoe, en niemand doet het me voor, niemand zegt me wat ik kan doen aan het gat in mijn ziel. 'Niemand vertelt me wat het voor zin heeft dat ik koffie drink, noten speel en mijn tanden poets,' zeg ik tegen Isabelle. Ze zit naast me en boort haar donkere ogen verwachtingsvol in de mijne. 'Wil je dat ik je voorlees?'

Een moment meen ik iets achter me te horen. 'Davide?' Ik draai me om en kijk gespannen om me heen. Geen Davide, geen Seppo. Hoe ver gaan ze het bos in? En dan? Ineens ben ik bang dat ik als schietschijf zal dienen als ik me beweeg. Geen handige kleur, deze bruine jas, ik had de witte moeten aantrekken. Ik krimp iets in elkaar en dan meen ik opnieuw dat ik iets hoor. Gekraak van een tak? Ik vergis me toch echt niet. Ik pak het geweer van mijn schouder en ontgrendel het geblokkeerde wapen, schichtig om me heen loerend naar mogelijk onheil. Er zit vast een of ander angstig beest in de struiken dat geen zin heeft om vanavond op een bord te liggen.

Wat was dat? Mijn hartslag versnelt. Dat was het geluid van...

voetstappen. Beschermend houd ik mijn arm voor Isabelle. Rustig blijven. Geen paniek. Het waren de poten van een wild zwijn. 'Wat jij, mmm? Mama stelt zich flink aan, vind je niet?' Ik rek me zo ver mogelijk uit om alerter te zijn op bewegingen in mijn omgeving, om me direct daarna te bukken als ik me realiseer dat ik staande een nóg eenvoudiger schietschijf vorm. Ik haat mijn angst, maar intussen klopt mijn hart hoog in mijn keel. Vanuit mijn ooghoeken zie ik een beweging. Bruin. Het zwijn? Ik loer door de loop van het geweer en prent mezelf in dat ik zal schieten zodra ik het beest in het vizier krijg. Mij een beetje bang lopen maken, dat lompe geval op zijn dikke hoeven kan me wat. Waarom moest ik ook in godsnaam mee op jacht? Een beetje ordinair schieten op beesten, alleen omdat ik mijn schoonmoeder wilde ontlopen? Wat een onzinnig idee. Mijn schouder meldt zich, pijnlijk zeurend vanwege de belastende houding. Ik had willen uitrusten, Arianna zei toch dat ik het nodig had? Voorzichtig weer wat oefenen, naar muziek luisteren... en nu zit ik hier te wachten, glibberend en rillend, op Seppo en Davide. Of op mijn einde? Ach kom. Mijn hoofd gaat met me aan de haal. Stop ermee. Waar maak ik me nu eigenlijk helemaal druk om? De dood. Angst voor de dood. Een angst die me op de hielen zit. Flauwekul. Onnodig gezwets. Ik heb alles onder controle. Nog een paar optredens, dan is het voorbij. Waar is dat stomme beest? 'Laat je zien als je durft,' mompel ik hardop. 'Ga even een paar stappen opzij, Isabelle, mama moet even iets regelen.' En shit, shit, daar zie ik het opnieuw. De beweging. Dichterbij nu. Wat als het beest mij in de gaten heeft en op me af komt stormen? Of, nog erger, Isabelle omver ramt? Een kind tegenover een log monster van een paar honderd kilo met hoektanden als dikke vingers, die naar buiten steken en een kleine prooi met gemak kunnen doden? Ik voel mijn hart in mijn keel bonken als ik mijn vinger om de trekker leg en probeer mezelf onder controle te houden. Kijken. Richten. Ik moet dat beest in ieder geval flink afschrikken...

Ik schrik van de knal, die duizendmaal harder klinkt dan ik had verwacht, verderop, onmiddellijk gevolgd door een indringend geluid. Een schreeuw? Niet het geluid van een zwijn. Het klonk... het klonk menselijk... Seppo? Davide? Een gil ontsnapt uit mijn keel en alsof ik vuur in mijn handen heb, laat ik het geweer vallen. Ik kijk naar het wapen en trap het weg. Ik kijk om me heen, realiseer me dat ik iets moet doen. Ik heb een hulpkreet gehoord, er is iemand geraakt. Gewond. Erger? O nee. Ik zet een sprint in, in de richting van het geluid, en voor ik het in de gaten heb, lig ik voorover tussen de struiken en schiet er een pijn door mijn enkel, alsof iemand er met een bijl in hakt. Ik wil me oprichten, maar dan zie ik witte lichtflitsen voor mijn ogen, die langzaam verdwijnen en plaatsmaken voor een overweldigende stilte. Mijn hoofd voelt licht. Prettig. Rust. Even niets...

Frederique – 35 jaar

De test wijst het opnieuw uit: ze is zwanger. Frederique heeft een setje gekocht – drie plus één gratis, het enige wat op voorraad was en naar nog weer een andere winkel gaan durfde ze niet – en net als drie dagen geleden verschijnt er ook vandaag een roze testlijntje naast het controlelijntje. Zwanger. Bloed stijgt suizend naar haar hoofd. Een kind? Wat moet zij met een kind? Na de eerste test heeft ze het resultaat en de consequenties ervan verdrongen, maar nu komt ze er niet meer onderuit. Een kind.

Verdwaasd loopt ze uren buiten, zich amper realiserend waar ze is. Pas als het zweet van haar rug gutst, merkt ze dat ze haar winterjas met de bontkraag aanheeft, terwijl de temperatuur richting de 25 graden moet gaan. Wat moet ze doen? Is het echt waar?

Na een afspraak met haar huisarts weet ze het helemaal zeker. Bijna drie maanden, ze heeft door alle drukte met de cd-opnamen – muziek van Tsjaikovski en Williams' *Schindlers List* met het Royal Philharmonic Orchestra, o, het wordt een prachtig album! – niet eens gemerkt dat ze niet ongesteld is geworden. Ze is vaker onregelmatig, maar zo lang heeft de periode ertussen nog nooit geduurd... Alle alarmbellen hadden af moeten gaan.

Ze moet snel beslissen en heeft de afspraak direct gemaakt. Geen tijd om zich te bedenken of te overwegen wat Davide zou willen. Geen tijd om uit te zien naar een eerste echo, en al helemaal geen tijd om zich voor te stellen hoe een kleine mix van hen beiden eruit zou zien.

Maar 's nachts ligt ze wakker, woelend in twijfels en schuld. Tientallen keren is ze van plan om Davide aan te stoten en haar wanhoop met hem te delen, evenzoveel keren laat ze het. Ze kennen elkaar vier jaar, ze zijn pas getrouwd. Maar ze is al vijfendertig. Als ze ooit nog zou willen? Die afspraak is de goden verzoeken... Ze heeft zich erover verbaasd dat Davide niets heeft gemerkt aan haar. Dat het hem niet opviel dat ze met trillende handen zout in haar koffie schepte in plaats van suiker. Ze denkt aan haar moeder, en hoe vaak ze als kind bij tante Bernique ging logeren. Waarom zou zij een betere moeder zijn? Waarom niet? En zij heeft Davide. Ze kunnen toch samen een oplossing bedenken?

Ze kan geen kind krijgen, ze hebben het erover gehad en ze vonden beiden dat hun leven vol genoeg was en ze hadden allebei een droom om te verwezenlijken. Wat als hij denkt dat ze het expres zover heeft laten komen? Een baby betekent geen kans meer om weken in het buitenland te verblijven voor optredens, in plaats daarvan zal ze om de drie uur voeden en luiers verschonen. Een baby. De verantwoordelijkheid voor een kindje van haarzelf. Angstaanjagend. Net nu ze afspraken heeft gemaakt over een promotietournee. Over concerten. Net nu Davide dankzij een forse promotie de leiding heeft gekregen over het Moseproject in Venetië, waardoor hij opgeslokt zal worden door zijn werk. Ze zullen nog meer moeten schipperen, overleggen en plannen om elkaar te zien. En dan daar ook nog een kind bij? Ze wrijft over haar buik, waaraan nog niets te voelen is. Groeit daar werkelijk iets?

De volgende ochtend zit ze in de wachtkamer, met donkere wallen onder haar ogen en tranen die achter haar ogen prikken. Rennen. Nu kan het nog. Ze moet zichzelf meer tijd gunnen, een dag, twee dagen, een dermate ingrijpende beslissing niet zo snel nemen. Nee, als ze nu wegloopt, komt ze niet terug. Nu doorbijten, en dan kan ze door met haar leven, met Davide. Ze hebben het goed samen, ze zijn gelukkig. De vrije tijd die ze samen doorbrengen, is kwaliteitstijd. Of ze nu over de Rialtomarkt in Venetië slenteren voor de lekkerste verse vis of hier in Nederland... een kind verwekken? Ze denkt aan de brief van tante Bernique, die gisteren bij de post lag. Ze kon het niet aan om te bellen en te zeggen dat het goed gaat, dat ze vandaag of morgen zal langskomen voor een kop koffie en tantes koekjes. Waarom niet? Ze is toch zo gelukkig? Waarom voelt ze zich dan zo ellendig? Waarom zou ze dan op dit moment willen schuilen voor de wereld?

Pas als ze binnen is en de chemische lucht opsnuift, beseft ze ten volle waar ze mee bezig is. Gekkenwerk. Hoe kan ze dit ooit doen? Ze mag dan niet gelovig zijn, niet meer sinds die middag dat ze haar vader aantrof, bungelend aan de houten balk in zijn zolderkamer, ongewild gaan haar ogen toch naar boven. Help me, smeekt ze in zichzelf. Ze kan het niet. Ze kan het niet. Hoofdschuddend geeft ze de specialist een ijskoude hand. 'Het spijt me, dit is allemaal een grote vergissing, ik...'

Op dat moment vliegt de deur open. Ze schrikt als ze Davide in de deuropening ziet staan. Hij kijkt even rond en dan stormt hij met ontzagwekkend grote passen op haar af, blijft vlak voor haar staan en hijgt woest.

'Wat doe...'

'Mee!' Davide sleurt haar mee, de kamer uit, en ze ziet nog net het verbouwereerde gezicht van de arts voordat hij de deur dichtslaat. In de wachtkamer trapt hij een stoel omver en ijsbeert. Zwijgend. Tot hij ineens stilstaat. Ze wacht op wat hij gaat zeggen, maar hij kijkt haar slechts aan. Ze ziet verachting in zijn blik en ze krimpt ineen. 'Davide, ik...'

Hij heft zijn arm omhoog en ze houdt geschrokken de woorden binnen. Even is ze bang dat hij haar een doodsklap zal geven, maar dan maait zijn arm boven haar hoofd langs. Een smalle, stalen stelling met folders valt. De onderdelen kletteren op de vloer en ze krimpt opnieuw ineen. Net als ze verwacht dat hij zich nu tot haar zal richten, loopt hij weg.

Hijgend laat ze zich in een van de stoelen zakken. Allemachtig. Zo kwaad. Waar gaat hij naartoe? Ze heeft hem nog nooit zo kwaad gezien, zo kwaad dat hij geen woord kan uitbrengen en alles om zich heen kapot lijkt te willen maken. Ze heeft zich in het begin van hun relatie meermaals verbaasd over zijn rustige, on-Italiaanse temperament. Hij is een aanhanger van Descartes. De eerste zekerheid is die van de twijfel. *Ego sum, ergo existo.* Ik denk, dus ik besta. O, Davide. De boom in met filosofische onzin. Hij zal haar niet geloven... Waar ben je? Hij zal toch geen rare dingen gaan doen? Ze rent de wachtkamer uit en ziet hem buiten op de parkeerplaats. IJsberend. 'Davide?' Ze loopt naar hem toe. 'Ik heb het niet gewild. Je moet me geloven.' Ze ziet aan zijn gezicht dat haar woorden niet tot hem doordringen. Ze gaat pal voor hem staan en neemt zijn hoofd in haar handen. Oogcontact. 'Ik was net van plan om weer weg te gaan, ik wilde het niet, hoor je me? Ik durfde het niet te vertellen, ik was in shock, dacht dat je zou denken dat ik het opzettelijk had gedaan.'

Zijn blik is inktzwart en jaagt haar angst aan. Hij rukt zich los, waardoor haar armen abrupt naar achteren bewegen en ze voelt hoe haar schouder protesteert. Ze had naar de fysio gemoeten, vanmorgen, dat was het, dat was ze vergeten... 'Davide...' Haar stem klinkt smekend. Hij lijkt haar niet te horen, beent met felle passen weg en stapt in de auto. Met gierende banden verdwijnt de wagen even later uit haar zicht. Ze realiseert zich ineens dat ze met haar pumps in een plas water staat, stille getuige van het slechte weer van afgelopen nacht. Pumps bij de vuilnis, haar leven er ook maar meteen bij. Wat heeft ze in godsnaam aangericht?

Uiteindelijk moet ze zichzelf naar huis hebben gesleept, ze herinnert het zich niet, maar op enig moment ziet ze zichzelf in bed liggen. Haar kleren nog aan, de gordijnen open terwijl het donker is. Nacht, het zal nacht zijn, ja, waarom is het anders zo donker? Op een ander moment meent ze de bel te horen en ze weet zeker dat ze minstens zes keer de telefoon heeft horen overgaan, maar ze hijst zichzelf alleen uit bed als ze een toiletbezoek echt niet langer kan uitstellen en haar droge mond om water vraagt. In de badkamerspiegel durft ze niet naar zichzelf te kijken, en als ze dat onverhoopt toch doet, scheldt ze op zichzelf, waarna ze met een haarborstel de spiegel aan diggelen slaat. Dat ze zichzelf verwondt door met blote voeten in de glassplinters te trappen, merkt ze amper. Ze wil slapen. Vergeten. Haar benen opgetrokken, de armen om haar buik geslagen.

Tot ze beneden gestommel hoort, korte tijd later voetstappen op de trap. Davide. Hij gaat naast haar zitten, op het bed, en trekt haar in zijn armen. Ze voelt zijn tranen op haar wangen en lacht. Huilt. En lacht. 'Je bent terug,' zegt ze, en ze klampt zich aan hem vast. Zijn blik is niet meer zo inktzwart, als daar, in die kliniek. Ze was bang voor die blik. Maar nu is haar Davide terug. Hij ruimt scherven op, maakt haar voeten schoon en plakt een pleister op een wond. En hij zegt dat hij drie dagen weg is geweest. Drie dagen. Het dringt niet goed tot haar door.

'Ik ga eten voor ons maken,' zegt hij. 'Daarna kunnen we praten.'

Het is alsof de pasta een kalmerend middel bevat. Of misschien is het de vertrouwde, dagelijkse routine van tegenover elkaar aan tafel zitten om te eten die haar terugbrengt in de realiteit. Is ze werkelijk drie dagen van de wereld geweest? Ze wrijft over haar buik. Er zal toch niets zijn gebeurd met de baby die in haar groeit? Ze moet gauw een afspraak maken met de huisarts. Na het eten drinken ze grappa, nou ja, zelf neemt ze slechts een piepklein slokje, maar evengoed klinken ze met de glaasjes. Proost. Alsof ze iets te vieren hebben, alleen de bijbehorende jubelstemming is mijlenver te zoeken. Haar hoofd tolt, en als Davide opstaat, klampt ze zich aan hem vast. 'Ik stond op het punt weg te lopen, ik zweer het je, ik kon het niet, eerlijk niet, je moet me geloven,' zegt ze, terwijl de tranen over haar wangen stromen.

'Ik geloof je,' zegt hij, terwijl hij haar omhelst. 'Het spijt me dat ik daar zo lang over moest nadenken, maar de feiten spraken je nogal tegen.'

'Waar ben je geweest?'

'Ik heb op de bank in mijn kantoor geslapen.'

'Waa... waarom ben je teruggekomen?'

'Ik kan niet zonder je,' zegt hij. Ze ziet tranen op zijn wang. Zijn ze van hem of van haar? Het maakt niet uit. Zijn woorden klinken haar als muziek in de oren.

'Ik weet niet hoe het heeft kunnen gebeuren, eerlijk niet. Misschien toen ik die buikgriep had en twee dagen heb overgegeven...'

Ze praten het uit. Davide vertelt dat hij een tekening thuis had laten liggen, die ochtend, en die ging ophalen. 'Op de een of andere manier vond ik het raar dat je er niet was, bevreemdde me de sfeer in huis en schoot het me te binnen hoe bleek je de avond ervoor zag. Ik weet het niet precies, maar ergens vertrouwde ik het niet. Ik was bang dat je ernstig ziek was, geloof ik, of ik was zelfs even bang dat je... dat je jezelf... en toen zag ik de verpakking in de afvalbak. Ik heb je huisarts gebeld. Hij wilde niets zeggen, maar ik wist genoeg. Ik dacht dat ik te laat was...'

Hij vertelt ook dat tante Bernique ongerust was geweest en voor de deur had gestaan, overwegend of ze een ruitje zou inslaan. Uiteindelijk had ze Davide op zijn werk gebeld en toen had hij besloten dat hij niet langer weg kon blijven. 'Ik hou van je, en zelfs als je dit kind niet...'

'Maar ik wil het wel. Ik wil het wel.'

Davide vindt het niet nodig dat ze zich blijft verontschuldigen. Hij gelooft haar, en hij wil de drie donkerste dagen uit hun relatie liefst vergeten. Ze praten er niet meer over. Ze maken plannen voor als de baby er is, en haar zwangerschap verloopt probleemloos.

Ze merkt niets aan Davide, hij is zorgzaam, verwent haar, puft met haar mee en sleept haar dapper door de bevalling heen.

En toch. Misschien is het haar eigen waan, maar iets in hun omgang met elkaar lijkt anders. Het is als een schilderij dat moedwillig is beschadigd en door de beste restaurateur is hersteld. Aan de oppervlakte is het beeld weer prachtig, toeschouwers zullen het bewonderend bekijken. Alleen de intimi weten dat de beschadiging met het oog niet zichtbaar is, maar dat een diepere wond zoveel pijnlijker en moeilijker te herstellen is. En als die heelt, misschien wel een litteken achterlaat dat nooit zal verdwijnen.

27

dinsdag 22 december

Kabbelend water in een meanderend beekje. De meeste mensen voelen zich prettig bij water. In water. Het geeft een beleving van vrijheid, gewichtloosheid, zeggen ze, maar ik ben er bang voor. Waarom eigenlijk? Er is niets engs aan water. Hoewel, wacht even, ja natuurlijk, je kunt erin verdrinken. Dat is potverdorie niet zomaar even iets om klakkeloos overheen te walsen. Doodgaan door datgene waar mijn lichaam voor het grootste deel uit bestaat. Water. Water en leven zijn onlosmakelijk met elkaar verbonden. Al het leven op aarde begon ooit in zee, en alles wat leeft, heeft water nodig. Water. Dodelijk als het er niet is. Na zes dagen zonder water zouden mijn nieren het begeven, na tien dagen mijn hart. Dodelijk ook als het er in te hoge mate wel is. Een vloedgolf kan in één klap huizen, wegen en zelfs mensen met zich meesleuren in een dodelijke stroom. Water.

'Frederique?'

'Wat?' Ik voel een tik op mijn wang. Wat? Hoe? Kleuren vullen langzaam de vlekken in die voor mijn ogen zitten. Gelig wit voor een stuk muur, blauw voor iets wat naast me beweegt. Zachte, soepele stof. Een jurk. Arianna.

'Je had het zo steenkoud dat ik je in een heet bad heb gezet,' hoor ik haar stem. Alsof ze ver weg is. 'In bad,' zegt ze. 'Hoor je me?'

Ik knik. 'Water. Ja, water is goed, anders ga je dood.'

'Wat zeg je? Frederique, lieverd, wat is er toch met je? Was je in slaap gevallen? Goddank dat ik je maar heel even alleen liet. Kom, ik help je overeind. Niet op je linkervoet gaan staan, pas op.'

Prompt voel ik de pijn. Die is niet allesoverheersend, maar aanwezig genoeg om Arianna's advies op te volgen en op mijn rechtervoet te steunen. Het irriteert me dat ik geen idee heb waarom er iets mis is met mijn voet, en wát er dan wel mis mee mag zijn. Ben ik van een podium afgevallen en in de orkestbak terechtgekomen? Daar herinner ik me niets van. Helaas, u gaat niet door voor de hoofdprijs, een geheel verzorgde vakantie voor twee personen naar de Galapagoseilanden, alwaar u tussen de brullende zeeleeuwen... Ineens herinner ik me het indringende geluid. Een kreet. Davide? Seppo? 'Wie? Waar is hij? Is hij... is hij...'

'Davide is net terug. Vier hechtingen, het viel gelukkig achteraf erg mee. Toen ik al dat bloed zag, dacht ik dat zijn laatste uur had geslagen, werkelijk waar, en dat jij hem... pas op, wacht, ik help je met de handdoek. Jullie zijn een lekker stel. Het resultaat van een ontspannend middagje op jacht: een schampwond en een bloedende enkel dankzij een valstrik. Davide vertelde me dat je schreeuwde toen hij je vond in die valstrik, dat je dacht dat je werd aangevallen door een wild zwijn. Lieverd toch! Je hebt geluk gehad, dame, dat de scherpe uiteinden je pezen niet hebben doorboord. Voor hetzelfde geld was hij gebroken, of verbrijzeld!'

De arts. Het bloed, het verband. Ik herinner het me ineens.

'Zo, kijk eens? Hier heb ik een trui voor je. Hè, wat een middag. Als je eens wist hoe bezorgd ik ben geweest.'

's Avonds, onder het genot van gestoofde fazant, lachen we erom. Althans, Davide en zijn vader. Ik doe alsof, en Arianna doet niet eens een poging om er een komisch drama van te maken. En als ik het niet verkeerd inschat, moet ook mijn man iets te flink zijn best doen om de middag als een grap af te doen. 'Hij heeft geluk gehad dat je bij nader inzien toch niet zo'n beste schutter bent,' zegt mijn schoonvader, gniffelend, en hij houdt zijn glas rode wijn proostend omhoog. 'Op het leven, kinderen, geniet ervan, want voor je het weet – bám! – kan het voorbij zijn! *Saluti.*'

Ik ben doodmoe en proef amper iets van de fazant, waarover Seppo meermaals de loftrompet steekt. Er gaat toch niets boven een langdurig gestoofd stuk vers vlees, meent hij, en hij houdt een vurig pleidooi voor de jacht, en de leefwijze van de mens, honderden jaren geleden. Hoewel hij zich daar als ex-ambtenaar eigenlijk weinig bij kan voorstellen, los van het gevoel van triomf na de vangst van een prooi, dat geeft hij onmiddellijk toe.

'Ik heb nog twee raadsels voor je,' zegt hij, als hij na het eten muziek wil opzetten.

'Ik trek het niet meer, Seppo. Morgen, goed? Op dit moment weet ik niet eens meer wie *De vier jaargetijden* heeft gecomponeerd.'

'Hè, Seppo, alsjeblieft,' bemoeit Arianna zich ermee. 'Laat die twee. Alsof de dag niet vermoeiend genoeg is geweest.'

Als ik even later in bed lig en de kloppende pijn in mijn enkel langzaam afneemt, vraag ik me af hoe ik het voor elkaar moet krijgen om over vier dagen in volle glorie op het podium van La Fenice te staan. Ik heb het nog niet tot me door willen laten dringen, maar nu ik lig, merk ik het onherroepelijk: mijn linkerschouder heeft ook een oplawaai gehad toen ik viel. Ik probeer mezelf gerust te stellen, in vier dagen kan er veel gebeuren, en probeer met enkele yogaoefeningen te bereiken dat ik La Fenice niet meer als het zwaard van Damocles boven mijn hoofd voel hangen. In plaats daarvan wil ik mezelf op het podium zien staan. Triomferend, een zoveelste staande ovatie in ontvangst nemend. Even later merk ik dat Davide naar bed komt, maar als hij geen woord zegt en zo zacht mogelijk naast me schuift, zak ik weg in het duistere niets, dat langzaam plaatsmaakt voor grijpende handen die me van het podium af willen sleuren.

Twee dagen later pakken we onze koffers weer in, we moeten terug. Morgen repetitie, overmorgen het eerste concert. De afgelopen dagen heb ik vooral veel geslapen, desondanks voel ik me allesbehalve uitgerust. Te vaak schrok ik wakker uit nare dromen die ik me te lang bleef herinneren, beelden die in mijn gedachten bleven rondspoken. Van opgezwollen lichamen in badkuipen en ineenstortende podia, waarin ik gillend verdween, slechts een stofwolk achterlatend, waarvoor hard werd geapplaudisseerd. Maar nu loop ik weer, zij het niet als een kievit. Ik heb inderdaad mazzel gehad, ik heb een valstrik gezien en huiverend geconstateerd dat het een godswonder is dat mijn voet er nog aan zit. Toen Arianna voor de eerste keer het verband verschoonde, schrok ik echter; net boven het uitstekende bot van mijn enkel zit een diepe vleeswond, op precies dezelfde plek waar het litteken zat van mijn val van de fiets, vroeger. Er zal een nog groter litteken overblijven dan er al zat. Eerder zou ik dat vreselijk hebben gevonden, zoals ik elke imperfectie haatte, nu heb ik andere zorgen. Zelfs de donkere wallen onder mijn ogen brengen me slechts een ogenblik van mijn stuk, daarna verberg ik ze snel onder een extra laag poeder. Ik wilde gisteren voor het eerst weer een uur achtereen oefenen. Simpele toonladders, een stukje uit het Herfstconcert van Vivaldi. Na een kwartier leek het of er een gewicht van honderd kilo op mijn schouder leunde, dat me dwong mijn arm te laten zakken.

Zodra ik 's middags weer in Venetië ben, koop ik een doosje zware pijnstillers. Gelukkig doen ze hier niet zo moeilijk over doktersvoorschriften. Ik zal er suf van worden, voorspelt de apotheker. Vertel mij wat. Als ik mijn arm niet omhoog kan houden, ben ik sowieso ten dode opgeschreven. Bij wijze van spreken dan. Ik slik er twee, en daarna houd ik het het hele stuk *De vier jaargetijden* achter elkaar vol, alleen onderbroken door enkele korte pauzes waarin ik een kop thee drink. Hier en daar loopt het niet soepel, helemaal niet, maar hopelijk kan ik die schoonheidsfoutjes morgen tijdens de repetitie wegpoetsen, zodat ik eerste kerstdag de mensen uit hun stoelen speel. Davide kijkt me bezorgd aan, maar ik negeer zijn veelzeggende blik.

Als we de volgende middag na twee uur oefenen onze instrumenten weer opbergen, ben ik opgelucht. Het lijkt inderdaad te gaan lukken. Met een berg van het type Kilimanjaro aan geluk ga ik de komende twee dagen zonder kleerscheuren overleven.

'Hier en daar miste ik je wel in het 'Allegro' en het 'Presto' van de zomer,' zegt Edgar, de cellist. 'Ik was zelfs even bang dat je de winter niet zou halen. Ik hoorde iets over een pijnlijke schouder?'

'Valt wel mee,' zeg ik. 'Twee concerten, daarna neem ik pauze. Morgen zal ik alles uit de kast halen. Mijn familie komt kijken, dus ik moet wel,' zeg ik, grijnzend. 'Mijn tante heeft ooit mijn opleiding aan de academie gesponsord, dus wil ze nu wel eens waar voor haar geld.'

Als Davide en ik later die middag met de bus naar het vliegveld reizen om mijn tante op te halen, vraagt hij ineens of het niet eens tijd wordt dat we met elkaar praten. 'We ontwijken elkaar, terwijl ik vermoed dat we elkaar harder nodig hebben dan ooit,' zijn de letterlijke woorden waarmee hij me volkomen verrast.

Ik dacht er net aan hoe zwijgzaam we allebei de laatste dagen zijn. Hij is dan wel niet fysiek maar mentaal des te intensiever bezig met zijn werk, meende ik. Hij is lief, zorgzaam en vervangt zonder vragen 's morgens het verband om mijn enkel. 's Avonds verzorg ik zijn schampwond, die keurig heelt. We lijken net de plaatselijke EHBO-controlepost.

'Ik heb je nog niet eens gezegd hoezeer het me spijt, van dat schot,' zeg ik.

'Dat zit wel goed,' antwoordt hij, 'ik heb heus geen moment gedacht dat je het met opzet had gedaan.' Hij grijnst, maar wat mij betreft net niet overtuigend genoeg. 'We hebben allebei geluk gehad, laten we het daarop houden.'

'Ik ben gespannen vanwege de laatste twee concerten,' verontschuldig ik me, terwijl we over de lange brug rijden die Venetië scheidt van het vasteland. 'Ik beloof je dat ik na de kerst alle tijd neem voor ons. Laten we hier blijven, Davide. Ik voel me in Nederland niet meer thuis, jij wel? Zullen we ons huis ginds verkopen en hier blijven, misschien net als je ouders een huisje ergens in het buitengebied kopen, ver weg van alle drukte? Het is net alsof daar al het ellendige nieuws van de wereld er amper toe doet, vind je ook niet?'

'Zoals het nieuws waarover die inspecteur mij heeft gebeld?'

'Welk nieuws?' Waarom kijkt hij me zo raar aan?

'Een vierde lijk. Ze hebben een vrouw uit het water gevist bij de Mauritskade in Den Haag. Hij belde toen jij weg was, vanmiddag.'

'Een... een vierde lijk?' Hij kijkt alsof het geen nieuws voor me kan zijn! Hoezo?

'Een vrouw die een paar dagen in het water heeft gelegen, ja. Ze leggen onmiddellijk de link met de andere moorden. Het water, begrijp je?'

Ik schud mijn hoofd. Nee, ik begrijp er niets van. 'Je denkt toch niet dat ik...' Ik voel me plotseling licht in mijn hoofd.

'Die lange Van Aerendonck had het over een vriendin van je.'
Wat? 'Maar... nee, dat kan niet waar zijn, dat kan niet!'

'Dat heb ik hem ook gezegd, maar hij klonk nogal zelfverzekerd. Hij komt hiernaartoe, morgen, zei hij. Hij hoopte zelfs op tijd te zijn voor je concert.'

Ik heb het gevoel dat ik elk moment kan flauwvallen. Minke. Van Aerendonck. Het kan niet waar zijn. Het kan niet.

28

vrijdag 25 december, eerste kerstdag

Het lijkt alsof tante Bernique met haar man ook haar levenslust heeft begraven. Of is het me gewoon niet eerder opgevallen dat ze krom loopt, haar hoofd ogenschijnlijk vermoeid tussen haar schouders hangend? Ik realiseer me ook nu pas dat ik de beloofde brief niet heb ontvangen die ze de dag na mijn laatste bezoek zou posten. Zou ze er wel een hebben geschreven? Ik ben vreselijk geschrokken van haar magere gestalte, waarin niets meer herinnert aan de vastberaden, sterke vrouw die ze in mijn ogen altijd is geweest. Misschien heb ik het niet willen zien, deze aftakeling. Ik ben nerveus. Over een paar uur is het zover, en ik moet mezelf dwingen om aan Vivaldi te denken in plaats van aan mijn tante, die overduidelijk niet meer haar oude zelf is. *Mea vota*. Ja, ja. Misschien is deze reis te zwaar voor haar en had ik haar moeten adviseren naar die nicht te gaan. Toch ben ik blij dat ze hier nu is. En als ik mezelf afvraag waarom, schiet de gedachte ineens door me heen dat het de laatste keer kan zijn dat we bij elkaar zijn.

Ik vertel haar over ons ongeluk, natuurlijk gelardeerd met een flinke saus humor, en zonder een verslag van mijn angstige momenten in dat vermaledijde bos.

'O, echt? Een wond precies op die plek van toen... toen je achter op mijn fiets zat.'

Ik knik. 'Hoe is het mogelijk, nietwaar?'

'Je was boos, en ik schrok ervan hoe je tekeerging,' zegt mijn tante.

'Ja, dat verhaal kennen...'

'Ik weet niet eens meer waarom,' onderbreekt ze me, en ik zucht. 'Maar ik probeerde je tot bedaren te brengen en voor ik het in de gaten had, schoot je met je voet tussen de spaken, tenminste, dat moet er zijn gebeurd. We vielen van de fiets en je schreeuwde het uit van de pijn. Ik meende zeker te weten dat je enkel was verbrijzeld, zo enorm leek de wond. De arts kwam naar buiten rennen, had zijn volgende patiënt eenvoudigweg laten zitten in de spreekkamer en schoot te hulp. Gelukkig viel het mee. Je kon wekenlang niet lopen, maar er was niets onherstelbaar beschadigd. Hij voelde zich geloof ik ook nog schuldig omdat het voor de deur van zijn praktijk was gebeurd. Pure onzin, natuurlijk, hij was ook nog zo'n broekie toen, maar ik dacht wel: dit is een goeie, die heeft hart voor zijn patiënten.'

Ik dacht altijd dat mijn tante zich vergiste, maar ineens herinner ik het me, waarom ik zo boos was. Ik moest mee, terwijl ik thuis wilde blijven om te spelen, dat was het. Ik had net een nieuw spelletje gekregen, geloof ik zelfs. Dus ze had gelijk...

Davide heeft heerlijk gekookt, op deze eerste kerstdag, maar hij is de enige die geniet van de perfect gegaarde biefstuk, en zelfs daar twijfel ik enigszins aan. Hij is niet teruggekomen op het aanstaande bezoek van de inspecteur. Misschien verdringt hij het. Ik niet. Als ik mijn gedachten hun gang laat gaan, zie ik zijn lange gestalte voor me. Het koude zweet breekt me uit, als ik eraan denk wat hij me zal vertellen. Dat het dan geen gedachte meer zal zijn die ik kan verdringen, maar dat ik de waarheid onder ogen zal moeten zien. Ik denk niet dat ik dat kan.

'Gaat u vanavond met ons mee, tante, naar Isabelles graf? Of is dat te vermoeiend voor u?' vraagt Davide.

'Dat wil ik graag,' zegt ze. 'Mits ik niet te moe ben na het concert. Daar verheug ik me zo ontzettend op, Frederique, ik ben nog nooit in La Fenice geweest, maar ik heb er zo veel over gehoord...'

'De sfeer is er fantastisch,' meent Davide. 'Echt, dat moet iedereen eens in zijn leven meemaken.'

'Henri heeft het nooit meegemaakt,' zegt mijn tante. Ze kijkt me indringend aan, en ik moet denken aan een neerge- schoten hert dat haar laatste adem uitblaast. 'En je moeder ook niet.'

Ik wil iets zeggen, maar de woorden blijven in mijn keel ste- ken. Ik slik een paar keer en doe een nieuwe poging. 'Des te meer reden voor jou om er nu van te genieten, nietwaar?' Ik glimlach naar haar. Ze beantwoordt mijn lach niet. Isabelle zit naast me, en ze huilt. Vanbinnen huil ik met haar mee. Zonder dat ze ook maar iets aan me heeft verteld, weet ik waarom ze zo verdrietig is dat haar jurkje een natte kring van tranen ver- toont.

'... zo fijn, dat je dit talent van je ouders hebt meegekregen,' zegt ze.

Ze heeft het over mij. Ik moet me concentreren op het nu. Ik knik. Glimlach nogmaals, zo gemeend als ik kan.

'En dat je het ten volle hebt kunnen uitbuiten. Als je vader de kans had gekregen...'

'Wat nou! Hij wilde zelf niet,' zeg ik. 'Hij heeft zijn kans zelf vergooid.'

Mijn tante kijkt me met open mond aan. 'Heeft... heeft je moeder je dat verteld?'

Ik knik. 'Vlak voor ze stierf. Maar ik wist het al. Niet dat ze een affaire had en dat pa zich daarom heeft opgehangen, maar wel wat hij had gedaan.'

'We wilden je dat verdriet besparen.'

'Zijn hoofd zag er opgeblazen uit, als een ballon.'

'Ik wist het,' zegt ze. 'Ik heb het altijd gedacht, maar je moeder zei dat het niet zo was. Mijn lieve god.'

Ik leg een hand op haar arm. 'Rustig maar. Het is allemaal zo lang geleden.' Ik hoor haar hijgen en vraag me even af of het wel verstandig is dat ik haar dit vertel. Maar ik geloof dat we allebei aanvoelen dat sommige dingen eindelijk gezegd moeten worden. 'Als je beter had opgelet, had je het vast wel aan me gemerkt.' Dat laatste lijkt ze niet te horen.

'Waarom heb je er niets van gezegd?' vraagt ze.

'Ik mocht niet op zijn kamer komen en toen ik hem zag, stootte ik zijn cello om. Ik dacht dat die kapot was.'

'Geen geel. Je wilde nooit iets in geel. Ik had het moeten weten, moeten luisteren naar mijn gevoel. Ik wist het ook van Sasha, toen, dat ze...'

'Tante, alsjeblieft! Nu geen oude koeien. Ik moet me concentreren op mijn concert!'

'We moeten zo langzamerhand uit de startblokken komen voor La Fenice,' zegt Davide. 'Jij helemaal, Frederique, ga jij vast vooruit. Dan kom ik later met tante Bernique. Akkoord?'

'Dat is goed.' Zodra ik opsta, voel ik het lood in mijn schoenen. Ik kom er niet onderuit. Geen plotselinge overstroming – waar ik in tegenstelling tot Davide op dit moment erg blij mee zou zijn – en geen enkele andere reden om het concert af te blazen. Ik hoop dat de goden me gunstig gezind zijn en me de komende uren bijstaan.

29

'U zult het niet geloven, geachte aanwezigen, maar muziek was in de achttiende eeuw vaak een wegwerpartikel, en dat gold zelfs voor de opera. Onvoorstelbaar maar waar: een ingewikkeld stuk, vaak met veel moeite gemaakt, werd opgevoerd en daarna eenvoudig weggegooid. Dat is de reden dat helaas veel van Vivaldi's opera's verloren zijn gegaan. Maar, en dat weet u natuurlijk allen, veel van zijn grote instrumentale werken zijn voor ons bewaard gebleven, en één stuk daarvan is *De vier jaargetijden*. Het gelegenheidsensemble dat u zojuist heeft getrakteerd op werk van Mozart en Bach, gaat u nu laten genieten van dit onvervalste Italiaanse meesterwerk. Vivaldi was een echte Venetiaan, en zijn muziek weerspiegelt als geen ander het leven in onze stad en dat van onze inwoners destijds. Een leven dat werd verrijkt door de sfeer van carnaval, en muziek. Met zijn muziek heeft hij de geest van de gouden eeuw, waarin hij leefde, op bijzondere en aansprekende wijze vormgegeven.'

De speech van de presentator heb ik al twee keer eerder gehoord en ik geloof dat deze keer de helft me ontgaat, want vorige keren heeft hij ook nog het nodige over Vivaldi's leven verteld en over zijn sterven in grote armoede. Ik ben het kwijt. Ik durf niet in de richting te kijken van tante Bernique en Davide, op de eerste rij. Ik zal het medelijden in hun ogen zien, en dat is het laatste wat ik wil. De man doet het met verve, dat moet gezegd. Het publiek hangt aan zijn lippen. Net zoals ze eerder op het puntje van hun stoel hebben gezeten voor de muziek. Maar hoewel het applaus oprecht en enthousiast leek, kan ik me niet aan de indruk onttrekken dat de mensen het aan mij merken. Misschien heeft een enkeling gelezen over het debacle van mijn laatste optreden in Nederland, wie weet, meer voor de hand liggend is dat ik, hier en nu, de oorzaak ben van zacht gefluister in de zaal. Mijn schouder lijkt in brand te staan en ik heb net een zoveelste pil geslikt. Datgene wat mijn spel zo uniek maakt, ontbreekt. Ik ben het kwijt. Mijn ziel is ergens anders, ik weet niet waar, maar niet hier, in de muziek, waar hij hoort te zijn. Ik beheers de tonen, laat de klanken de ruimte in zweven, maar ik kan ze niet dat extra zetje meegeven. De hele avond heb ik ook vergeefs gewacht op de aanwezigheid van mijn dochtertje. Haar afwezigheid verwart me en doet mijn hoofd suizen. Waar ze anders aan mijn hand vrolijk het podium op huppelt, naast me zit als ik speel, haar beentjes boven de grond heen en weer bungelend op de maat van de muziek, is het nu ijzingwekkend stil.

'Het stuk *De vier jaargetijden* werd in 1725 voor het eerst gepubliceerd als onderdeel van meerdere concerten, genaamd *Il cimento dell'armonia e dell'inventione*, De krachtmeting van harmonie en inventie. De eerste vier werden vernoemd naar een seizoen, en elk concert bestaat uit drie delen, met een langzaam deel en twee snellere delen. Zoals u weet, schreef Vivaldi voor elk seizoen een sonnet. Hoewel de geleerden het er niet over eens zijn of Vivaldi die sonnetten daadwerkelijk zelf schreef, is daar voor ons natuurlijk geen enkele twijfel over mogelijk. Wij hebben vanavond geen blaffende honden, hoorngeschal en geweerschoten voor u om de muziek kracht bij te zetten, maar ik kan u verzekeren dat u op geen enkel moment behoefte zult voelen aan dergelijke bijkomstigheden. Vivaldi vervoert...'

Zijn woorden dwarrelen in mijn hoofd, en wat hij zojuist heeft gezegd, ben ik alweer vergeten. Iets over de sonnetten. Dan moeten we zo weer beginnen. Ik probeer me te herinneren hoe het was, hoe gepassioneerd ik kon spelen voor Isabelles dood. Ze heeft me in de steek gelaten, ik constateer het, en het maakt dat ik amper kan slikken. Ik wil haar naast me zien, maar het enige wat ik zie, is haar kleine lichaam, hulpeloos in dat te grote bed, met slangetjes verbonden aan apparaten die alleen maar duidelijk maakten hoe kansloos haar situatie was. Rust zacht, rust zacht. Als een donderslag bij heldere hemel realiseer ik me dat ik na haar dood nooit meer had moeten spelen. Dan was ik de boeken ingegaan als virtuoze concert-violiste. Punt. Met een einde op een hoogtepunt, qua spel, dan had iedereen begrip gehad voor mijn beslissing. Nu zal het stukje eindigen met enkele zinnen over hoe ik na de dood van mijn dochter langzaam ben weggegleden en op het einde van mijn carrière slechts medelijden heb geoogst. Pijnlijk. Hoe heb ik ooit kunnen denken dat ik door kon gaan, zomaar de draad weer op kon pikken, zonder enige consequenties? Gods-onmogelijk was het. Godsonmogelijk.

De anderen staan op, en ik doe hetzelfde. Iets te snel, want ik voel dat ik duizelig ben. Ik steun met een hand op de stoel en probeer me te focussen op de eerste rij. En dan zie ik ze toch. Mijn echtgenoot, mijn tante. De enige familie die ik nog heb. Tranen prikken ongeduldig achter mijn ogen. Even volhouden. Ik weiger absoluut een herhaling van mijn laatste concert in Nederland. Ik moet en ik zal deze avond tot een succes maken waarvan Venetië nog wekenlang zal natrillen. Ik word misselijk als ik eraan denk dat ik morgen nog een keer hetzelfde reper-toire zou moeten afwerken, en direct daarop herinner ik me mijn beslissing om daarvan af te zien. Ik zal het ze niet vertellen, ze zullen me willen ompraten.

De eerste tonen van de lente klinken in E-majeur. 'Allegro'. Levendig. Stemmige muziek. Ondersteund door de andere strijkers speel ik de noten die ik ken als de tafel van drie en het abc. In het tweede gedeelte van de lente lukt het me geloof ik de ingehouden noten toch op gepaste, indringende wijze de zaal in te duwen. Een zachte, treurige melodie, en de zaal lijkt haar adem in te houden. In het derde concert komt het voor een groot deel op mij aan, vooral in het begin. 'Largo'. Weids, statig. Volle toonvormen. Het moet uit mijn tenen komen, maar ik blijf overeind. Net zoals ik de zomer in g-mineur meedogenloos heet kan laten overkomen, het geroep van de koekoek vertolk, evenals de zoemende muggen die een storm aankondigen. Maar ik wankel in het middelste deel, waarin enkele van de zachte tonen wegvallen. Dankzij de andere musici weet ik me in het laatste 'Presto' te herstellen. Ik bespeur onzekerheid in hun blikken. Voor het eerst, of kijken ze me al langer zo vertwijfeld aan? Ook hun reputatie staat op het spel, realiseer ik me. Ik strijk mijn haren uit mijn gezicht en bedenk dat ik ze had willen opsteken. Waarom heb ik daar niet aan gedacht?

De herfst. F-majeur, 'Allegro', zoals het begin van elk seizoen. Nog een kleine twintig minuten. Ik moet mezelf over grenzen heen sleuren die ik niet kende. De pijn interesseert me niet, niet meer, maar het valt me steeds zwaarder om de concentratie vast te houden. Mijn laatste klanken. Het laatste concert, uitgerekend met deze muziek, die het begin van mijn succes betekende. De laatste noten die ik uit mijn kostbare viool zal laten klinken, en ik krijg ze amper uit mijn vingers geperst. Misschien is het onvermijdelijk, is het mijn lotsbestemming, iets waar ik niet tegen kan vechten.

Juist tijdens het laatste stuk van de herfst, waarin ik merk dat toehoorders altijd de neiging krijgen om zachtjes mee te fluiten, voel ik dat ik de finish niet zal halen. Ik verzet me, met alles wat ik in me heb, alle kracht, al mijn wil en onverzettelijkheid. Zinloos. Nog voordat het daadwerkelijk gebeurt, zie ik mezelf vallen. Met mijn pijnlijke schouder op de kostbare Stradivarius, die krakend breekt en daarna oogt als een kapot stuk speelgoed. Misschien gebeurt het al en kijk ik op mezelf neer, alsof ik al afstand heb genomen van het onvermijdelijke. Ik zie Davide, mijn tante, de hele eerste rij, de rest van het aandachtige publiek in de zaal en in de loges, de andere musici die geconcentreerd spelen, elkaar opzwepen, om daarna ineens verschrikt op te houden als ze een gil horen.

Frederique – 42 jaar

Isabelle is een paar dagen verkouden, Frederique maakt zich niet ongerust, haar dochtertje snuft wel vaker een paar dagen als de herfst guur is en de winter zich langzaam maar zeker aankondigt. Frederique geeft haar zoute dropjes, die ze niet lekker vindt.

Ze kijkt naar Isabelle, haar iele lichaam, deels verborgen onder het rode dekbed, en herinnert zich hoezeer ze uit het veld was geslagen door de ontmoeting met Isabelle, als baby. Ondanks de negen maanden voorbereiding. Zoveel veiliger leek het toen ze in haar buik was, zoveel abstracter ook. Misschien had de geboorte pijnlijker moeten zijn, zodat ze kon bogen op een grotere prestatie. Ze had haar dochter bijna door het toilet gespoeld, zo plotseling floepte dat propje mens eruit. Een poep en een scheet, bijna letterlijk, en ze was er. De pijn erna herinnert ze zich niet meer, al moet die er geweest zijn.

Op een avond, later die week, komt Isabelle haar bed uit en geeft over. Ze heeft 39,3 en Frederique denkt aan griep. Davide zit in Italië, en als hij belt, vertelt ze hem over de koorts. Hij drukt haar op het hart de huisarts te bellen en dat doet ze. Een paar uur later komt Christine. Isabelle heeft overal pijn, zegt ze met een dun stemmetje. De koorts blijkt gestegen, maar Christine kan niet anders dan een flinke griep constateren, en koorts is juist goed. De huisarts vraagt Isabelle of ze haar nek kan bewegen. Dat gaat zonder problemen en ze zegt dat ze niet bezorgd hoeft te zijn, maar het kan geen kwaad om af en toe de nekbeweging te checken en dan meteen de koorts op te nemen. Ze zal 's avonds opnieuw komen kijken, zodra haar visiteronde erop zit. Ze woont vlak bij hen in de buurt, dus vindt ze het geen punt dan nogmaals even aan te komen, al doet ze dat waarschijnlijk puur om haar gerust te stellen. Die middag blijft Frederique bij haar bed zitten. Ze laat haar kleine meid water drinken, dept zweetdruppels van het bleke voorhoofdje en leest een sprookje voor. Op speciaal verzoek gaat Klein Duimpje voor de zoveelste keer op herhaling. Isabelle kan er geen genoeg van krijgen, hoe het ventje zich door zijn problemen heen worstelt als gevolg van de broodkruimels en uiteindelijk nog lang en gelukkig mag leven.

Ze heeft 's avonds een repetitie. Christine heeft gezegd dat ze beter kan thuisblijven om een oogje in het zeil te houden, ook al gaat het om slechts een griepje. Als een van de musici belt om te vragen of ze de repetitie is vergeten en benadrukt hoe belangrijk de oefensessie is, regelt Frederique alsnog oppas van de buurvrouw en ze gaat. De buurvrouw zal bellen als ze het niet vertrouwt, en af en toe bij Isabelle achter de deur kijken, geen probleem. Ze heeft al zo vaak opgepast en zelf vier kinderen door menige griep en erger heen geloodst.

Om kwart over tien belt de huisarts haar op haar mobiele telefoon. Na een zoveelste griepgeval is ze eindelijk klaar met haar ronde, en van plan om naar huis te gaan. Hoe is het met Isabelle?

Ze pakt haar viool snel in en spoedt zich naar huis. Aan het begin van de avond voelde ze de bezorgdheid nog, maar op enig moment heeft de muziek haar toch gegrepen en vergat ze alles om zich heen. Kwart over tien!

Isabelle is zieker, Frederique constateert het onmiddellijk als ze de kinderkamer binnenkomt. Ze rolt raar met haar ogen en mompelt 'papa'. Haar bleke gezichtje glimt van de koorts. Ze slaat zich voor haar hoofd en belt Christine of ze haast wil maken. Zodra de arts één blik op het meisje heeft geworpen, belt ze het alarmnummer. Isabelle wordt met spoed opgenomen.

Na angstige uren en liters koffie is Davide eindelijk bij haar in het ziekenhuis. Tegen die tijd ligt Isabelle al op de intensive care. Vanaf dat moment zitten ze uren in de ic-box met de onwerkelijke boodschap van de specialist echoënd in hun hoofd: ze moeten zich op het ergste voorbereiden. Een specialist in spijkerbroek en T-shirt met tekst erop loopt af en aan, zonder iets van hoop in haar blik. Bezorgdheid, ja dat wel, lagen bezorgdheid, waaronder misschien het vermoeden of de wetenschap van een foute afloop verscholen gaat. Isabelles lichaam aan slangetjes. Apparaten met groene lijntjes en verspringende cijfertjes om hen heen. Op enig moment houdt ze het niet langer vol, wordt ze misselijk van de geuren om haar heen en maakt ze dat ze wegkomt, struikelend over haar eigen voeten. Uitermate kritiek, zei de arts, haar letterlijke woorden, die zonder enige hapering over haar lippen kwamen. Ze trekt de eerste de beste figuur met een rokershoofd aan zijn jas. Ze herkent ze feilloos, tenminste de ouderen onder hen. Vale huiden met diepe groeven, en als ze praten, nemen ze de laatste twijfel weg met hun zware, krakende stemmen. 'Alstublieft, geef me er een. Ik moet nu roken,' zegt ze, en even later blaast ze midden tussen de bordjes 'verboden te roken' aan een stuk door nicotinedampen de lucht in.

De dag erna overlijdt Isabelle. Ze moeten toestemming geven om de beademing stop te zetten. Het duurt een kwartier voordat haar moedige hart het eindelijk opgeeft. Frederique houdt haar vast en neemt elk detail in zich op. Haar vingers, haar nagels, haar lippen, het moedervlekje achter haar linkeroor. Ze wast haar dochtertje, smeert het zachte lijfje in met bodylotion en kleedt haar aan. Ze mogen haar meenemen naar huis, en ze verlaten het ziekenhuis met Isabelles lichaam op een brancard, begeleid door een verpleegster. Als ze bijna bij de auto zijn, waait het laken van de brancard en dan ligt haar meisje daar, blootgesteld aan de wrede natuur. Pas op dat moment beseft ze daadwerkelijk dat Isabelle dood is. Dat ze een omhulsel van water, bloed en botten mee naar huis nemen en dat hun dochter al lang niet meer echt bij hen is.

Thuis draagt Davide haar naar boven en legt haar in haar eigen bed. Ze dekt Isabelles lichaam toe met haar favoriete, rode dekbed. Rood. Isabelles favoriete kleur. Niet de laffe, lichte kleur die neigt naar roze, nee, het diepe rood van oud bloed. Rood staat voor moedig, strijdbaar en loyaal. Het is ook de kleur van dit seizoen, dit godvergeten seizoen van rotting, waarin alles doodgaat en zij tussen alle regen en storm overeind moeten zien te blijven. Maar hoe, in godsnaam? Op het dekbed staan allerlei sprookjesfiguren afgebeeld, en ze legt knuffel Pip in de linkerhoek van het bed, zoals altijd. Frederique streelt met haar vingers over het voorhoofd, dat al koud aanvoelt, over haar wangen. Ze ligt erbij alsof ze slaapt. En ze maken foto's. Nee, niet ze. Zij alleen. Het lukt Davide niet om het toestel stil te houden, geen enkele keer. Isabelle in haar bedje, haar ineengevouwen knuistjes, haar prachtige gezicht, dat zelfs op de zwart-witfoto's doorzichtig lijkt. Ze voelt zich verdoofd, verlamd, en dat gevoel verdwijnt eigenlijk niet meer. Alleen als ze speelt.

30

vrijdag 25 december, eerste kerstdag

Een storm raast over Venetië. De sirenes hebben geloeid, vlak daarna begon het water te stijgen. Kennelijk is de wind plotseling in kracht zo hevig toegenomen dat de regen iedereen verrast. Het hoort te sneeuwen op deze eerste kerstavond. Niet deze storm, en even ben ik bang dat Davide ons bezoek aan het eiland zal willen uitstellen. In dit geval ben ik blij dat hij een man is die eenmaal gemaakte afspraken nakomt, en ik hoef hem er slechts op te wijzen dat hij heeft beloofd dat hij met me mee zou gaan. Mijn tante raadt het ons af. Niet eens zozeer vanwege het slechte weer. Ik ben niet voor niets flauwgevallen, zegt ze, waarom wil ik geen dag wachten, tot ik me beter voel, en dan naar het eiland gaan? Zelf stelt ze haar bezoek liever uit tot een later moment, het is immers nu toch donker, we zullen de letters op Isabelles graf amper kunnen lezen. Ze begrijpt er niets van.

'We hebben ons voorgenomen om eerste kerstavond naar haar toe te gaan, net zoals we op haar sterfdag haar graf bezoeken en voorzien van verse bloemen.' Hoe harder de regen tegen de ramen beukt, hoe rustiger ik me begin te voelen. Ik wil weg.

'Als we eenmaal verzaken, komt de klad erin,' vult Davide me aan.

Ik schenk hem een glimlach als dank. Urenlang ben ik ervan overtuigd geweest dat ik opnieuw door mijn benen zal zakken, omdat ze aanvoelen als slap elastiek. Maar nu voel ik me sterk. Sterker dan ik me in lange tijd heb gevoeld. Ergens moet ik een kracht bezitten waar ik me niet van bewust ben geweest. 'Eigenlijk wil ik liever alleen gaan,' zeg ik.

'Alleen? Dat denk ik niet.' Davide zegt het op een manier die geen discussie toelaat. Ik wist het wel. 'We zijn over een uurtje terug,' meent hij. 'Zo ver is het niet.'

'Ik neem aan dat jullie weten wat je doet,' zegt mijn tante.

'Daar kun je van op aan,' verzeker ik haar. De trilling in mijn stem, die ik de afgelopen weken heb gevoeld, is verdwenen. Ik zie de dingen helder, misschien heeft dat er ook mee te maken. Alle wazigheid in mijn hoofd is verdwenen. Ik begrijp alles.

'Dan ga ik vast naar bed,' zegt ze. 'Het concert heeft me uitgeput. Je hebt het knap gedaan, Frederique, jammer dat het zo moest eindigen.'

'Ja, erg jammer, maar niets aan te doen,' antwoord ik. Ik voel er geen enkele emotie bij.

'Laten we nu meteen gaan,' dringt Davide aan, 'het water gaat stijgen, ik wil terug zijn voor het een zorgwekkend peil bereikt.'

Davide raadt me aan binnen in de kleine kajuit te blijven gedurende de korte trip naar het eiland. Ik blijf echter voor op de boot staan, me vastklampend aan de stalen reling. De regen slaat met felle striemen in mijn gezicht. Ik buig mijn hoofd achterover en sluit mijn ogen. Ik zie mezelf als kind, compleet van mijn sokken geblazen door Mozarts mooiste aria. Op dat moment wist ik wat ik wilde worden en die droom is uitgekomen. Misschien had ik niet meer moeten willen, had ik mezelf feller moeten verzetten toen Davide in die domkerk viel voor mijn spel. En voor mij. Wellicht zou hij het een causaal verband noemen. Ik wilde op dat moment keihard wegrennen. Had ik dat moeten doen?

De muren van San Michele komen snel dichterbij en even later knoopt Davide het touw van de boot vast aan een steigerpaal. De toegangspoort tot het eiland is gesloten, dat hebben we vorig jaar rond dezelfde tijd al ervaren. Als kwajongens sluipen we over een deel van de muur dat laag genoeg is om er onze niet meer zo lenige lichamen zonder al te ingewikkelde manoeuvres overheen te krijgen.

'Moet ik je tas overnemen?' vraagt hij.

Ik schud mijn hoofd.

'Maar hij is zwaar, lijkt me, wat heb je toch bij je?'

'Een ornament voor haar graf,' antwoord ik.

De drassige paden waarschuwen ons: het water stijgt. Met afgrijzen denk ik aan de dode lichamen die recent zijn begraven en nu zullen opzwellen tot onmenselijke proporties.

Terwijl de regen met bakken uit de lucht blijft vallen en ik ondanks een regenjas die waterdicht hoort te zijn voel dat zelfs mijn onderkleding doorweekt is, staan we bij Isabelles graf. Ik huil, geluidloos, en Davide merkt niet dat mijn tranen zich vermengen met de regendruppels. Tegelijkertijd merk ik het ook nu weer: elke keer dat ik hier ben geweest, ervaar ik het opnieuw. De serene stilte. Een wereld die uit niets anders lijkt te bestaan dan de doden die zich hier bevinden. Duizenden, tienduizenden levens, waarvan slechts een naambordje rest met een vergeelde foto, of waar een compleet mausoleum voor is gebouwd. Waarvoor zijn die levens goed geweest? Hebben ze vertrouwen gehad in een leven na de dood? Eeuwige vergiffenis, verblijf in een hemel die intussen meer dan overvol moet zijn? Ik heb geen antwoorden. Nog niet. Maar ik verwelkom de rust. Gelukkig vraagt hij niet naar het ornament.

'Wist je dat ik serieuze pogingen heb ondernomen om een stichting in het leven te roepen?' zegt hij ineens. 'Stichting Isabelle, met als doelstelling om geld in te zamelen voor onderzoek naar hersenvliesontsteking. Ik wilde het je al eerder vertellen, maar liefst als ik alles had geregeld, en je de eerste 100.000 euro op de rekening kon laten zien. Helaas is het me niet gelukt. Het frustreerde me, en ik heb even overwogen je er niets over te zeggen, maar ik dacht dat je de afgelopen tijd misschien hebt vermoed dat ik ergens mee bezig was, iets wat niet met mijn werk te maken had. Bijvoorbeeld die avond van Christines feestje, toen jij vermoedde dat er een complot rondom Isabelle speelde? Ik sprak met haar over mijn initiatief, en ze stond er niet onwelwillend tegenover. En herinner je je die avond, een paar weken terug, toen je me vroeg of ik je haatte, dat je bang was dat je de enige was met nachtmerries? Toen stond ik op het punt om het je te vertellen. Maar op dat moment wist ik al niet zeker meer of het zou lukken, en of je het wel een goed idee had gevonden. Ik twijfelde, misschien ook omdat mijn werk zo vastliep. Het spijt me, Frederique. Dat wilde ik je zeggen. Ik hou van je, ik hou zo veel van je, ik denk niet dat je enig idee hebt hoeveel.'

Ik wil het niet horen. Een stichting? Wat bazelt hij nou? Ik wil helemaal niets weten over wat voor idiote initiatieven dan ook. 'Natuurlijk wel. Kom, ik wil je iets laten zien.'

Davide wil naar huis, hij waarschuwt voor het stijgende water, maar ik haal hem over met mij mee te lopen naar een graf.

'Welke, dat van Stravinsky, of van Diaghilev? Schat, die heb ik allebei al eens gezien.'

Ik schud mijn hoofd. Iets zeggen lukt even niet. Ik gebaar. Kom, volg me.

Als we bij de graftombe aankomen die me op een eerder moment is opgevallen omdat die lager ligt dan de rest, vermoedelijk door verzakking, en omdat de vergrendeling kapot is, zie ik dat die voor een deel onder water is gelopen. Ik open het ijzeren hek van de graftombe en dan sta ik erin. Ik sluit het hek. Opschieten nu, ik ben bang dat Davide zal ingrijpen, en ik heb me er zelfs op voorbereid dat ik hem met een harde klap op zijn hoofd tijdelijk moet uitschakelen. Ik haal de oude, zware fietsketting die ik nog geen uur geleden uit Davides rommelkelder heb gevist uit mijn tas, wikkel die een paar keer om enkele spijlen, klik het slot dicht en haal het sleuteltje eruit. Alsof ik het heb geoefend, zo handig en snel heb ik het voor elkaar, ondanks mijn bevende lijf. En Davide heeft zich niet verroerd, zijn mond hangt open en hij kijkt me met verschrikte ogen aan.

'Wat bezielt je? Dat is grafschennis,' zegt hij.

'Het graf is ingestort en leeg, Davide. Ik ben hier op mijn plek.' Het water komt bijna tot aan mijn knieën en ik voel hoe de kou zich onmiddellijk doet gelden.

Davides mond valt open. Hij strekt zijn armen naar me uit, tussen de ijzeren spijlen. Ik schuif iets naar achteren, zodat ik buiten zijn bereik blijf.

'Kennelijk is dit de avond van de waarheid,' zeg ik, terwijl ik een mislukte poging doe tot glimlachen. In plaats daarvan huiver ik.

'Frederique, je bent duidelijk overstuur, geef me het sleuteltje, dan open ik het slot en gaan we naar huis. Kom...'

Ik zwijg.

'Ik... ik weet dat ik de afgelopen tijd weinig aanspreekbaar ben geweest, dat spijt me. Ik dacht dat je liever alleen was, dat je opging in je concerten. Toe, ik...'

'Ik ga niet met je mee terug. Het spijt me, maar het is je eigen schuld. Ik had alleen willen gaan.'

'Wat zeg je? Ik begrijp je niet.' Hij rammelt aan het hek. Eerst zacht, dan steeds harder. Ik bespeur de wanhoop in zijn bewegingen. 'Frederique? Alsjeblieft. Ga met me mee. De kou...'

'Wist je dat ik er bijna een jaar over heb gedaan om alles voor te bereiden?'

'Voorbereiden? Waar heb je het over?'

'Je hebt er niets van gemerkt. Net zomin als je hebt gemerkt dat je vrouw de afgelopen maanden drie moorden heeft gepleegd.' Bam. Gooi ze daar maar neer, de woorden, en zie dat je ze in de juiste volgorde bij elkaar houdt. Ik zie hoe hij bleek wegtrekt, en nadenkt, misschien hoe hij me kan verleiden om hem het sleuteltje te geven. Als mijn woorden alsnog in alle hevigheid bij hem binnenkomen, rent hij misschien dit keer eindelijk weg. Hij zal zich realiseren dat hij dat eeuwen geleden al had moeten doen. Ik voel mijn benen nog amper, door de kou, en doe mijn uiterste best om te blijven staan. 'Voel je niet schuldig, Davide. Het ligt aan mijzelf en niemand anders. Wil je nu weggaan? Ik wil alleen zijn.'

'In godsnaam... Frederique, wil je alsjeblieft uit die graftombe komen?' Ik hoor hoe zijn stem overslaat. 'Je jaagt me de stuipen op het lijf.'

'Je luistert nog steeds niet naar me.' O, laat me alsjeblieft nu overeind kunnen blijven. Hij moet weg. Weg! 'Ik heb Christine vastgebonden in haar eigen zwembad, ik heb bij Ilse de Wit hetzelfde gedaan in haar luxe ligbad en ben zelfs stiekem blijven kijken om er getuige van te zijn hoe haar hond haar een lik in haar gezicht gaf en ze even hoop had dat het stomme beest haar zou redden. En tot slot heb ik die kinderarts met haar spijkerbroek en debiele T-shirt met flauwe teksten erop in haar eigen dompelbad laten verkleumen, tot ze het zo koud had dat haar hart ermee stopte. Ik heb die lange rechercheur met zijn chique naam iets wijsgemaakt over een vriendin die ik nooit heb gehad, net zoals ik ze vroeger verzon, die verhalen ken je toch nog wel, van mijn lieve tante? Ze was altijd bezorgd dat ik rare dingen ging doen.' Ik lach, en hoor hoe hysterisch het geluid klinkt in de stilte van de sinistere omgeving. 'Ik leef mijn eigen fantasieleven, Davide, begrijp je dat? De werkelijkheid is al sinds de dood van mijn vader te onaangenaam, te eenzaam, ik heb zelfs het verleden van mij en mijn moeder opnieuw gekneed, zodat ik graag over ons vertel. Ik ben er de afgelopen jaren zo aan gewend geraakt dat ik er zelf in ben gaan geloven, is dat niet om te huilen? En ik wil dat je nu vertrekt. Je hebt belangrijker dingen te doen. En als je dan toch bezig bent, moet je ook maar meteen een nieuw eiland ontwerpen voor de doden, snap je, dit eiland raakt zo langzamerhand overvol. Het moet toch een kleine moeite zijn een tweede San Michele te creëren? Een ijskoud kunstje voor een techneut als jij, zeg nou zelf. Ik moet er niet aan denken hier begraven te liggen, en dan onder water te verdwijnen.'

'Maar... maar die vrouwen... het water...'

'Ik heb jou verdacht willen maken, Davide, ik, ik heb het werkelijk gedaan, en het lukte nog ook. Ik haat je, snap je, omdat je zomaar verder kon leven zonder onze dochter. Je had met een mitrailleur dat ziekenhuis in moeten stormen, toen ze dat nietszeggende onderzoek hielden en ons glashard voorhielden dat we te laat waren gekomen met Isabelle. Je had ze een lesje moeten leren, daar, al die witte jassen, die stuk voor stuk menen dat ze voor God mogen spelen.' Ik leun tegen de zijkant van de tombe, omdat ik bang ben dat ik anders door mijn benen zal zakken. 'Af en toe was ik bang dat je me doorhad, vind je dat geen giller? Zeg, misschien kun je er Murano voor gebruiken, dat eiland is toch al een toonbeeld van vergane glorie, het overgrote deel van het glas in je stad komt uit China, zeg niet dat ik ongelijk heb. God, wat heb ik het koud.'

'Maar... maar, allemachtig.' Hij knijpt de tralies bijna fijn, lijkt het, de knokkels van zijn handen zijn spierwit.

Ik heb de neiging om ze weg te slaan, die handen, die handen met de soepele vingers aan sterke armen die ik zo graag om me heen voelde. Tegelijkertijd wil ik ze pakken. Hem vasthouden, stevig vasthouden en zeggen dat ik het niet zo had gewild, dat het me spijt, dat alles me spijt, dat ik wilde dat we het over zouden kunnen doen. Alles overdoen, vanaf dat moment in de Dom, of in ieder geval vanaf de dag dat ik in paniek raakte omdat ik zwanger bleek. Of misschien moet ik wel terug naar vroeger, naar de dag dat ik ervoor koos om die zoldertrap op te lopen...

'Ik hou van je, Frederique, het kan me niet schelen wat je hebt gedaan, we kunnen dit oplossen, we moeten dit oplossen.'

'Oplossen?' Ik lach, en hoor hoe hard en schril mijn stem klinkt. 'Oplossen? Davide, dit is helaas geen wiskundesom.' Met een weids gebaar gooi ik het sleuteltje van het slot van me af. Een zachte plons en dan verdwijnt het in het water.

'O, mijn god, Frederique! Wat... nee...'

Ik kijk naar de plek waar het glimmende ding verdween en zie een rat zigzaggend het water doorklieven, waarna hij de diepte induikt. Ik huiver. En ik ga zitten. Zonder enige terughoudendheid.

Davide reikt met zijn armen door de tralies, probeert zichzelf erdoorheen te wurmen, een kansloze poging, dat weet hij toch zelf ook wel? Zo technisch, en dan toch zo dom...

'Pak mijn hand, lieve schat, wat doe je toch?'

Het ijskoude water reikt tot mijn middel en mijn lichaam lijkt te verstijven. Ik sla mijn armen om mijn opgetrokken benen en verbijt de pijn die de beweging in mijn schouder veroorzaakt.

'Frederique, alsjeblieft, laat me je helpen.'

Zie hem daar nu staan, met die wanhopige blik, in al zijn onvermogen, ondanks zijn getrainde hersencellen die op volle toeren werken. 'Je moet gaan, hoor je? Ik wil niet dat je blijft. Ik wil al twee jaar dat je gaat. Ik haat je, geloof het of niet, maar elke keer dat je me aanraakte, werd ik misselijk.' Hoe hard moet ik hem kwetsen voor hij eindelijk vertrekt?

'Ik ga hulp halen. Hulp, ja. Hulp, en gereedschap, zodat ik je hieruit kan helpen. Godallemachtig... Frederique... Het water is koud, maar niet zo koud dat je zomaar dood kunt gaan. Over een tijdje zul je blij zijn dat ik je heb gered en zul je je afvragen wat je bezielde. Ja, natuurlijk. Redden. Hulp... ik moet... dat koude water...'

Ik zwijg. Eigenlijk had mijn onherstelbaar beschadigde viool hier moeten zijn, dan was het plaatje compleet geweest. Davide kan roepen wat hij wil, ik luister niet meer naar zijn verwarde, paniekerige woorden. Als hij even later weg is, verbaast dat me niet. Hij zal zich herpakken en uitrekenen hoelang hij erover zal doen: naar huis varen, gereedschap zoeken, terugvaren. Over de muur klauteren. Een minuut of tien erbij tellen. Maal twee.

Mijn lijf voelt ijskoud aan. Bijna alsof het bevroren is, zo gevoelloos. Eindelijk. De duisternis is ineens verdwenen, ik zie alles zo helder. En het zwarte water voelt ineens niet meer als een vijand, maar als een trouwe metgezel. Het enige wat ik mis is... Ja, precies, daar zijn ze, de eerste vier maten van het *Requiem* van Mozart. Meer heb ik niet nodig.

VI

Tweede kerstdag, 03.00 uur

'Wat? Wat zegt u?'

De inspecteur kan het amper geloven. Het moet een droom zijn, veroorzaakt door het nachtelijk uur. Gaat dit echt over zijn vrouw, zijn eigen Leonie? Is het werkelijk waar dat ze naar huis mag? En dat terwijl hij ervan overtuigd was dat het slecht nieuws moest zijn, zo midden in de nacht. Hij laat de verpleegster het herhalen, is compleet de kluts kwijt, weet niet hoe hij het heeft. Iemand van de nachtdienst heeft toevallig de tegenwoordigheid van geest gehad te checken of de uitslag van het onderzoek nu nog steeds niet binnen was. Die zou immers de dag voor Kerstmis al bekend zijn? En jawel. Onaangeroerd had daar, in een postbakje, het bericht liggen wachten. Hij hoort de verontschuldigende lach in de telefoonstem en hij krijgt de neiging voor het eerst van zijn leven, althans voor zover hij zich herinnert, een rondedans te maken. De enige die hem daarvan weerhoudt, is de man tegenover hem. Die ziet-derogen bleker wordt onder zijn Italiaanse bruine vel. Wat zei Vianello nou zojuist? Viel iemand iets te verwijten in die zaak rondom zijn gestorven dochter? Wie dan? Hij moet de concentratie onder uit zijn tenen halen. Niet hun laatste Kerstmis samen, in ieder geval geen signalen die daar nu al op wijzen. Goedaardig. Goedaardig. Wat een prima woord. Hij heeft de neiging het ook toe te passen op de Venetiaan, met de grijze wallen onder zijn ogen, het zichtbare bewijs van uren zonder slaap, van zorgen, van niet weten hoe zijn problemen op te lossen. Zaten die wallen er ook al toen ze hem arresteerden? Hij weet het niet meer. Deze nacht heeft hen beiden gesloopt. Hij twijfelt er niet aan of de spiegel geeft een soortgelijk resultaat als hij er zelf in kijkt. Het kan hem niet schelen. Zijn hoofd is een chaos, waarin hij nodig orde moet scheppen om het resultaat te boeken waarvoor hij hier is gekomen. 'Davide, je zei zoeven dat een intern onderzoek had uitgewezen dat niemand iets te verwijten viel, maar vervolgens corrigeerde je jezelf. Wat bedoelde je precies?'

'Dat ik een jaar voorbereiding heb nodig gehad, voor ik mijn wraakactie ben gestart. Te beginnen met onze huisarts.'

De man tegenover hem kijkt hem niet meer aan, en klinkt allesbehalve overtuigend. 'Je overtuigt me niet, Davide. Ik geloof je niet. Echtelieden horen elkaar bij te staan. In goede en in slechte tijden... is dat het?' O ja? En waar was jij de afgelopen weken, hmm? De verwijtende vraag aan zichzelf treft hem als een mokerhamer. Het is een aanwijzing geweest, dat gezwel bij Leonie. Een stille, maar duidelijke hint: stop ermee. Stop met het werk dat al je avonden en weekenden opslokt. Verspil de jaren of maanden niet die jullie samen nog gegeven zijn, en geniet ervan, zoveel je kunt. 'Dat heet liefde, en ik begrijp daar het nodige van, maar opdraaien voor moord gaat wel erg ver, vind je niet?'

'Ik heb de huisarts, Christine, vastgebonden in haar eigen zwembad. Bij Ilse de Wit heb ik hetzelfde gedaan in haar luxe ligbad. Ik ben zelfs blijven kijken en zag hoe ze even hoop had dat haar hond voor redding zou zorgen. En tot slot heb ik de kinderarts, Lisette van Amerongen, in haar eigen dompelbad laten rillen van de kou, tot haar hart ermee stopte. Moet dit niet worden opgenomen of zo?'

'Ja, prima, en ik win volgend jaar de Nobelprijs voor de vrede. Wil je weten wat ik denk? Dat je zo-even goed begon, dat je me de waarheid hebt verteld over Frederique, die zichzelf heeft opgesloten in dat graf. Je hield van haar, en daarom ben je nu begonnen met liegen. Was het die vriendin van Frederique?'

'Vriendin?'

'Ja, die vriendin. Minke de Pluij. Ze bleek niet degene te zijn die uit het water bij de Mauritskade werd gevist.'

'Ik heb haar naam nooit gehoord, dat heb ik u al gezegd.'

De inspecteur zucht. 'Ik geloof u niet.'

'Die... die naam zal ze wel verzonnen hebben,' zegt Davide. 'Frederique verzon wel vaker illusionaire vrienden, dat deed ze vroeger ook al. De Pluij... wat is dat nu voor naam!'

'Hij komt voor, al is het sporadisch.'

Davide haalt zijn schouders op.

'Ik zal eens informeren of er nieuws is omtrent de situatie van Frederique.' De inspecteur staat op. 'Ik zal iets te drinken meenemen. Koffie? Water?'

'Koffie, graag.'

Even later is hij terug. Hij is de koffie vergeten, maar Vianello lijkt dat niet op te merken. Als de Venetiaan vraagt hoe het met zijn vrouw gaat, omzeilt hij het antwoord door over het waterprobleem in Venetië te beginnen. 'De stad overstroomt, dat verbaast je waarschijnlijk niet, maar ik ben hier nog nooit geweest en ik ben net buiten geweest, het is onvoorstelbaar, het water staat nog veel hoger dan een paar uur geleden. Eigenlijk begrijp ik nu pas dat het oplossen van een dergelijk probleem een levensvervullende missie kan zijn. Ik hoop dat je erin slaagt, dat meen ik uit de grond van mijn hart. Ik heb vellen papier voor je meegenomen. Je wilde toch aantekeningen maken? Hier, pennen, en potloden. Zei je nou eerder vanavond dat je echtgenote je de oplossing heeft aangedragen? En in ruil daarvoor neem jij de schuld op je van de moorden? Is dat de definitie van onvoorwaardelijke liefde?'

'Ik zou het niet kunnen verdragen als ze in de pers zouden schrijven dat ze... Weet u wat ze tegen mij zei? Dat ik een tweede eiland net als San Michele op een andere locatie moest laten verrijzen. Op Murano, zei ze, nou ja, dat is op zich niet belangrijk, maar snapt u het briljante van die opmerking?'

'Nee, sorry, je bent me kwijt.'

'Kent u die eilanden van Dubai? Die palmeilanden, die mensen daar eigenhandig hebben gecreëerd? Daar zijn ook Hollanders bij betrokken geweest, ons bureau heeft daar zelfs het nodige werk verricht.'

Hij knikt. Langzaam gaat hem een lampje branden.

'Frederique bracht me met haar opmerking op het idee. Ik kan Venetië op een andere locatie herbouwen, en dat kan zelfs hier vlakbij. Weg van de industrie, weg van het vervuilde lagunewater. Een paar kilometer verderop het benodigde zand opspuiten, en ik kan onze stad herbouwen zonder de huidige problemen.' De inspecteur bespeurt een twinkeling in de vermoeide ogen. 'Dat klinkt nu eenvoudiger dan het zal zijn, maar ja, eigenlijk is het principe zo simpel. Ik kan mezelf wel voor mijn kop slaan dat ik er zelf niet eerder op ben gekomen. Het klinkt als een sprookje en daar zal ik nooit in gaan geloven, in tegenstelling tot Frederique, maar in dit geval maak ik een uitzondering. Wilt u nu alstublieft gaan informeren hoe het met haar is?'

Hij knikt, en verlaat de verhoorkamer. Hoe moet hij deze man de onheilstijding gaan brengen? Hij zucht diep en zet de trage koffiemachine aan. Hij denkt aan Frederique. En aan die vriendin. De Pluij, wat is dat nou voor naam, zei Davide, een opmerking die in zijn hoofd spookt. Wachtend op de koffie schrijft hij de naam in zijn notitieboekje, en hij speelt met de letters. Husselt ze, staat op het punt er een vette streep door te zetten, gaat toch door. Tot zijn hart plotseling een slag over lijkt te slaan. Welk sprookje was ook weer Frederiques favoriet? Zie je wel. Deze man is geen moordenaar. Hij heeft de neiging met hem het café in te duiken en een fles whisky te bestellen, om al bomend ladderzat een nieuwe dag te bestormen.

'Nog steeds geen koffie?' vraagt Davide.

'Wat?'

'U zou toch koffie halen?'

'Sorry, die staat nog in de kantine.'

'Ze heeft het niet gehaald. Ik zag het in uw ontwijkende blik.'

'Het spijt me,' zegt de inspecteur. 'Je hebt gelijk, ik ben een slecht acteur, vrees ik. Ik was van plan het je zo te vertellen. Kan ik iets voor je doen?'

'Die koffie.'

Hij kijkt Davide aan. Blijft de man zo rustig, ondanks het zichtbare verdriet in die donkere ogen?

'Ik wist dat ze het niet zou redden,' zegt Davide. 'Op dat eiland al. Het is wat ze wilde, en ik denk dat het onvermijdelijk was. Hoe zou ze verder hebben kunnen leven? Ze moet erg eenzaam zijn geweest, en zo vol met woede... Waarom heb ik dat niet willen zien?'

De man breekt alsnog, en hij legt een hand op Vianello's arm. Wat een vreselijke ontdekking moet het voor hem zijn. Hoe moet hij ooit rouwen? Wat staat hem nog te wachten? 'Davide, ik weet dat je niet schuldig bent. Ik twijfelde de afgelopen uren, ik was er aanvankelijk van overtuigd dat jij onze man was, maar ik zat ernaast. Je vertelde de waarheid toen je zei dat Frederique zichzelf heeft opgesloten in die tombe, maar je verhaal over die voorbereidingen, en de moorden... Nooit. Vertel me wat er gebeurd is, alsjeblieft.'

Het is even stil en dan kijkt de Venetiaan hem aan. Met een blik die hij niet eerder heeft gezien op het donkere gelaat.

'Denkt u dat ik in de gevangenis verder kan werken aan Mose?' vraagt Vianello met vlakke stem.

'Waarom wil je in godsnaam schuld bekennen?' De inspecteur trekt vol ongeloof zijn hand terug.

'Ik kan werkelijk niet wachten tot ik rust om me heen heb. Rust om na te denken, om mijn plan vorm te geven.'

'Ik heb het bewijs dat je niet schuldig bent. Je bracht me zelf op het idee, begrijp je? Met je opmerking dat De Pluij een vreemde naam is. En... en jullie dochters favoriete sprookje was Klein Duimpje, zei Frederique. Ze heeft me dat nota bene verteld in eenzelfde gesprek waarin ze het ook over Minke de Pluij had. Zie je het?' Hij onderstreept de letters onder de naam van het sprookje, terwijl hij Minke de Pluij spelt. 'Dezelfde letters! Ze heeft die vriendin verzonnen, je had gelijk. Ik had het moeten weten. Die vrouw was niet te traceren, de barman had haar niet gezien, die avond dat Frederique zogenaamd met haar in het café zat...'

Davide lacht schamper. 'En dus? Denkt u serieus dat u daarmee in een rechtszaak kunt aankomen?' Hij pakt zijn schrijfattributen en het papier, en staat op. 'Ik kan het mis hebben, maar eerlijk gezegd denk ik dat ze daar niet in sprookjes geloven. Mag ik nu naar mijn cel?'

Verbluft kijkt hij de man aan. Realiseert zich dan hoe waar zijn woorden zijn. Ze zullen hem uitlachen. Moet hij vertrouwen hebben in de Nederlandse wetgeving, in het rechtssysteem, en de waarheid laten zegevieren? Althans een poging daartoe doen? Hij twijfelt een moment, staat dan op en steekt zijn hand uit, om die van Davide te schudden.

De Venetiaan pakt die aan. 'Ik dank u voor uw vertrouwen. Er is niets mis met uw mensenkennis.'

Hij knikt. 'U zult naar Nederland overgebracht worden, realiseert u zich dat de mediagekte nog erger zal worden dan die de afgelopen weken al was?'

'Zou u... kunt u Frederiques dood voor de media stilhouden, of haar dood betitelen als een tragisch ongeval? Verder... Ik heb de afgelopen twintig jaar geprobeerd om mijn missie op een goede manier te vervullen. Volgens de boekjes, netjes, zoals het hoort. Misschien wordt het tijd voor een minder conventionele methode.' Hij tikt tegen de zijkant van zijn hoofd. 'Het gaat om de grijze cellen, zo noemde u ze toch?'

'Ik wens u veel sterkte.'

Een halfuur later laat hij zich naar het vliegveld brengen. De collega's doen alle moeite om hem daar zo snel mogelijk te krijgen; sinds hij hun de schuldbekentenis in drievoud heeft overhandigd, kijken ze hem anders aan. Het interesseert hem niet, hij voelt zich ditmaal geen winnaar. Tot zijn verbazing staat hij stevig op zijn benen tijdens de bootreis, slechts een enkel moment hoeft hij naar de reling te grijpen. Als hij geluk heeft, is hij nog voor het ontbijt in het ziekenhuis om zijn vrouw mee naar huis te nemen. En haar een zalig kerstfeest te wensen. Ook al duurt Kerstmis nog slechts één dag, hij twijfelt er niet aan of die zalig zal zijn. Al zullen zijn gedachten regelmatig afdwalen naar Davide Vianello.

Brunelli schudt hem de hand, hij bespeurt respect in de Italiaanse ogen. 'Misschien tot ziens,' zegt de collega.

'Zeker,' antwoordt hij. 'Nu u het zegt... ik wil graag dat u voor mij een mooie hotelkamer boekt vlak bij het piazzo San Marco, laten we zeggen vijf overnachtingen, binnenkort, liefst zo snel mogelijk, misschien kan het zelfs nog vanaf oudejaarsdag? Kijkt u maar wanneer precies, het maakt me niet uit. Hier is mijn kaartje.'

'Voor u?'

'Voor mij en mijn vrouw. Twee personen. Gaat dat lukken?'

'Natuurlijk, *signore*. Geen enkel probleem. Desnoods zal ik mijn functie een beetje misbruiken, als u begrijpt wat ik bedoel.'

Op het moment dat hij de auto uit is en richting de ingang *Departures* van het vliegveld beent, wordt hij verrast door witte vlokjes, die langzaam naar beneden komen dwarrelen. Alsof ze nog onzeker zijn over hun bestemming. Hij ziet hoe ze natte plekjes op zijn jas vormen en wil ze geïrriteerd van zich afschudden. Maar dan bedenkt hij zich. Hij richt zijn blik naar boven, lacht en bewondert het witte dons. Hij informeert niet eens naar eventuele vertragingen. Zelfs niet als hij verneemt dat Nederland bedekt blijkt te zijn met een dikke, witte sneeuwdeken.

Lees ook van Corine Hartman

In vreemde handen

Houdt hij genoeg van je om voor je te sterven?

Het roer om. Een mooier leven. Dat is wat Diana voor ogen heeft. Samen met haar man Robbert en dochter Lieke emigreert ze naar het idyllische Toscane om daar een hotel te gaan runnen. Ze hebben zich perfect voorbereid. Ze kennen de taal, hebben alles zorgvuldig geregeld en niets staat hun geluk in de weg… denkt ze.

De droom van een zorgeloos bestaan in een aangenaam klimaat verandert echter in een angstaanjagende nachtmerrie als iemand hun plannen dwarsboomt. Als Diana ontdekt wie er verantwoordelijk is voor het leed dat haar gezin treft, betekent dat niet het einde van het drama. Integendeel: Diana wordt op een gruwelijke manier met zichzelf en haar verleden geconfronteerd. Een verleden, dat ze juist wilde ontvluchten.

Is ze in staat om, koste wat het kost, haar gezin te redden? En zichzelf?

ISBN 978 90 6112 579 2

Schijngestalten

Wat doe je als de werkelijkheid een nachtmerrie wordt?

Anne den Hartogh staat niet te popelen om een week naar Florence te gaan. Haar ouders wonen in de Toscaanse hoofdstad, omdat haar vader er baanbrekend onderzoek doet naar de ziekte multiple sclerose. Anne is er met haar oudere zus uitgenodigd om vaders vijfenzestigste verjaardag te vieren. Ze houdt van de historische cultuurstad en ook wel van een feestje, maar ze verlangt absoluut niet naar het gezelschap van haar zus en om een heel andere reden ziet ze er als een berg tegenop haar moeder weer te zien.

Tijdens haar vaders feest in een luxe kasteel in de bergen van Rufina krijgt Anne de schrik van haar leven als ze meent met een dode geconfronteerd te worden. Vreemd genoeg meent iedereen met wie ze haar schokkende ontdekking wil delen dat ze zich moet vergissen. Voor Anne volgt een eenzame zoektocht naar de waarheid. Een zoektocht die haar in levensgevaar brengt en die afschuwelijke en zelfs dodelijke gevolgen heeft.

ISBN 978 90 6112 588 4

'Hartman wordt steeds sterker.' – VN Thrillergids